AF146777

Rowohlt Verlag GmbH, Kirchenallee 19, 20099 Hamburg

Kontaktadresse nach EU-Produktsicherheitsverordnung:
produktsicherheit@rowohlt.de

«Der Tatort ist abgesperrt. Alles sieht so aus wie sonntags im ‹Tatort›. Schade nur, dass jetzt nicht Ballauf, Schenk, Leitmayr, Batic oder die Thomalla kommt, um die Sache hier in die Hand zu nehmen. An Simone Thomallas und meinem Beispiel kann man sehen, dass es sowohl im Film als auch im echten Leben bei der Besetzung des Hauptkommissars schlimme Fehlbesetzungen gibt. Ich halte meine blöde Dienstmarke hoch, um zu Markus Meirich, Teichner und der Leiche zu kommen.

Was ich dort nun auf dem Boden sehe, passt zu diesem Tag. Dort liegt der tote Tod. Toter geht's nicht. Der Tote trägt das Kostüm des Todes, das Faschingskostüm eines Sensenmanns.

‹Na, das wurde aber auch Zeit, dass es mal den Tod erwischt›, sagt Markus. ‹Sonst sterben immer die Lebendigen.›»

Dietrich Faber wurde 1969 geboren. Bekannt wurde er als ein Teil des mehrfach preisgekrönten Kabarettduos FaberhaftGuth.

Seine Lesungen und Buchshows sind Bühnenereignisse. Der Autor lebt mit Frau und Sohn in der Mittelhessenmetropole Gießen. «Toter geht's nicht» ist sein Debütroman – aber nicht der letzte Fall für Kommissar Henning Bröhmann: Der zweite Roman mit dem Titel «Der Tod macht Schule» ist 2012 bei Rowohlt Polaris erschienen.

Tourneetermine und weitere Informationen:
www.faberhaftguth.de
Mehr über Henning Bröhmann erfahren Sie auf seiner Facebookseite:
www.facebook.com/Henning.Broehmann

Dietrich Faber

TOTER GEHT'S NICHT

Bröhmanns erster Fall

Kriminalroman

• • •

Rowohlt Taschenbuch Verlag

Für Andrea und Ben

1. Auflage Dezember 2022

Veröffentlicht im Rowohlt Taschenbuch Verlag,
Reinbek bei Hamburg, Januar 2013
Copyright © 2011 by Rowohlt Verlag GmbH,
Reinbek bei Hamburg
Umschlaggestaltung any.way, Barbara Hanke, nach einem Entwurf
von yellowfarm gmbh, Stefanie Freischem
(Foto: plainpicture/Folio Images;
Phase4Photography/fotolia; Teamarbeit/fotolia)
Satz Quadraat PostScript, PageOne,
bei Dörlemann Satz, Lemförde
Druck und Bindung BoD – Books on Demand GmbH, Norderstedt
ISBN 978-3-499-01312-6

1. KAPITEL
• • •

Natürlich wäre es viel cooler, wenn ich nicht ich wäre. Dann würde ich in Berlin-Mitte leben. Vielleicht aber auch in Hamburg, «in der Schanze» oder «auf Pauli».

Jedenfalls nicht im Vogelsberg. Und schon gar nicht in Bad Salzhausen. In einer Doppelhaushälfte. Ich würde urban im Altbau wohnen, mit wenig Möbeln und hohen Wänden.

Ich würde in der Mittagssonne mit übergeschlagenen Beinen an einem Bistrotisch im Freien sitzen, filterlose Selbstgedrehte rauchen, schönen Frauen nachblicken, einen Latte trinken und auf meinem iPad herumspielen.

Ich würde nicht in der Bäckerei Wurstmann einen abgepackten Salat essen und im «Oberhessischen Anzeiger» verwackelte Fotos der Jahreshauptversammlung des Männergesangvereins betrachten.

Ich wäre auch nicht verheiratet. Ich hätte nicht zwei Kinder von einer Frau.

Ich hätte vier Kinder von fünf Frauen. Und diese wären auch nicht Lehrerinnen, sondern nach Neuseeland ausgewandert, würden dort Schafe züchten und Bestsellerromane schreiben. Manchmal käme ich sie besuchen. Dann wären wir alle ausgesprochen heiter, ausgelassen, braun gebrannt und austrainiert, würden guten Wein trinken, Gitarre spielen und uns keine Vorwürfe machen.

Auch beruflich wären die Schwerpunkte anders gelagert.

Ich wäre dann irgendwo da draußen, wo es wirklich wehtut. Ich würde behinderte osteuropäische aidskranke Kinder vor der Zwangsprostitution retten und dabei ganz beiläufig aufdecken, dass der vom schwulen Oberstaatsanwalt gedeckte Innenminister mit Drogen handelt und früher vom zukünftigen Papst in einer Jesuitenschule sexuell missbraucht wurde.

Ich würde mich jedenfalls nicht im Polizeirevier Alsfeld mit der Überarbeitung der Broschüre «Verkehrssicherheit im Vogelsberg – was können auch Sie tun?» befassen.

Das aber tue ich, denn ich bin nun mal ich.

Mein Name ist Henning Bröhmann. Dafür kann ich nichts.

Für vieles andere, vermutlich sogar für das meiste in meinem Leben, kann ich etwas. Einiges hätte ich gern ein wenig anders. Doch dies zu ändern erscheint mir oft eine Spur zu anstrengend.

Ich lebe mitten in Hessen in einem sehr undicht besiedelten Mittelgebirge namens Vogelsberg, nahe an der Grenze zur Wetterau. Objektiv gesehen ist es hier recht schön, zumindest landschaftlich. Subjektiv gesehen auch. Und doch finde ich immer wieder Anlass zur Klage, da ich seit meiner Kindheit nahezu durchgängig hier lebe und vielleicht auch gerne einmal etwas anderes gesehen hätte. Dazu kam es aber nicht, wofür ich den Vogelsberg nicht verantwortlich machen darf. Manchmal tue ich es aber doch.

Und so wachsen nach dem einen oder anderen Jahr, das ins Vogelsberger Land gegangen ist, inzwischen auch meine Kinder hier auf, die vierzehnjährige Melina und der fünfjährige Laurin.

Im Kurort Bad Salzhausen leben wir. Bad Salzhausen gehört inzwischen zur Stadt Nidda, die genauso heißen darf oder muss wie ihr Fluss. Nidda bezichtigt sich selbst als «das Herz zwischen Wetterau und Vogelsberg», was bedeutet, dass es sich nicht entscheiden kann, zu welchem Landstrich es denn nun geographisch, politisch oder emotional gehören möchte. Für mich ist der Fall klar, ich bin Vogelsberger und kein Wetterauer.

Ich habe mich niemals für und niemals gegen meine Heimat als Wohnort entschieden. Ich war und bin einfach dort. Und das inzwischen völlig zu Recht und verdientermaßen. Immer häufiger stelle ich fest, dass ich den Vogelsberg verteidige, wenn dessen Bewohner einmal wieder als rückständig oder hinterwäldlerisch bezeichnet werden. Oft fallen mir zwar keine Gegenargumente ein, doch es geht mir hier ums Prinzip. Ich bin auch jemand, der Politiker klasse findet.

Und dann bin ich noch ein Arsch. Sagt jedenfalls meine Tochter.

Ich finde das nicht, und wenn es so wäre, dann könnte sie, wenn sie es mir schon unbedingt ins Gesicht sagen muss, eine andere, eine nettere, eine höflichere Umschreibung finden. Doch das tut sie derzeit sehr selten, denn mit dem Nettsein ist das gerade so eine Sache. Melina ist vierzehn, und das mag vieles entschuldigen, aber eben nicht alles.

Meine leibliche Tochter Melina Bröhmann steht an diesem kalten Faschingssonntag in unserem Wohnzimmer halb-, was sage ich: *dreiviertelnackt* vor mir und teilt mit, dass sie nun los wolle.

«Los?», frage ich, während ich auf einem übriggebliebenen Weihnachtsplätzchen kaue. «Wohin?»

«Na, auf diesen fuck Faschingsumzug, wohin sonst, ist ja sonst nix los in diesem Scheißkaff!», antwortet sie und blickt konsequent an mir vorbei oder durch mich hindurch, so genau kann ich das nicht erkennen bei der vielen Schminke.

«Ja, aber du hast doch gar nichts an!», entgegne ich zaghaft.

«Hohhhh, Mannnn, das ist mein Kostüm.»

«Aha, und als was gehst du?»

«Als Nutte.»

Ich erhebe mich vom Sofa, um Zeit zu gewinnen, und schaue rat-, sprach- und fassungslos durch die Wohnung, suche den Blickkontakt zu der Mutter dieses Mädchens, finde ihn aber nicht und bleibe somit auf mich allein gestellt.

Ich baue mich vor meiner Tochter auf, als würde meine körperliche Überlegenheit irgendeinen Nutzen bringen, und frage so väterlich wie möglich:

«Weißt du denn überhaupt schon, was das ist, eine ... äh ... Nutte?»

Wieder die falsche Frage.

«Haha, sehr witzig, keiner lacht. Kann ich jetzt gehen!»

Eigentlich ergeben diese vier Worte eine Frage. Doch Melinas Betonung macht deutlich: Am Ende dieser Frage stehen vier Ausrufezeichen.

«Kann ich jetzt gehen!!!!»

Wenn mir in solchen Situationen gar nichts mehr einfallen möchte und ich damit beginne, mit dem Denken aufzuhören, dann rede ich manchmal ganz plötzlich so wie mein Vater. Dann spuckt mein Mund Sätze wie den folgenden aus:

«Ich glaube, dir geht's zu gut, Junge ... äh, Mädchen, das kommt gar nicht in die Tüte. So was zu fragen, das hätten wir uns früher gar nicht getraut. Bei uns gab es gar keine, also, gab's so ein Wort überhaupt nicht.»

«Hohhhhrrrr, du bist voll Scheiße», schreit sie dann.

Und darauf folgt: «Du Arsch!», und wumms, die Zimmertür und krrrk, der Schlüssel.

In Momenten wie diesem dürfte mein Polizeibereitschaftshandy ruhig öfter einmal klingeln. Tut es aber nie.

Franziska, meine Frau, wirft einen fragenden Blick ins Wohnzimmer.

«War was?»

«Nö, eigentlich nichts», antworte ich. «Ich bin ein Arsch, und meine Tochter ist eine Nutte, also alles ganz normal.»

2. KAPITEL
• • •

«Ach, übrigens, Henning», beginnt Franziska einen Satz, in einem Tonfall, der mir sagt, dass sie etwas von mir will. Vor 25 Jahren, als wir uns bepickelt pubertierend auf Klassenfahrt befanden und es plötzlich hieß, Franziska *wolle etwas von mir*, da fühlte sich das äußerst gut an. Wenn sie heute, nach fünfzehn Ehejahren, etwas von mir will, dann geht das oft in eine Richtung, die nicht mehr ganz so sexy ist.

Franziska will wissen, ob das Rote in der Steckdose Blut, Wasserfarbe oder Tomatensoße sei. Ich muss passen, und Franziska klärt mich auf, dass Laurin Spaghetti in der Steckdose versteckt habe. Ich hätte es sehen müssen, meint Franziska, und vermutlich hat sie recht.

Dann möchte sie wissen, ob ich mit Berlusconi draußen gewesen wäre. Sie formuliert dies als Frage, obwohl sie die Antwort kennt. Nein, lautet sie.

Das hundebedingt regelmäßige Gassigehen tut mir selbst eigentlich auch echt gut. Es würde vermutlich sogar Spaß machen, wenn Berlusconi nicht ständig, seinem ausgeprägten Jagdtrieb folgend, jungen Häschen nachsteigen und sich nicht permanent so territorial und sexualisiert verhalten würde. Vielleicht hätte man Berlusconi doch kastrieren sollen. Es wäre uns einiges erspart geblieben.

Ich stelle immer wieder fest, dass ich grundsätzlich nicht mit einer Ehefrau streiten kann. Ich habe zwar nur diese eine und hatte auch bisher noch keine andere, aber bei allen anderen Ehefrauen wäre es, muss man annehmen, genauso.

Wie geht das, streiten, und muss man das überhaupt? Ich halte Konflikte für überbewertet und versuche, ihnen wenn irgend möglich, aus dem Weg zu gehen. Franziska sagt, sie würde sich wünschen, dass ich auch einmal einen Standpunkt hätte, diesen formulieren und am Ende dann sogar noch für ihn einstehen könnte. Meistens aber kenne ich ihn gar nicht, diesen sogenannten Standpunkt. Jedenfalls nicht in Beziehungsgesprächen. Franziska aber will ihn hören. Sie ist Lehrerin.

Wenn wir so etwas Ähnliches wie einen Streit haben, würde ich immer dreinblicken wie Berlusconi, wenn er kackt, sagt sie. So auch jetzt. Ich hätte das Wochenende frei, sagt Franziska, also könnte ich doch einmal mitkommen zum Faschingsumzug, wenigstens meinem Sohn zuliebe. Das mit Laurin ist emotionale Erpressung, denke ich, und außerdem habe ich nicht frei, sondern Bereitschaft und kein Kostüm. Sage es aber nicht, sondern gucke wie ein scheißender Köter und sehe diesen unschönen Anflug von Resignation in Franziskas blauen Augen. Dann wird es schwer und still um uns. Wie so oft in letzter Zeit.

Irgendwann sage ich: «Geh du doch mit Laurin zum Umzug. Ich bleibe mit dem Biest hier.»

«Das ist ja wohl logisch, dass ich Berlusconi nicht auch noch mitnehme», sagt Franziska.

«Ich meine unsere Tochter», sage ich.

Urplötzlich merke ich, wie müde ich bin. Ich schlafe immer schlecht, wenn ich Bereitschaftsdienst habe und mein Diensthandy neben mir liegt. Es braucht nur irgendein Küchengerät, Hund oder Kind zu fiepen, dann zucke ich zusammen, bekomme schwitzige Hände und fürchte, dass ich los muss. Ich, der Kriminalhauptkommissar Henning

Bröhmann, der hoffentlich bald die Dienststellenleitung an den wesentlich begabteren Markus Meirich abgeben wird.

Während sich Franziska nun mit dem als Avatar verkleideten Laurin in den Straßenfasching der sechs Kilometer von Bad Salzhausen entfernten Niddaer Innenstadt stürzt, meine Tochter in ihrem Zimmer am Telefon ihre Eltern verflucht und Berlusconi die Steckdose ableckt, sitze ich vor dem Laptop und schieße Moorhühner tot. So hat jeder was zu tun.

Faschingsumzügen beizuwohnen ist meine Sache nicht.

Mein Vater war achtzehn Jahre lang Sitzungspräsident und Vorsitzender des Faschingsvereins Rudingshain e. V. In meiner Kindheit und Jugend habe ich im Musikcorps Rudingshain e. V. im Harlekinkostüm auf Faschingsumzügen die Trompete geblasen. Ich bin da so reingerutscht. Wie andere in Drogenszenen abgleiten und dann nicht mehr rauskommen, so bin ich im Musikcorps versackt. Väterliche Prägung und kindliche Neugier haben mich im Alter von zehn Jahren da hineingetrieben. Als ich merkte, dass ich auf Übungsstunden im Musikcorps noch weniger Vorfreude empfand als auf Mathematikarbeiten, war es zu spät. Es war Pflicht. Schließlich war mein Vater auch nie gerne der Sitzungspräsident. Er war es einfach. Er war der Meinung, dass man sich in einem Dorf in die Gemeinschaft integrieren müsse. Und das tue man am besten im Vereinswesen. Und als Präsident des Polizeipräsidiums Osthessens müsse man im Faschingsverein eben auch ein Präsident sein.

Erst ein chronischer hartnäckiger psychosomatischer Lippenherpes ließ mich im Alter von sechzehn Jahren den Schritt wagen, nicht mehr Trompete spielend neben dem dicken Waldemar im Gleichschritt durch den Vogelsberg zu marschieren.

Und dann ist es plötzlich doch weg, das Töchterchen. Schneller als der Wind aus dem Haus gehuscht. Unfassbar. Ich habe nur noch die Tür zuschlagen hören und sie bei knapp null Grad im Dirnenkostüm abziehen sehen.

Nun ja, man muss auch mal loslassen können.

3. KAPITEL
• • •

So war das nicht gemeint.

Natürlich gibt es da irgendwo auch bei mir den Wunsch nach Veränderung. Natürlich sollte es so nicht ewig weitergehen, und natürlich war vieles auch in gewisser Weise festgefahren.

Aber dass innerhalb weniger Minuten mein Leben ein so derart ungemütliches Tempo aufnimmt, das kann ich nicht gewollt haben.

Natürlich ist auch mir nicht entgangen, dass Franziska in letzter Zeit ein wenig müde wirkte. Natürlich habe ich auch einige Male ihre Unzufriedenheit wahrgenommen, und es war natürlich auffallend, dass sie in den letzten Wochen nicht einmal mehr den Versuch unternahm, mit mir zu streiten.

Natürlich, natürlich, natürlich, aber das ist doch alles nur eine Phase und vor allem noch lange kein Grund, unsere Ehe und alles in Frage zu stellen.

Doch so wirklich gefragt hatte sie eigentlich gar nicht mehr.

Doch der Reihe nach:

Ungefähr zwei Stunden nachdem Melina gegen fünf aus ihrem häuslichen Gefängnis ausbrach, bin ich allein gewesen. Jetzt steht Franziska urplötzlich in unserem Wohnzimmer. Viel früher als erwartet ist sie vom Faschingsumzug zurückgekehrt. Ich hatte mich gerade mental auf die Live-Übertragung des Spiels Eintracht Frankfurt gegen

1. FC Nürnberg im Bezahlfernsehen vorbereitet und seit fast einer Stunde die nichtige Vorberichterstattung verfolgt.

Franziska starrt mich an. Eigentlich dachte ich alles an ihr zu kennen, doch dieser Blick, der ist neu. Ich versuche meine Irritation über ihr frühes Heimkehren zu verbergen und begrüße sie in betont freudigem Tonfall:

«Oh, hi ... wo ist denn Laurin?»

«Bei Calvin-Manuel.»

Das ist ein Kind, das auch nichts für seinen Namen kann. Laurin kennt ihn aus dem Kindergarten. Kindergarten ist untertrieben, Laurin geht in die reformpädagogische elternselbstorganisierteundverwaltete Kindertagesstätte Schlumpfloch e. V. Richtig ... nicht Schlupfloch, sondern Schlumpfloch.

Calvin-Manuels Eltern sind Wolle und Molli und sehen aus, wie sie heißen.

Wolle schreibt seit vierzehn Jahren an einer Philosophie-Doktorarbeit. Er hat somit genügend Zeit, sich als Vorsitzender des Elternvereins wichtig zu machen. Er mag mich nicht. Und das wiederum mag ich nicht. Ich konnte noch nie damit umgehen, dass mich jemand nicht mag, selbst wenn ich diesen Jemand selber gar nicht ausstehen kann. Und das ist bei Wolle der Fall. Wolle ist 44 Jahre alt, hört am liebsten Franz-Josef Degenhardt auf Vinyl und ist der unumstrittene Diktator unseres basisdemokratischen Kindergartens. Wolle gehört zu der bärtigen Spezies Mann, von der man glaubt, dass es sie nicht mehr gäbe.

Und Molli ist mollig.

Franziska sieht blass aus. Sie steht nun direkt vor der Fernsehhälfte, in der Oka Nikolov das Tor hütet. Ich entscheide mich dafür, die Liegeposition auf dem Sofa zu verlassen, und setze mich auf. Ich blicke sie an. Sie sagt:

«Wir haben Molle und Wolli ...»

«Wolle und Molli», korrigiere ich.

«Jaaah, mein Gott, wir haben sie beim Umzug getroffen. Laurin wollte mit Manuel-Calvin ...»

«Calvin-Manuel!», korrigiere ich sie wieder und komme mir dabei noch nicht einmal originell vor.

«FRESSE!!», schreit sie plötzlich. «Henning, es reicht!»

Ich zucke zusammen, schaffe es aber nicht, den Freistoß von Caio komplett zu ignorieren. Weniger aus Ignoranz, mehr aus Unsicherheit. Er landet in der Mauer.

«Kannst du vielleicht *einmal* diese Scheißkiste ausmachen!»

Auch eine Frage, die keine ist. Kurz bevor ich den Ausschalter drücken will, fällt gerade das 1:0 für Nürnberg. Auch das noch. Nikolov läuft mal wieder bei einer Ecke unter dem Ball durch.

«Mach die Glotze aus!»

So laut habe ich sie in all den Jahren niemanden anschreien gehört. Nicht einmal Melina.

«Na ja, jetzt reg dich doch mal nicht gleich so auf», versuche ich etwas hilflos zu beschwichtigen.

«Gleich? Ich soll mich nicht *gleich* so aufregen? Seit Monaten reiße ich mich am Riemen, um nicht völlig auszurasten, und du sagst, ich soll mich nicht gleich aufregen?»

Nun gucke ich vermutlich wieder wie Berlusconi.

«Was ist das denn hier bitte?», schreit sie weiter. «Von dir kommt *nichts*. Du ziehst dich nur noch zurück. Die ganze Scheiße bleibt an mir hängen. Ach, ich hab keinen Bock mehr, das immer wieder durchzukauen. Ich gehe morgens in die Schule, habe Hunderte von Schülern am Hals, hol dann Laurin aus dem Kindergarten, koche Essen, lass mich von Melina beschimpfen, bereite den Unterricht für den nächsten Tag vor, bis irgendwann mein Mann zwar physisch eintrifft, aber doch nicht vorhanden ist. Da ist kein Interesse an den Kindern, an mir, an nichts, was hier ist. Da seh ich nur Selbstmitleid und Zynismus.»

«Na ja, also, äh, so würde ich das jetzt nicht …», versuche ich sie erneut zu besänftigen.

«Henning, ich kann nicht mehr, ich bin fertig. Ich habe die Nase voll. Verstehst du? Ich will das so nicht mehr. Ich gehe auf dem Zahnfleisch, verstehst du?»

«Hmm», mümmele ich.

«Ich bin ausgebrannt.»

«Na ja, das ist ja jetzt so 'ne Art Mode …»

«Sag jetzt nichts Falsches!», schreit sie. Noch lauter als zuvor.

«Hmm …»

«Ich kann so nicht mehr … so … ich dreh durch, so geht es nicht.»

«Hmm …»

Stille.

«Hmm», mache ich dann noch ein weiteres Mal, um die Stille zu beenden.

Franziska zittert. Auf ihrer Stirn sehe ich kleine Schweißperlen. Ihre Hände hat sie zu Fäusten geballt.

Das hier ist kein normaler Streit. Das hier ist etwas anderes. Das geht weiter. Das ist etwas, das ich nicht kenne. Da ist irgendein ungutes Gemenge aus Wut, Panik und Trauer zu spüren. Es macht mir Angst. Ich weiß nicht mehr, was ich sagen soll.

Franziska atmet dreimal durch, dann sagt sie:

«Ich muss weggehen … in eine Klinik oder so. Abstand brauch ich, irgendwie.»

Sie beginnt zu weinen. Noch immer zittert sie.

Unbeholfen versuche ich sie zu umarmen

«Fass mich jetzt nicht an», sagt sie darauf kaum hörbar. Hilflos ziehe ich meine Arme zurück und starre durch das Fenster ins Vogelsberger Nichts.

«Ich gehe jetzt. Verstehst du das?»

Gehen? Nein, das verstehe ich nicht.

«Ja ... aber die Kinder und alles ...?»

«Genau, du sagst es ... die Kinder und alles ...», sagt Franziska dann und starrt an mir vorbei.

Und genau in diesem Moment klingelt, ohne ein Spur von Sensibilität, mein Bereitschaftshandy. Es meldet sich mein Kollege und Stellvertreter Markus Meirich. Er teilt mir mit, dass ich zu einer Leiche kommen müsse. Ein Toter sei in der Nähe des Niddaer Faschingsumzuges aufgefunden worden, hinter dem Feuerwehrgerätehaus. Nun starre auch ich. Nicht so was bitte jetzt auch noch.

Franziska fragt: «Was ist?»

«Äh, ich muss los», stammele ich. «Da liegt ein Toter ...»

«Wo?»

«Da, hier, also ...»

«Hier?»

«Ja, hier bei uns in Nidda. Auf dem Faschingsumzug. Ich muss da jetzt hin. Können wir später nicht nochmal reden?»

Meine Knie beginnen zu zittern.

«Ich muss jetzt weg», sagt Franziska mit fester Stimme. «Laurin bleibt bis morgen bei Wolle und Molli –»

«Hmm ...»

«– morgen und Faschingsdienstag ist kein Kindergarten. Du kriegst das hin.»

«Franziska, ich ...»

«Du kannst das. Ich übernachte heute bei Petra. Und

dann gebe ich dir Bescheid, wohin ich gehe. Ich kann wirklich nicht anders, glaub mir.»

«Warte doch noch bis morgen», flehe ich.

«Nein. Ich will nicht mehr warten. Ich kann nicht mehr warten.»

«Wann kommst du wieder?»

«Weiß nicht, ich weiß gar nichts mehr.»

Auch ich weiß nun gar nichts mehr. Weder, wie es weitergeht, noch, wie es überhaupt so weit kommen konnte. Habe ich das wirklich gerade selbst erlebt? Hat Franziska mich nun tatsächlich verlassen? Mich? Uns? Die Kinder? Oder nimmt sie nur, wie man so schön sagt, eine Auszeit? Werde ich nun zu einem alleinerziehenden Vater? Und wie soll ich das den Kindern beibringen, wenn ich es mir selbst nicht einmal erklären kann? Ich dachte immer, ich kenne meine Frau. Scheiße!

Franziska und ich kennen uns, seit wir vierzehn sind. Eigentlich war ich von dem Tag an, als wir in eine Klasse kamen, in sie verliebt. Doch natürlich waren für sie die Burschen, die schon Moped fuhren, deutlich interessanter. In der elften Klasse dann aber, als andere Auswahlkriterien die Oberhand übernahmen, wurden wir auf einer Klassenfahrt ein Paar. Ihre Freundin Gabi petzte mir, dass Franziska mich «süß» fände. Ich konnte dies nur schwer glauben, da ich von mir eine andere Selbstwahrnehmung hatte. Franziska, dachte ich, die spielt in einer anderen Liga. Da ich alles andere als ein fescher Aufreißertyp war, versuchte ich zaghaft und unbeholfen diese Süß-Botschaft auf ihren Realitätsgehalt zu überprüfen. Zunächst wusste ich nicht, ob ich tatsächlich in dieses Mädchen verliebt war oder nur in den Stolz, dass dieses Mädchen anscheinend ein Auge auf mich geworfen hatte. Doch dann warf ich mein Auge zurück.

So saßen wir schließlich auf einer Klassenfahrt irgendwo im Schwarzwald ganz plötzlich ganz alleine am Lagerfeuer. Ich spielte Westernhagen auf der Westerngitarre, und irgendwann, nachdem auch die dritte Saite riss, rückten wir näher zusammen, alberten noch ein wenig verlegen herum, ehe wir uns zum ersten Mal küssten. Ich war sechzehn und sie nicht 31, sondern auch sechzehn. Es war der bis dato beeindruckendste Moment in meinem Leben, denn von Liebe wusste ich nicht viel. Wir blieben zwei Jahre zusammen, ehe wir uns trennten, um zu überprüfen, ob es da draußen nicht doch etwas Besseres für uns beide gäbe. Nachdem wir unabhängig voneinander festgestellt hatten, dass dies für uns wohl nicht der Fall sei, kamen wir wieder zusammen, zogen in eine gemeinsame Wohnung, heirateten, bekamen zwei Kinder, einen Hund und eine Doppelhaushälfte, um am Ende vor dem Scherbenhaufen des heutigen Tages zu stehen.

Franziska also packt still weinend ihre Tasche. Ich stehe blöd noch ein paar Sekunden im Weg herum und mache mich dann ohne Abschied konsterniert auf den Weg zu meiner Arbeit, zu einem Toten.

Ich bin seit sechs Jahren Kriminalhauptkommissar bei der Kripo in Alsfeld. Zum Glück wurde meine Stelle aufgeteilt. Ich bin nur zuständig für die ziemlich kleinen Kleinstädte Nidda, Schotten, Lauterbach mit all ihren angrenzenden Dörfern, die Namen wie Busenborn oder Eichelsachsen tragen. In diesem Vogelsberger Bereich wird vielleicht einmal eine Ehefrau verprügelt oder zu laut Party gefeiert, doch Mordopfer gibt es in der Regel nicht. Dafür sind andere

Städte zuständig. In den letzten sechs Jahren gab es gerade einmal drei Todesfälle aufzuklären. Der Täter des ersten Mordes hat sich gestellt, der zweite Mörder läuft noch frei herum, und beim dritten Fall war es dann wohl doch Selbstmord. Und jetzt liegt diese Karnevalsleiche also nicht nur in meinem Zuständigkeitsbereich, sondern nahezu vor meiner Haustür. Von Bad Salzhausen nach Nidda kann man hinüberspucken.

4. KAPITEL
• • •

Ich steige also in meinen Dienstwagen und bekomme auf halber Strecke in Geiß-Nidda Würgereize. Ich behalte alles in mir, passiere dann das Ortsschild Nidda und fahre direkt zum Feuerwehrgerätehaus in den Burgring. Meine Kollegen sind bereits da. Markus Meirich, der mich angerufen hat, und Teichner, dessen Vornamen ich immer vergesse. Ich bin mir sicher, dass Teichner einen hat, aber er wird von allen nur Teichner genannt.

Der Tatort ist abgesperrt. Alles sieht so aus wie sonntags im «Tatort», denke ich. Schade nur, dass jetzt nicht Ballauf, Schenk, Leitmayr, Batic oder die lippenaufgespritzte Thomalla kommt, um die Sache hier in die Hand zu nehmen. An Simone Thomallas und meinem Beispiel kann man sehen, dass es sowohl im Film als auch im echten Leben bei der Besetzung des Hauptkommissars schlimme Fehlbesetzungen gibt. Ich halte meine blöde Dienstmarke hoch, um zu Markus Meirich, Teichner und der Leiche zu kommen.

Was ich dort nun auf dem Boden sehe, passt zu diesem Tag. Dort liegt der tote Tod. Toter geht's nicht. Der Tote trägt das Kostüm des Todes, das Faschingskostüm eines Sensenmanns. Kapuze und schwarzer Umhang, und neben der Leiche liegen eine furchteinflößende Maske und die obligatorische Sense.

«Nicht anfassen», plärrt mich Teichner von der Seite an, als ich nach der Sense greifen will, ohne mir vorher Plastikhandschuhe überzuziehen

«Mann, Mann, Mann», fügt er hinzu. Es ist und bleibt

immer wieder demütigend, vom eigenen Assistenten belehrt zu werden, vor allem, wenn er recht hat.

«Auch guten Tag», erwidere ich zickig, während ich Markus Meirich zur Begrüßung die Hand reiche.

Markus sagt: «Na, das wurde aber auch mal Zeit, dass es mal den Tod erwischt. Sonst sterben immer die Lebendigen.»

Markus mag ich, Teichner nicht.

Markus nennt mir die Fakten: Der tote Tod wurde hinter dem Feuerwehrgerätehaus erschlagen, vermutlich mit einer dort herumliegenden Eisenstange. Sein Name: Klaus Drossmann, 61 Jahre alt, wohnhaft in Mannheim. Papiere hatte er bei sich, es wurde ihm auch sonst nichts entwendet, sein Leben mal ausgenommen.

Nach drei Stunden Arbeit am Tatort kehre ich zurück nach Hause. Berlusconi hat auf den Teppich gepinkelt, und die Ehefrau ist fort. Umgedreht wäre zwar komisch, mir aber doch im Endeffekt lieber.

5. KAPITEL
• • •

Ich bin eine Memme, und das aus voller Überzeugung. Dauerhaft optimistische Menschen, deren Gläser immer halb voll sind, die mit einem Lächeln im Gesicht zuversichtlich stets nach vorne schauen und nach Rückschlägen, wenn sie am Boden liegen, sofort wieder voller Tatendrang aufstehen, sind mir zunächst einmal suspekt. Ich glaube ihnen nicht. Ich bin der festen Überzeugung, dass es allen guttäte, mehr zu memmen. Allen außer mir, denn ich tue es ohnehin schon genug. Memmen darf im Übrigen keinesfalls mit schlichtem, nöligem Jammern verwechselt werden. Jammern tut man über das Wetter, den Benzinpreis, die Politiker und darüber, dass der Nachbar mehr verdient. Memmen tut man über das Leben an sich. Es geht tiefer und hat Stil. Meistens zumindest. Schwer zu beschreiben, es hat mit melancholischem Weltschmerz, Wohlstandsproblemen und sensiblen Befindlichkeiten zu tun. Es ist so etwas wie Selbstmitleid de luxe. Ich will damit nur sagen: Ich bin kein Jammerlappen, ich bin eine Memme.

Seit nunmehr 15 Jahren bin ich mit Franziska verheiratet. Franziska ist eine coabhängige Memme. Sie selbst ist natürlich keine, muss sich aber mein Memmen anhören. Mal mit mehr Mitgefühl, mal mit weniger. Früher mehr, heute weniger. Und im Moment gar nicht mehr.

Zwei Tage warte ich nun schon auf eine Nachricht, doch von Franziska ist nichts zu sehen und zu hören. Laurin ist noch immer bei Calvin-Manuel, und Melina guckt sich im Fernsehen an, wie magersüchtige Mädchen von einem dümmlichen Ex-Model mit scheppernder Stimme gedemütigt werden.

Zwei Tage ist zudem auch schon der Tod tot. Zum Glück kann man sich auf Markus Meirich wie immer verlassen. Er macht die Arbeit, die ich machen müsste. Noch mehr als sonst. Zwar war ich gestern und heute in Alsfeld im Büro, aber ich bekomme keinen klaren Gedanken gefasst. Ich werde mit Markus sprechen und ihm meine Situation schildern müssen. Vielleicht kann ich mich freistellen lassen. Wie soll ich das hier sonst auf die Reihe kriegen?

Aber ich bin doch der Hauptkommissar. Und wir sind ohnehin unterbesetzt. Ich habe in den letzten Jahren streckenweise so schlecht gearbeitet, dass ich ein viel zu schlechtes Gewissen habe, um Markus mit Teichner alleine zu lassen. Jetzt, wo nach Jahren einmal ein großer Fall ansteht. Jetzt, wo ganz Mittel- und Osthessen auf Nidda schaut. Ein Toter im Rahmen des großen Faschingsumzuges. Das gibt es hier sonst nicht.

Ich werde morgen Mittag Laurin vom Kindergarten abholen. Zum Glück kann er noch eine Nacht länger bei Wolle und Molli bleiben, Molli bringt ihn morgen früh noch einmal zum Schlumpfloch, also zum Kindergarten. Dann aber werde ich ihm irgendwie erklären müssen, warum seine Mama nicht da ist. Wie geht das mit einem Fünfjährigen? Er ist so auf seine Mutter fixiert. Immer wenn er nachts weinend aufwachte und ich darauf von Franziska gebeten bis genötigt wurde, auch einmal nach ihm zu schauen, hat er bei meinem Anblick noch stärker zu weinen angefangen und klar zu verstehen gegeben, dass meine Person nicht wirklich erwünscht ist. Dann ist Franziska doch gegangen, und ich konnte nicht mehr einschlafen. Mit mir will Laurin immer Polizei spielen. Ich hasse das. Er will unbedingt Polizeipräsident werden, wie sein Opa. Er kann alles andere werden, von mir aus auch Zuhälter, nur bitte nicht Polizist und schon gar nicht Polizeipräsident. Ich hege trotzdem die große Hoffnung, dass er am Ende doch nicht zur Polizei will. So wie ich nie zur Polizei wollte und dann doch dort gelandet bin, so wird Laurin, der sich momentan nichts anderes wünscht, als Polizist zu werden, am Ende vermutlich ganz etwas anderes machen. Ich wünsche es ihm jedenfalls.

Mit Melina habe ich das Gespräch über den neuen Status quo bereits am Sonntagabend geführt. Es lief so ab:

«Melina, ich muss mal mit dir reden.»

«Oh, neeeeee.»

«Nein, nicht so, sondern anders ...»

«Was?»

«Pass auf, Mama geht es nicht gut. Sie ist ... na ja, wie soll ich sagen, überlastet und braucht eine Pause, und, na ja, jetzt ist sie für ein paar Tage quasi weg, um sich zu erholen. Also, sie ist krank, wird aber wieder gesund, muss sich halt erholen und braucht sozusagen Erholung, um gesund zu werden. Wie lange das dauert, weiß ich nicht. Aber sie ist jetzt erst mal weg und kommt irgendwann wieder. Jetzt sind wir halt ohne sie, aber wir kriegen das doch hin, oder?»

«Fertig?»

«Ja, eigentlich schon, ich weiß nicht, ob du ...»

«Kann ich jetzt gehen?»

«Äh, ja ...»

Dann ging sie auf ihr Zimmer. Immerhin haben wir uns nicht gestritten.

Es ist immer wieder absurd. Ich leite Ermittlungen. Ich bin weisungsbefugt, ich bin einer der Hauptkommissare bei der

Alsfelder Kripo. Es läge also an mir zu sagen, was zu tun ist. Meistens aber muss ich das nicht. Es nimmt immer irgendwie alles so seinen Gang. Markus Meirich weiß immer, was zu tun ist. Ich beschäftige mich derweil mit Präventionsprojekten. Entwickle gemeinsam mit Miriam Meisler, der Präventionskoordinatorin, Projekte wie Aktionstage an Schulen, schreibe an den Broschüren und stelle sie dann der Öffentlichkeit vor. Das mache ich ganz gerne, jedenfalls klappt das ganz gut. Manchmal fahre ich auch zu Berufsbildungsmessen und stelle dann jungen Menschen den Polizeiberuf vor. All das ist planbar und überfordert nicht. Mord überfordert eindeutig. Mord und Ehefrau-weg überfordern noch eindeutiger.

Und auch heute Morgen, als wir uns zu einer Lagebesprechung im Alsfelder Büro treffen, stehe ich schon bei der Eröffnung der Sitzung neben mir.

«Okay, Leute», sage ich, «dann lasst uns doch mal zusammentragen, wie und was es jetzt ... äh, weitergeht. Na ja, viel wissen wir ja noch nicht, und daher ... äh ...»

«Nujoh ...», unternuschelt mich Teichner.

«Wie bitte?», frage ich nach.

«Ach nichts», murmelt er und grinst doof.

«Mach du erst mal», sagt er, um dann doch noch seinen Satz hinterherzuschieben: «Wobei man ja eigentlich schon recht viel weiß ...»

Pause.

«Also, ich wenigstens.»

Er zieht die Brauen hoch und verschränkt die Arme vor seinem unförmigen Körper.

«Teichner, du bist gefeuert», sage ich. Nein, ich sage es nicht, sondern denke es nur. Das ginge auch gar nicht ohne Zustimmung des Oberkriminalrats Ludwig Körber. Onkel

Ludwig, wie ich ihn seit meiner Kindheit, aber natürlich nicht im Dienst, nenne, der alte Freund meines Vaters, dem ich meine Position zu verdanken habe, die ich gar nicht wollte. Aber mit dem «Nein»sagen ist das so eine Sache. Ich verdiene schließlich auch mehr, und das Geld ist in den Handyverträgen meiner Tochter gut angelegt.

«Ja klar, ein bisschen was wissen wir schon», fasele ich. «Wir könnten auch weniger wissen, aber eigentlich auch … mehr.»

Ich höre mich sprechen, aber mein Gehirn weiß nicht, was es sagt. Ich habe andere Sorgen, denke ich, dieser Tote interessiert mich einen Scheißdreck. Mühsam finde ich den Faden wieder, den ich noch gar nicht hatte. «Okay, Teichner, dann trag doch mal zusammen, was wir schon alles wissen.» Teichner erhebt sich, sein Auftritt. Er schmiert sich das für sein Alter recht schüttere Haar mit den Fingerspitzen nach hinten, holt bedeutsam Luft und legt los:

«All right, also, unser Opferlein ist ein gewisser Klaus Drossmann. Er ist durch einen harten Schlag auf die Schläfe getötet worden. Zeitpunkt zwischen 16 und 17 Uhr. Also gegen Ende des närrischen Bandwurms.»

Teichner hält inne und blickt erwartungsfroh in die Runde. Seine Augen verschwinden zwischen den üppig aufgedunsenen Wangen und seiner speckig verschwitzten Stirn. Offenbar wartet er auf einen Lacher. Aber weder Markus Meirich noch ich lassen uns zu einem Höflichkeitsschmunzler hinreißen.

«Also Lindwurm, natürlich, nicht Bandwurm, ne … hehe, nicht närrischer Bandwurm …», erklärt er seinen Nichtwitz.

«Ja, Herrgott, schildere jetzt doch bitte sachlich die Lage, verdammt nochmal!», platzt es aus Markus Meirich heraus, und ich danke ihm stumm dafür.

Teichner fährt beleidigt fort: «O. k., o. k., nur die Ruhe ... Also, Todeszeitpunkt zwischen 16 und 17 Uhr. Das Opfer hat alle Papiere bei sich gehabt. Daher wissen wir, dass Klaus Drossmann 61 Jahre alt wurde und in Mannheim lebte. Wir, also eher meine Wenigkeit hat recherchiert, dass Drossmann bis 1989 mit seiner Familie in Schotten gelebt hat. Seine Frau ist vor sechs Jahren gestorben.»

Teichner blickt in die Runde, aber niemand applaudiert.

«Dann hat meinereiner auch noch herausgedröselt, dass Drossmann einen Sohn hat.»

Wieder macht er eine Pause und scheint erneut begeisterte Ovationen zu erwarten.

«Der Sohn heißt Frank Drossmann, ist 34 Jahre alt, wohnt alleinstehend in Gießen und arbeitet dort beim Finanzamt.»

«Ist er schon informiert?», frage ich.

«Für solch hohe Aufgaben wie Angehörige verständigen ist doch ein Herr Teichner nicht vorgesehen. Das machen doch hier andere Leute ...»

«Ich habe Frank Drossmann vorhin erst erreicht», schaltet sich Markus Meirich ein. «Ich fahre nachher hin. Willst du mit?»

Markus hat mich gemeint, doch Teichner antwortet: «Ja, klar.»

«Ach, du, äh, Teichner, es wäre besser, wenn du hier im Büro die Stellung hältst», komme ich Markus zu Hilfe. Zu Markus sage ich: «Markus, mach das ruhig alleine. Ich werde in der Zeit ... na ja, es liegt ja noch so einiges andere an.»

Mit Berlusconi Gassi gehen, das liegt an, denke ich, während die Sitzung mit einer etwas zu langen Stille ihren Abschluss findet.

Warum in aller Welt muss Berlusconi immer Passantinnen im Schritt schnüffeln?, denke ich, nachdem ich von meinem Hundespaziergang heimgekehrt bin. Er ist einfach schlecht zu erziehen. Vielmehr ist er schlecht erzogen, na ja, eigentlich ist er gar nicht erzogen. Ist bei Mischlingen aus Osteuropa auch nicht immer leicht. Berlusconi ist einfach so, ein Hund mit Charakter. Wenn er «Sitz» machen soll, gibt er Pfötchen. Wenn er laufen soll, macht er «Platz», und wenn er Platz machen soll, furzt er.

6. KAPITEL
• • •

Es wird Zeit, mit Markus zu sprechen. Ich will ihm ehrlich meine Lage schildern. Er muss wissen, warum es auf ihn nun noch mehr ankommt als ohnehin schon. Ich rufe ihn an, während Melina in ihrem Zimmer zu laut Rihanna oder so hört.

«Markus», sage ich, «ich muss mal mit dir reden.»

«Das trifft sich gut», antwortet er, «ich mit dir auch.»

Jetzt wird er sagen, dass er nun endgültig die Nase voll davon hat, andauernd meine Inkompetenz zu schultern, denke ich sofort.

Markus Meirich ist ein Gewinnertyp. Er ist 36 Jahre alt, spielte bis vor fünf Jahren noch beim SC Moers in der Volleyball-Bundesliga, ehe er sich auf seine Polizeikarriere konzentrierte und nach Alsfeld zog. Markus hat eine attraktive, intelligente Frau, Nadja, und eine süße dreijährige Tochter. Ich blicke zu ihm ein wenig auf. Nicht nur wegen seiner zwei Meter vier Lebendgröße, sondern wegen seiner zielstrebigen inneren Ruhe.

Privat haben wir uns nie getroffen, was ich bedaure, aber doch nie änderte. Vielleicht ist mein schlechtes Gewissen ein Hinderungsgrund.

«Hast du nachher Zeit?», fragt er mich. «Ich würde gerne persönlich mit dir reden. Ich treffe mich gleich mit Frank Drossmann in Gießen und könnte dann auf der Rückfahrt in Bad Salzhausen vorbeikommen.»

«Das ist gut, ja. Beim Italiener?», schlage ich vor. «Ruf an, wann du da sein kannst.»

Zwei Stunden später sitze ich bei Antonio in der einzigen Bad Salzhäuser Pizzeria. Antonio ist das personifizierte italienische Klischee. Schon alleine, dass er Antonio heißt. Sein Lokal nennt sich folgerichtig «Da Antonio».

Er singt gerne und meistens «O Sole mio», sagt ständig prego, grazie, Grappa und Mama, rollt ausgiebig das r und dehnt die Vokale extrem aus. An der Wand hängen kitschige Adria-Bilder und ein Mannschaftsfoto des AC Mailand. Von Antonio wird jeder bereits während des zweiten Besuches in seinem Restaurant zum Stammgast zurechtgeduzt. Ich bestelle natürlich einen Chianti und warte auf Markus. Ich werde ihm sagen, dass er die Leitung der Ermittlungen allein übernehmen solle, da er auf mich nicht bauen könne. Noch weniger als sonst. Dass ich ihm helfen würde, so gut es geht. Und dass ich bei Onkel Ludwig, dem Kriminaloberrat, ein gutes Wort für ihn einlegen würde. Das hat er zwar nicht nötig, er wird auch so seinen Weg gehen, aber es soll meine Dankbarkeit und meinen guten Willen unterstreichen. Ich werde ihm offen und ehrlich mein persönliches Fiasko darstellen, denke ich, während ich an dem säuerlichen Rotwein nippe.

Dann betritt Markus das Lokal. Antonio begrüßt ihn herzlich, und während sie sich gegenüberstehen, stelle ich fest, dass sich Antonios Nase ungefähr auf Höhe von Markus' Bauchnabel bewegt. Denn Antonio ist selbstverständlich auch klein.

«Ich erzähle dir am besten erst einmal von diesem Frank Drossmann», sagt Markus, als er am Tisch Platz genommen und einen Apfelsaft bestellt hat. «Affelsaff», wie Antonio sagt. Markus gehört zu den wenigen Traditionalisten, die noch puren Affelsaff trinken und keine Affelsaffschorle.

«Das ist ein ganz eigenartiger Typ, dieser Drossmann junior», fährt Markus fort. «Ein absoluter Eigenbrötler. Total introvertiert. Der redet nichts. Als ich ihm die traurige Nachricht vom gewaltsamen Tod seines Vaters überbracht habe, hat er nur ‹Hm!› gesagt, keine Miene hat der verzogen! Er wirkte weder geschockt noch traurig, noch sonst irgendwas. So was habe ich echt noch nicht erlebt.»

«Meinst du, er hat etwas damit zu tun?», frage ich.

«Kann ich mir nicht vorstellen. Warum sollte er seinen Vater ausgerechnet beim Faschingsumzug in Nidda erschlagen? Er wäre auch den ganzen Tag zu Hause gewesen, meint er. Zum Vater hätte er seit Jahren kaum noch Kontakt. Das war auch so fast das Einzige, was er gesagt hat. Es hätte keinen Krach gegeben, man hätte sich halt auseinandergelebt, seit die Mutter vor sechs Jahren gestorben sei.»

Während ich Markus so zuhöre, merke ich wieder, wie egal es mir ist, wer diesen Drossmann erschlagen hat. Ich habe andere Sorgen.

«Andere nahe Familienangehörige gibt es nicht», fährt Markus fort. «Die haben ja früher in Schotten gewohnt. Das ist der einzige Anhaltspunkt. Der alte Drossmann war früher im Schottener Karnevalsverein aktiv. Da wird man dann wohl ansetzen müssen.»

«Ja, das wird man dann wohl ...», sage ich, ehe eine längere Stille einsetzt, die jäh von Antonios «O Sole mio» aus der Küche unterbrochen wird.

In diesem Moment vibriert es in meiner Hose, und mir wird wieder klar, dass das Smarteste in meinem Leben derzeit mein Phone ist.

Es meldet sich Petra.

«Petra», überplärre ich Antonios Gesang. «Moment, Moment, ich kann hier schlecht reden», stammele ich nervös, während Antonio die Al-Bano-und-Romina-Power-CD aus den achtziger Jahren einschiebt, um auch das letztverbliebene Klischee noch zu erfüllen.

«Äh, Markus, sorry», sage ich und fuchtele dabei nervös mit den Armen herum, «aber ich muss ein lebenswichtiges Telefonat führen. Lass uns unser Gespräch morgen führen ...»

«Ja, aber ...», versucht Markus einzuwenden. Doch da habe ich ihn schon mit dem Handy in der Hand und einem «Felicità» in den Ohren sitzengelassen.

Bei Petra wollte Franziska eine Nacht bleiben, ehe sie in eine Klinik, in eine Kur oder wo auch immer hingeht.

«Petra, gut, dass ihr anruft», hechle ich aufgeregt ins Telefon. Sie möge mir doch bitte gleich Franziska geben, sage ich forsch, während ich in meinen Golf-Diesel-Kombi steige.

«Pass auf, Henning, die Fransi will nicht mit dir sprechen. Ich soll dir nur was ausrichten.»

Ich hasse die Kurzform «Franzi» für den Namen meiner Frau. Aber «Fransi» mit stimmhaftem «s», das klingt noch schlimmer. Petra ist Franziskas älteste und vermutlich treueste Freundin. Die zwei kennen sich seit dem Kindergarten, waren bis zum Abitur in einer Klasse, und nun unterrichten sie auch noch beide im Gymnasium Nidda. Immerhin aber haben sie in verschiedenen Städten unterschiedliche Fächer studiert und unterschiedliche Männer geheiratet. Franziska belegte die Fächerkombination Deutsch und Musik in Marburg, Petra Erdkunde und Biologie in Gießen. Franziska heiratete mich und Petra den Oliver. Ich finde Petra eher mittel – ach was, sie ist eine unglaublich altkluge, besserwisserische blöde Kuh. Sie hat eine leicht quäkende Stimme, aber dafür kann sie ja leider fast nichts. Petra redet immer über Schule. Mit allen und immer. Sie leidet unter dem schlechten Ruf ihres Berufsstandes und fühlt sich aus diesem Grund genötigt, alle ihre beruflichen Arbeitsschritte der Welt stöhnend mitzuteilen. Sie klagt stets über die lauten, frechen und unterrichtsstörenden Jungs und würde am liebsten per Lehrplan die Pubertät abschaffen.

Ihr Mann Oliver redet nicht. Braucht er auch nicht, denn den Job übernimmt Petra für ihn mit. Einmal im Jahr treffen wir uns zu viert zum gemeinsamen Grillen. Während Petra und Franziska den Gurkensalat herrichten, lebhaft über Kollegen und Schüler lästern und den Undank der Restwelt bejammern, stehe ich mit Oliver schweigend am Schwenkgrill. Manchmal sagt er: «Und? Ist durch, oder?» Dann nicke ich meistens und sage: «Keine Ahnung.» Und dann schweigen wir weiter.

«Wie? Franziska will nicht mit mir sprechen? Ich möchte nur wissen, was sie vorhat, und kein Beziehungsgespräch führen.»

«Und genau das soll ich dir ja ausrichten», quäkt sie mir ins Ohr. «Sie ist nämlich gar nicht mehr da. Sie ist auf dem Weg nach Borkum in eine Spezialklinik.»

«Nach Borkum? Auf die Nordseeinsel?», frage ich ungläubig nach.

«Ja, genau. Wichtig ist, dass die Fransi keinen Kontakt zur Außenwelt hat. Deswegen bittet sie dich, sie nicht zu kontaktieren oder ihr nachzureisen oder Ähnliches. Zwei Briefe hat die Fransi geschrieben, einen für Melli und einen für Lauri, die schmeiß ich nachher bei euch ein.»

Meine Kinder heißen Melina und Laurin und nicht Melli und Lauri, und Franziska heißt auch nicht Fransi. Doch darum geht es jetzt nicht.

«Alles klar», sage ich nur noch und lege auf. Danke,

Franziska, vielen Dank für diese Aktion und schön, dass du auch mir einen Brief geschrieben hast. Ich kämpfe ein wenig mit den Tränen, gehe aber als klarer Sieger hervor.

7. KAPITEL
• • •

Am Abend ist nun auch noch meine Tochter weg. Ich sehe nicht ein, mir deswegen zusätzlich Sorgen zu machen. Dazu bin ich heute nicht mehr fähig. Es ist Faschingsdienstag, kurz nach zehn, morgen ist Aschermittwoch und alles vorbei – nur leider nicht die Pubertät. Und morgen ist Schule. Da gibt es die Regel, dass Melina bis sieben zu Hause zu sein hat. Nur stellt sich nun die Frage, gelten diese Regeln noch? Jetzt, wo diejenige, die diesen Regelkatalog aufgestellt hat, nicht mehr da ist? Wenn es nach mir gegangen wäre, hätten wir gar keine Regeln aufzustellen brauchen. Ich hätte Melina sich selbst überlassen. Ihr vertraut. Muss sie denn ihr ganzes Leben kontrolliert werden? Reicht es nicht, dass wir Deppen von der Polizei ständig das, was wir so unbeholfen Rechtsstaat nennen, kontrollieren? Kann man nicht wenigstens den Jugendlichen ein paar Jahre gönnen, eine Vollmeise zu haben? Dann wäre sie halt sitzengeblieben. Dieses ständige Herumquengeln an Melina macht es doch auch nicht besser, sondern hat eher alles nur noch verschlimmert. Doch Franziska wusste es ja besser. Sie ist die Pädagogin.

Das Telefon klingelt.

«Bröhmann», melde ich mich.

«Ich bin's, Melina. Kannst du mich holen?»

«Wo bist du denn?»

«Ey, iss doch egaaal. Kannste mich jetzt holen oder nicht?»

«Ja, kann ich.»

«Gut, bis gleich.»

«Melina?»

«Jaaa, was denn jetzt noch?»

«Denkst du wirklich, dass es egal ist, wo du bist? Meinst du nicht, dass das Abholen dadurch erleichtert werden könnte, wenn ich wüsste, wo ich hinkommen soll?»

Ich höre Melina kichern. Wie lange ist das her, dass ich sie in meinem Beisein habe kichern hören! Als Kind hat sie immer gelacht, vor allem über mich. Sie war mal meine Prinzessin. Eines Morgens wachte sie auf und lachte nicht mehr. Wenigstens nicht mehr über mich.

«Ich bin in Nidda, in der Brunnengasse 12», sagt Melina dann. «Ich warte vor der Tür.»

«Bin in 10 Minuten da.»

Die Frage, mit wem in der Brunnengasse was stattfand, verkneife ich mir lieber.

Es ist 1.17 Uhr. Ich sitze in meinem eigenen Haus und fühle mich fremd. Sechs Jahre ist es nun her, dass wir hier eingezogen sind. Franziska war schwanger mit Laurin, und die Dreizimmerwohnung in Nidda wäre für vier zu klein gewesen. So kamen wir zu dieser Doppelhaushälfte in Bad Salzhausen, dem kleinen Kurstadtteil von Nidda. Doppelhaushälfte, kurz DHH, ein Wort, wie es nur die deutsche Sprache hervorbringen kann, ähnlich wie Schwippschwager oder Nießbrauch.

Bad Salzhausen besteht eigentlich nur aus Park. Durchzogen wird dieser von einer einzigen Straße, die nicht allzu überraschend Kurstraße heißt. An der Kurstraße gelegen findet man eine Therme, ein Touristinfobüro, einige Cafés, Pensionen und Altenheime. Die Straße ist äußerst verkehrsberuhigt. Alles hier ist extrem beruhigt. Alles ist leise. Man lebt hier in dem ständigen Gefühl, jemanden zu stören, und es kostet Überwindung, nicht im Flüsterton miteinander zu sprechen. Ein Paradies für Jugendliche wie Melina ...

Damals dachten wir, es sei doch toll für Kinder, so aufzuwachsen, mitten im Grünen. Wir vergaßen, dass sie einmal groß würden.

Eigentlich wohnt man hier nicht. Man macht viel eher Kur. Man sitzt auf Parkbänken oder fährt mit dem Rollator vom Kurhaus zum Parksaal und wieder zurück. Oberhalb des Parkgeländes gibt es zweieinhalb Straßen, in denen einige wenige Häuser stehen. Ein halbes davon bewohnen wir. Es schien damals reizvoll zu sein, in idyllischer, abgeschiedener Lage in so einer verkehrsberuhigten Aura zu leben. Es war nicht absehbar, dass auch unser Schlafzimmer nach einigen Monaten selbst zu einer sehr verkehrsberuhigten Zone würde.

Unser Haus hat sechs Zimmer, Garten, Terrasse, Waschkeller und trallala. Franziska hat es eingerichtet. Das war auch gut so. Sie kann das, sie hat Geschmack und Ideen. Ich kann es nicht, habe keine Ideen und erst recht keinen Geschmack. Wir haben einen dunklen Holzesstisch mit Lederstühlen und ein dunkelblaues Überecksofa – auch eines meiner Lieblingsworte – mit gelben und roten Kissen. Lebendig sollte das wirken. Die Wände sind nicht tapeziert, sondern nur verputzt und sparsam mit Kunstdrucken moderner deutscher Maler behangen. Wir haben einen offenen Wohn-Ess-und-Küchenbereich, der dezent im Toskana-Landhausstil gehalten ist. Im Wohnzimmer steht ein alter Flügel, ein Erbstück einer Tante von Franziska, auf dem Franziska seit vier Jahren nicht mehr spielt. So verstaubt er innerlich, wenn man so will.

Das Haus haben wir gekauft. Nur aber nicht von meinem oder Franziskas Geld, sondern von dem der Bank und dem nicht unerheblichen steuergünstigen Vorvererbungszuschuss meiner Eltern. So beschleicht mich leise das Gefühl, dass ich hier im Haus der Sparkasse Oberhessen und meiner Eltern lebe, das von Franziska eingerichtet wurde. Mein Bereich ist Rasenmähen, was ich allerdings auch nur unregelmäßig tue, aus Protest gegen unsere Nachbarn, die ihren Rasen mit der Nagelschere stutzen.

Um den Themenbereich Fernseher hingegen habe ich mich umso intensiver gekümmert. Vier Tage lang habe ich im Internet 32-Zoll-16:9-HD-ready-LCD-Flatscreen-Fernseher herausrecherchiert und verglichen. Ich habe 4378 Kundenrezensionen durchgearbeitet, bis ich irgendwann einen bestellte. 81 Zentimeter breites Bild, mit integriertem DVB-T-Tuner und drei HDMI. Direkt nach der Lieferung habe ich ihn an die Wand gehängt.

«Meinst du nicht, dass der ein wenig zu groß ist?», fragte mich Franziska. «Quatsch, zu große Fernseher gibt es nicht», entgegnete ich, während ich feststellte, dass wir nur zwei Meter vom Fernseher entfernt auf dem Sofa saßen und das Bild daher total unscharf daherkam. Die wahre Bildqualität wäre vermutlich von Nachbars Garten aus durch die Terrassentür hindurch feststellbar gewesen. Das habe ich natürlich nicht zugegeben und würde es auch heute niemals tun. Ein bisschen blöd war zudem auch, dass der Fernseher am dritten Tag von der Wand krachte. Er hat seitdem einen Blaustich. So sehen alle ein wenig aus wie Avatare, was zumindest Laurin toll findet. Außerdem fällt die Unschärfe nicht mehr ganz so auf, meine ich wenigstens.

Ich bin zu müde, um müde zu sein, und liege erstarrt auf dem Sofa. Nur der Daumen auf der Fernbedienung bewegt sich noch und erzeugt ein Programm, auf dem nackige

Frauen albern durch eine Turnhalle hüpfen und mit falschen Brüsten Basketball spielen. Ich möchte mich nie so einsam fühlen, dass ich solche Bilder irgendwann einmal anregend finde, denke ich und schlafe auf dem Sofa ein.

In der Nacht wache ich nassgeschwitzt auf. Zwei Dinge schwirren wirr in meinem Kopf herum. Zum einen die Vorstellung, dass Franziska sich auf unbestimmte Zeit verabschiedet hätte und ich alleinerziehend einen Mordfall aufklären müsste, zum anderen, wie nackige Basketbälle mit Brüsten in hüpfenden Turnhallen mit Frauen spielen. Ich frage mich, was von beiden Szenarien der Traum war, entscheide mich für Ersteres, schlafe wieder ein, um am nächsten Morgen mit der bitteren Erkenntnis aufzuwachen, dass ich mich geirrt habe.

Die Kriminalpolizei in Alsfeld wird an ebendiesem Morgen um neun Uhr zunächst einmal von Berlusconi nach allen Regeln der Kunst bepinkelt. Berlusconi war bis dato noch nie hier und muss aus diesem Grund sein Hunderevier im Polizeirevier markieren. Schade, dass er nicht auf «Fass» hört, denke ich, als mein Freund Teichner das Büro betritt. Auch Onkel Kriminaloberrat Ludwig ist anwesend. Er scheint die Wichtigkeit des Falles uns allen verdeutlichen zu wollen. Die Einrichtung unseres Büros hätte auch ich noch hinbekommen. Es stehen drei karge Schreibtische mit ein paar Stühlen herum, an den Wänden hängen Kalender, Einsatzpläne und Straßenkarten und an den milchigen Fenstern verknickte Rollos. Das war's. Markus Meirich wollte einmal Pflanzen mitbringen, hat es allerdings immer wieder vergessen. Teichner und ich haben ihn aber auch nicht daran erinnert.

Onkel Ludwig, der es immer gut mit mir meinte und selber gerne einen Sohn gehabt hätte, es allerdings nur zu vier Töchtern und neun Enkeltöchtern brachte, erhob seine für seine massige Statur viel zu mickrige Stimme, um Teichner und mir einen guten Morgen zu wünschen.

«Leider hat sich der Kollege Meirich bis zum Ende der Woche krankschreiben lassen, zum natürlich ungünstigsten Zeitpunkt. Das heißt, Henning, du und Kollege Teichner, ihr müsst das diese Woche alleine reißen.»

Ich werde blass, und Berlusconi furzt.

Markus Meirich krank? Das kann nicht sein. Markus wird nicht krank. Der ist immer gesund. Wenn der mal fehlt, dann nur weil er Urlaub macht oder seine Oma gestorben ist. Warum denn das jetzt auch noch bitte? Onkel Ludwig faselt noch irgendetwas von Druck von oben und einem hohen öffentlichen Interesse an diesem Fall. Ich höre aber nicht mehr zu. Irgendetwas schwappt dann zu mir herüber. Es ist Teichners Schleim: «Machen Sie sich mal keine Sorgen, Herr Kriminaloberrat, auch ohne den Kollegen Meirich wird das hier gewuppdiwuppt. Und wenn ich hier die nächsten Wochen einziehe.»

«Na, dann mal an die Arbeit», piepst Onkel Ludwig väterlich, während er den Raum verlässt.

Mir fällt mein überstürzter Abgang von gestern Abend ein, als ich Markus bei Antonio habe sitzenlassen. Ich hätte mit Petra telefonieren und dann in Ruhe zu Markus an den Tisch zurückgehen sollen. Ich hätte ihm dann meine Lage schildern sollen. Hätte hätte Damentoilette. Ich verspüre ein schlechtes Gewissen und freue mich darüber. Endlich mal wieder ein Gefühlszustand, der mir vertraut ist. Damit kenne ich mich aus, da bin ich Fachmann. Ich denke darüber nach, bei Markus anzurufen, mich zu entschuldigen und mich nach seinem Befinden zu erkundigen. Ich entscheide mich dagegen. Es könnte wie Kontrolle daherkommen, da ich ja in gewisser Weise sein Vorgesetzter bin.

Das Telefon klingelt. Ich hasse es, im Großraumbüro zu telefonieren. Ich fühle mich dann immer von meinen Kollegen kontrolliert und beobachtet. Und bei Teichner fühle ich mich nicht nur so. Noch schlimmer ist es, wenn ich mit Markus oder Teichner zur gleichen Zeit telefonieren muss. Dann höre ich immer bei den Gesprächen der anderen zu und nicht bei meinem eigenen. Wie bei Partys, wenn sich auf engem Raum unzählige Grüppchen bilden und in gleicher Lautstärke mehrere Gespräche laufen. Dann verstehe ich nichts mehr, nicke nur noch in mein Grüppchen hinein und grinse blöd. Ich telefoniere auch sonst sehr ungern. Es verunsichert mich, meinen Gesprächspartner nicht sehen zu können.

«Ja?» So schlicht melde ich mich, wenn das Display meines Telefons «Intern» anzeigt.

«Was heißt hier Ja? Ich kenne keinen Herrn Ja.»

Mein Vater. Zum Eintritt in den Ruhestand vor neun Jahren hat er sich eine interne Telefonleitung vom Polizeipräsidium in sein Zuhause nach Rudingshain legen lassen. Er wolle den Kontakt nicht so jäh abbrechen lassen und stehe jederzeit mit Rat und Tat zur Verfügung. Natürlich nicht, um sich aufzudrängen, aber wenn man ihn rufe und brauche und auf seine langjährige Erfahrung als Polizeikriminaler und Präsident bauen wolle, dann sei er da, sagte mein Vater bei seiner Verabschiedung.

«Meldet man sich also inzwischen in dieser Form als Kriminalhauptkommissar? Man geht also nicht mehr her und nennt seinen Namen und Dienstgrad?»

«Ach, hallo, Vater ... nee, doch, natürlich. Aber wir haben doch jetzt diese neuen Telefone, wo man sieht, ob einer ‹intern› oder ‹extern› anruft. Wenn also einer ‹intern› aus dem Präsidium diese Nummer wählt, dann melde ich mich halt ...»

«Und ich wohne im Präsidium? Das wäre mir neu.»

«Nein, aber du hast dir doch damals eine interne Leitung legen lassen. Und daher sehe ich auf dem Display ...»

«Habt ihr nicht Besseres zu tun?»

«Besseres als was?»

«Als herzugehen und euch mit Telefonleitungen zu beschäftigen. Hat man keinen Mordfall aufzuklären?»

Das sind die Fragen meines Vaters, auf die es nie Antworten gibt.

«Welche Erkenntnisse, Ergebnisse et cetera pp hat man schon? In welche Richtung laufen die Ermittlungen?»

«Ja», sage ich.

«Dann ist ja gut», sagt mein Vater. «In den ersten Stunden und Tagen der Ermittlungen entscheidet sich zumeist, wie, ob und in welcher Zeit sich der Fall klären lassen wird. Mit kühlem Kopf und klarem Gedankengut muss nun an die Arbeit gegangen werden, nicht wahr?»

«Ja», sage ich wieder.

«Dann ist ja gut. Vielleicht kann man auch mal hergehen und sich mal wieder bei der Mutter melden, soll ich ausrichten. Sie sorgt sich, da sie längere Zeit nichts gehört habe.»

Dann soll sie doch anrufen, denke ich. Macht sie aber nicht. Denn dann kann sie sich ja nicht darüber ärgern, dass sie nicht angerufen wird.

«Und noch was, Junge ...»

«Ja?», sage ich.

«Das Gespräch dauert schon viel zu lange. Jede Minute ist kostbar. In den ersten Stunden und Tagen der Ermittlungen entscheidet sich zumeist, wie, ob und in welcher Zeit sich der Fall klären lassen wird. Man sollte jetzt mal an die Arbeit gehen.»

«Ja», sage ich.

«Dann ist ja gut», sagt mein Vater und legt auf.

Im Winter ist es in diesem Büro immer zu kalt. Die Heizung schafft es nicht, eine angenehme Temperatur zu kreieren, wie Louis van Gaal sagen würde. Draußen pfeift ein kalter Wind. Das tut er oft hier im bergigen Vogelsberg. Einem Mittelgebirge, das in seiner Mittelmäßigkeit seinem Namen alle Ehre macht, meinen viele gehässige Kleingeister. Im Winter könne man hier aber immerhin Ski fahren, entgegne ich dann oft. Wenigstens ein bisschen. Ich gebe zu, dass es gelegentlich zu wenig Schnee gibt, und wenn es mal wie in diesem Winter üppig geschneit hat, ist meist die Liftanlage defekt. Hier macht man selten seinen Jahresurlaub, gebe ich zu, aber immerhin Ausflüge. Im Sommer kann man wandertrekken, fahrradbiken, sommerrodeln oder als lederbekleideter Motorrad-Spießer es toll finden, mit albernen Stinkrädern die Berge rauf- und runterzubrettern, um dann in an Hauptstraßen gelegenen Landgasthäusern Weizenbier zu trinken, Schnitzel zu essen und schlechte Musik zu hören. Der Vogelsberg lässt sich offiziell als «Größter Vulkan Mitteleuropas» feiern und verweist nicht ohne Stolz darauf, dass er an Durchmesser und Fläche den Ätna aber mal ganz locker in die Tasche steckt. Nur eines tut er sicher nicht mehr, der Vogelsberg: ausbrechen. Das hat der erloschene Vulkan mit seinen heutigen Bewohnern gemein. Er weiß, was er an sich hat. Das gefällt mir so. Die weite, raue, unaufgeregte und manchmal karge Landschaft genügt sich selbst und braucht keine modernistischen Veränderungen und erst recht keine Ausbrüche.

Teichner ist bestimmt auch ein Biker, denke ich, während ich zu ihm hinüberblicke. Ich stelle ihn mir in engen Lederhosen vor und wechsle schnell das Gedankenthema.

Teichner ist eifrig. Er telefoniert eine Liste ab, mit Personen, die Klaus Drossmann gekannt haben könnten aus der Zeit, als er hier im Vogelsberger Schotten gelebt hat, und erstattet mir dann Bericht.

«Okey dokey, dann leg ich mal los. Klaus Drossmann hat in Schotten als Weißbinder in einem Drei-Mann-Betrieb gearbeitet, bis der 1989 pleiteging. Kurz danach isser mit seiner Familie nach Mannheim gezogen. Dort fand er wohl wieder Arbeit, bis er vor drei Jahren mit 58 frühverrentet wurde. Den Kontakt zu seiner alten Heimat hat er abgebrochen.»

Teichner lässt seine Finger knacken und stößt auf.

«Hatte er wirklich zu niemandem aus der Schottener Ecke noch Kontakt?», frage ich nach.

«Yep, nullinger. In den letzten 21 Jahren scheint er nicht ein einziges Mal in seine alte Heimat zurückgekehrt zu sein. Bis auf jetzt halt.»

«Komisch», murmele ich. «Sonst noch irgendwas?»

«Vor sechs Jahren ist seine Frau Renate gestorben, an Krebs. Mit ihr hat er sehr zurückgezogen in Mannheim gelebt. Sein Sohn Frank ist nach dem Tod der Mutter nach Gießen gezogen.»

«Das ist der, der beim Finanzamt arbeitet?»

«Yes, man!»

Klaus Drossmann war Mitglied im Schottener Karnevalsverein, berichtet mir Teichner dann weiter. Allerdings habe er keinen Menschen recherchieren können, der ihn gut kannte oder gar angegeben hätte, mit ihm befreundet gewesen zu sein. Er habe auch niemanden gefunden, der ihn seit seinem Umzug nach Mannheim hier in der Gegend gesehen hätte. Drossmann spielte wohl eine eher unauffällige Rolle, obwohl er bei einigen Faschingskampagnen in diversen Unterhaltungsbands Keyboarder war. Nirgendwo schien er einen bleibenden Eindruck hinterlassen zu haben. Weder positiv noch negativ.

Alle die von Teichner befragten damaligen Mitmusiker schildern ihn einhellig als etwas sonderbaren Einzelgänger.

«Jetzt willste bestimmt noch wissen, wie er genau gestorben ist, was?», fragt mich Teichner dann.

Nein, liegt mir als Antwort auf diese blöde Frage auf der Zunge. Doch bevor ich antworte, redet mein Kollege schon weiter.

«Durch einen Schlag auf die linke Schläfe. Mit einer Eisenstange, die am Tatort herumlag.»

«Das steht fest?», frage ich.

«Yep. Es wurden Blutspuren nachgewiesen, die zu Drossmann gehören.»

Um seinen Bericht abzuschließen, kramt Teichner einen Zettel aus der Hosentasche, auf dem er sich weitere Informationen notiert hat.

«Obwohl der Mord ganz in der Nähe vom Umzug passiert ist, ist es unwahrscheinlich, dass es irgendjemand gesehen hat. Diese Stelle hinter dem Feuerwehrgerätehaus, wo's passiert ist, ist für niemanden einsehbar. Die Tatwaffe gehört übrigens zum Gerümpel des Feuerwehrhauses und lag neben anderem Zeug in der Nähe des Tatortes herum. Gestohlen wurde Drossmann vermutlich nichts, womit ein Raubmord nahezu ausgeschlossen werden kann. Zeugen scheint es wie gesagt nicht gegeben zu haben. Jedenfalls hat sich bisher noch niemand gemeldet, der etwas gehört oder gesehen haben will.»

Teichner beendet seinen Bericht mit der Bemerkung, dass wir beide demnächst nach Mannheim zu Drossmanns Wohnung reisen müssten. Dann niest er unangenehm und lässt mich mit Blick auf Berlusconi wissen, dass er eine Hundeallergie habe. Ein Grund mehr, Berlusconi auch in den nächsten Tagen häufiger mit zur Arbeit zu bringen.

Ich lobe Teichner für seine gute Arbeit, auch wenn es mir schwerfällt.

«Schankedöhn», sagt er darauf.

Während ich Berlusconi zum Kacken in den Park führe, erwische ich mich dabei, wie ich über den Fall nachdenke. Ich komme mir vor, als sei ich das, was ich bin. Ein Kriminalkommissar, der, mit sich selbst redend, fallspezifische Fragen stellt: Was wollte Drossmann nach 21 Jahren plötzlich wieder in seiner alten Heimat? Und warum besuchte er offenbar allein den Umzug? Oder hatte er sich mit jemandem verabredet? Gab es einen tieferen Grund, dass er dieses Sensenmannkostüm trug, in dem er nicht zu erkennen war? War dies so gewollt? War mit dem Mord überhaupt er gemeint, oder war er Opfer eines Irren, der dieses Kostüm nicht ertragen konnte? Und wann eigentlich muss ich Laurin vom Kindergarten abholen?

«Das machen Sie aber schon noch weg!», werde ich von einer älteren Mitbürgerin mit Blick auf einen feudalen Berlusconi-Scheißhaufen drohend gefragt.

«Selbstverständlich», lüge ich, warte, bis die Dame um die Ecke ist, gehe zurück ins Büro und setze mich auf die Toilette.

Währenddessen tippe ich auf meinem neuen Alleskönnerangebertelefon herum und betrachte Franziska auf Urlaubsfotos. Schön ist sie, denke ich. Das hatte ich fast vergessen.

Vieles an ihr ist fein. Eigentlich alles. Ihr dunkelblondes halblanges Haar, ihre Augenfältchen, ihr feingliedriges Gesicht, ihre schmalen Schultern, ihre Finger, ihre Hüften, ihr Po. Jawohl, ein feiner Po. Meinen putze ich ab. Die Sitzung ist beendet.

8. KAPITEL
•••

«Das finde ich aber toll, dass du mal den Laurin abholst», begrüßt mich Molli, als ich das Grundstück des Schlumpfloch-Kindergartens betrete. Ich meine einen leisen Vorwurf in ihrer aufgesetzten Herzlichkeit zu vernehmen. Molli umarmt mich. Ich verschwinde in Tüchern. Sie trägt immer Tücher, von oben bis unten. Gäbe es den Kopf nicht, wäre bei Molli ein Oben nicht erkennbar. Molli umarmt jeden. Grundsätzlich umarmt man sich hier in der elternverwalteten Kindergruppe Schlumpfloch e. V. gerne. Einer der Gründe, warum ich diesen Ort bisher meist gemieden habe. Ich bin nicht so der Umarmer-Typ. Ich möchte diejenigen, die ich umarme oder von denen ich umarmt werde, sehr gut kennen und im besten Falle mögen. Das ist bei den Schlumpflöchern nicht immer der Fall. Ich bin ein wenig zu früh und daher im Vorgarten des kleinen Schlumpfloch-Häuschens Molli ausgeliefert. Diesen hat die «Garten- und Sandkasten-Eltern-AG» vor zwei Jahren angelegt. Ich weiß noch gut, wie Franziska sechs Wochen lang jeden Samstag und Sonntag im Schlumpfloch-Matsch kniete und mit Siggi, Karin und Wolle in der Erde herumhackte. Wenn sie am Abend heimkam, bekam ich immer ein schlechtes Gewissen. In Franziskas Blick sah ich dieses: «Warum muss ich das immer machen? Und warum nicht auch mal du?» Sie sprach es aber nie aus. Franziska hatte das damals entschieden. Sie wollte für Laurin eine kleine Gruppe mit gutem «Betreuungsschlüssel», wie man sagt. Sie wollte in der Struktur eines Elternvereins mitgestalten und -bestimmen. Sie suchte eine Alternative zu den üblichen Kindergärten. Außerdem gäbe es bei Schlumpfloch nicht diesen Großküchenfraß, sondern vollwertige, von den Eltern im Wechsel hergerichtete Speisen. Franziska musste beim Kochen diverse Verbotsregeln beachten und auf die unzähligen Allergien der Schlumpfloch-Kinder Rücksicht nehmen. Kein Weißmehl, keine Kuhmilch, keine Tomaten, kein Zucker und natürlich kein Fleisch. Als ein Kind mit einer Reisallergie aufgenommen wurde, wurde es eng. Ich glaube, zu dieser Zeit gab es dann mal für ein paar Jahre gar nichts zu essen, und die Kinder durften hungern. Allerdings vollwertig hungern.

Franziska musste fast wöchentlich zu Elternabenden oder AG-Treffen, die niemals vor ein Uhr nachts endeten und in denen über die vollwertigste Kinderzahnpasta diskutiert und kampfabgestimmt wurde. Ganz selten bin ich dort hingegangen. Einmal, erinnere ich mich, brachte ich Rotwein mit, was nicht bei allen gut ankam.

Wolle hält hier die Fäden in der Hand. Die Wolle-Fäden. Wolle ist durch sein unbestreitbares Überengagement nicht kritisierbar. Franziska hat es trotzdem einmal zaghaft versucht. Sofort drohte er, alles hinzuschmeißen. Niemand hängt sich so rein wie Wolle. Wolle ist in allen AGs. Wolle kann so alles am besten kontrollieren und auf «Missstände» hinweisen. Niemand hat aber auch so viel Zeit wie Wolle. Wolle schreibt seit vierzehn Jahren an einer Philosophie-Doktorarbeit. Sagt er jedenfalls. Und alle sind sich sicher, er wird dies auch noch die nächsten vierzehn Jahre tun. Das geht nur, weil seine Frau Molli von ihren Eltern einiges geerbt hat. Wolle und Molli werden noch so viele Kinder nachlegen, dass Wolle bis an sein Lebensende hier tätig sein kann. Da bin ich ganz sicher.

Während ich Molli frage, wie es denn in den letzten Tagen mit Laurin gewesen sei, sehe ich im Hintergrund Wolle mit dem Akkuschrauber von der Leiter fallen. Es macht batsch. Wolle liegt im Schneematsch. Doch er steht wieder auf. Ein Wolle ist nicht totzukriegen. Schon gar nicht in seinem Revier.

«Ich spüre bei Laurin eine gewisse Aggressionsproblematik. Versteh mich nicht falsch, Henning, aber Calvin-Manuel kennt das nicht. Calvin-Manuel diskutiert Konflikte aus. Euer Laurin macht dann aber leider sehr sehr sehr zu, geht bei leisester Kritik ganz ganz ganz stark in die Abwehr. Ich habe versucht, ihn in seiner Wut abzuholen, doch er wurde leider noch aggressiver.»

Kann ich gut verstehen. Wenn Molli mich in meiner Wut abzuholen versuchen würde, würde ich sie vermutlich vermutlich vermutlich umbringen. Doch ich muss ihr und Wolle dankbar sein. Drei Tage konnte Laurin bei ihnen sein. Das war zugegebenermaßen sehr hilfreich.

Manche geraten in schlechte Kreise, ich gerate in den schlechtesten, den Schlusskreis. Alle Eltern, die schon vor der Abholzeit um 16.30 Uhr im Schlumpfloch sind, dürfen sich händehaltend in den Schlusskreis stellen. Wenn es nur beim Stehen bliebe. In der Mitte läuft dann irgendwann der Bullebums herum. Der bin ich heute. Denn ich bin ja so selten da. Und alle finden es toll, wenn außer Wolle auch einmal ein anderer Papa den Bullebums macht. Wenn ich meinen Bullebums-Part hinter mich gebracht habe, stehe ich wieder mit allen anderen im Kreis, und ein anderer ist der Bullebums. Laurin steht mir gegenüber und guckt sehr skeptisch. Links habe ich Wolle an der Hand, rechts Molli. Ich muss hüpfen, klatschen, singen und am Ende mit meinen beiden Nachbarn bullebumsen. Dazu rufen alle: Bul – le – bums! Und bei Bums bumst man gegen den Popo des anderen. Ich finde den von Molli nicht und verschwinde bullebumsend in einem weiten großen Nichts aus ganz vielen Tüchern.

«Mein lieber Laurin – weißt du noch, als Oma krank war? Als ihr so der Rücken wehgetan hat und sie ein paar Wochen von zu Hause weg war, um wieder richtig gesund zu werden? Da haben wir sie doch mal besucht. In Bad Orb, dort, wo es dieses riesige Eis gab. Kannst du dich erinnern? Nach ein paar Wochen war sie wieder richtig gesund und konnte sogar mit dir wieder Fußball spielen. Nun bin ich krank, nicht schlimm, aber ein bisschen schon. Deine Mama braucht eine Pause, um wieder so richtig fit zu werden. Und dazu musste ich wegfahren, denn dort, wo ich jetzt bin, an diesem Ort hier, da werde ich schneller gesund als zu Hause. Ich brauche ganz viel Ruhe. Deswegen darf mich auch keiner besuchen. So werde ich am allerschnellsten gesund. Ist doof, dass wir uns nicht sehen, dafür komme ich dann schneller wieder nach Hause. Ich denke die ganze Zeit an dich und habe dich sehr lieb. Jetzt kümmert sich dein Papa ganz viel um dich. Das wird auch mal schön sein. Der spielt auch viel besser Fußball als ich. Wir sehen uns bald wieder. Ich freue mich drauf. Ich liebe dich, deine Mama»

«Und was tut der Mama wo weh?», fragt Laurin, nachdem ich ihm den Brief zu Hause am Esstisch vorgelesen habe. Petra hatte die Briefe für Laurin und Melina wie angekündigt in den Briefkasten geworfen. Melinas Brief habe ich ungeöffnet auf ihren Schreibtisch gelegt. Sie ist noch unterwegs.

«Tja», sage ich zu Laurin. «Die Seele tut der Mama weh, würde ich mal sagen.»

«Und wo ist die Seele?»

«In uns drin.»
«Wo genau?»
«Na ja ... die ist irgendwie überall.»
«Dann tut's der Mama überall weh?»
«Ja, sozusagen, aber nicht die ganze Zeit.»
«Dann können wir sie ja besuchen, wenn's mal nicht wehtut, oder, Papa?»
«Nee, das können wir leider nicht.»
«Will ich aber.»
«Das verstehe ich, Laurin, aber ...»
«Ich will aaaber!!!»

Laurin weint, schreit und schmeißt den Apfelschorlenbecher samt Inhalt an die Wand.

Franziska, du bist eine blöde Kuh, denke ich.

Ich habe immer geglaubt, ich hätte alles im Griff. Alles am Laufen halten. Weiter, weiter, weiter. Nie hätte ich gedacht, dass ich zu so etwas fähig bin. Ich fühle mich wie eine Sprudelwasserflasche, die man jahrelang geschüttelt hat. Und plötzlich ist der Verschluss aufgegangen. Es war nicht aufzuhalten. Blopp! Ich musste weg. Weit weg. Ich schäme mich. Ich hasse mich dafür, die Kontrolle verloren zu haben. Ich habe gehandelt, ohne zu denken. Scheiße. Ich werde Melina und Laurin nicht zumuten wollen, mir zu verzeihen. Das ist nicht zu verzeihen. Ich muss wieder zu Sinnen kommen. Mein letzter Rest Verstand hat mich hierhergetrieben. Oh Gott, ich bin so wirr und so daneben, so ausgebrannt. Auch wenn mir diese Jammerlappen-Kollegen mit ihrem Sabbatjahren- und Burn-out-Gequatsche immer tierisch auf den Senkel gegangen sind. Mir pfeift auch seit drei Jahren mein linkes Ohr, und ich mach da kein Riesending draus. Schon jetzt vermisse ich die Kinder. Sie tun mir leid, und ich schäme mich vor ihnen. Nur, was nützen mir meine Schuldgefühle? Ich werde mich wieder in den Griff bekommen. Das weiß ich. Das habe ich bis jetzt immer geschafft. Rumjammern sollen andere, das kann Henning jetzt machen. Da ist er ja Profi drin. Ich sehe sein selbstmitleidiges Gesicht vor mir. Wie er jetzt mit seinem Schicksal hadert. Soll er jetzt zur Abwechslung einmal Verantwortung übernehmen. Ich weiß nicht, was wird. Ich muss nachdenken. Ich weiß, dass Henning mir nicht nachspüren wird. Dazu fehlt ihm der Antrieb und vor allem die Leidenschaft.

Bestimmt vergisst Henning, dass Laurin am Donnerstag Training hat.

9. KAPITEL
• • •

Ich habe vergessen, dass Laurin am Donnerstag Training hatte. Woran soll ich denn bitte noch alles denken?

Melina hat heute Nacht plötzlich neben mir gelegen. In Franziskas Bett. Ich habe sie beim Frühstück nicht darauf angesprochen. Auch nicht auf Franziskas Brief. Ich glaube, ich lasse sie am besten einfach in Ruhe. Laurin hat ins Bett gepinkelt.

Teichner und ich waren gestern in Mannheim in Drossmanns Wohnung. Er wohnte dort am Stadtrand in einem kleinen Reihenhaus. Auch in Mannheim war er sehr für sich, wie die Nachbarn bestätigten. Ich habe Teichner machen lassen. Er hechelte von Reihenhaus zu Reihenhaus. Ich saß müde auf der Terrasse und gewöhnte mir das Rauchen wieder an. Ich nahm eine von Drossmanns Zigaretten, die neben dem Elektrogrill lagen, und zündete sie an. Sie schmeckte nicht, aber das passt ja zu meinem Leben. Wenn doch nur Markus hier sein könnte, dachte ich, dann würde das hier in irgendeine sinnvolle Richtung gehen. Ich werde ihn am Wochenende anrufen. Es steht ja auch noch eine Entschuldigung aus. Teichner notierte alle Nummern aus dem Register des Telefons. Vor allem die Nummern, die Drossmann in den letzten Tagen gewählt hat, könnten Ansatzpunkte ergeben, meint Teichner und gibt mir den Zettel. Da hat er wohl recht. Einen Anrufbeantworter besaß Klaus Drossmann nicht, auch keinen Kalender und auch kein Handy. Sonst standen ein Fernseher, ein dunkler runder Esstisch, ein paar unmotivierte Bücher und eine unfassbar hässliche Vitrine einsam im Wohnzimmer herum. An der Wand hing ein Foto von einer vergilbten Frau aus den siebziger Jahren, die vermutlich seine Ehefrau war. Die Tapeten waren ebenso wie die Gardinen angegilbt. Auch in der Küche und im Schlafzimmer war nichts zu finden, was in irgendeiner Form erwähnenswert wäre.

Als Kriminalermittler verhält es sich ähnlich wie mit Journalisten. Man benötigt die Gabe der Hartnäckigkeit und eine gewisse Form der Penetranz. Es muss bei den verhörten oder interviewten Mitmenschen drangeblieben, nachgefragt, ja nachgebohrt werden. Manchmal muss man sie auch unter Druck setzen, sie in die Ecke drängen, um an wichtige Informationen zu gelangen, um Verbrechen aufzuklären oder um gesellschaftliche Missstände aufzudecken. Es ist toll, wenn das jemand kann. Ich kann es nicht. Wenn ich jemandem eine Frage stelle und dieser kein Interesse hat, mir eine Antwort darauf zu geben, dann soll er es eben lassen. Markus Meirich kann es dagegen gut. Daher muss er immer verhören.

Ich hätte eben hartnäckiger sein müssen. Ich habe mit einer Frankfurter Künstleragentur telefoniert, die berühmte bis berüchtigte Schlagerstars managt. Drossmann hatte in den letzten acht Tagen vor seinem Tod elfmal dort angerufen. Er war Keyboarder in diversen Amateur-Unterhaltungscombos. Kaum vorstellbar, dass er sich in dieser Funktion dort gemeldet hat. Sonst scheint er kaum telefoniert zu haben. Einmal mit einer Sexhotline, zweimal hat er bei Telefongewinnspielen mitgemacht, einmal beim Pizzaservice angerufen und einmal bei seinem Sohn in Gießen.

«Wissen Sie, wie viele Phones wir hier am Tag haben? Da können wir uns ganz bestimmt nicht an Ihren Herrn Dingsbums erinnern», belehrt mich eine junge Frauenstimme, die in der Künstleragentur «Shalala» – so heißt die wirklich – vermutlich Kaffee kocht und vom Chef geknallt wird. So läuft das doch im Showbiz, machen wir uns doch nichts vor. Ich werde also von irgendeiner Praktikantin wie ein Vogelsberger Provinzpolizeiwachtmeister behandelt, der es niemals im Leben zum «Phone haben» bringen wird. Was Drossmann von dieser Agentur wollte, würde mich nun aber doch interessieren. Und wenn mich mal etwas interessiert, was mit meinem Beruf zusammenhängt, dann sollte ich dem unbedingt nachgehen.

Zwei Stunden später, so gegen vierzehn Uhr, hocke ich in meinem Dienstwagen und befinde mich auf der A5 nach Frankfurt auf dem Weg zur Shalala-Künstleragentur. Neben mir sitzt Melina. Als ich eben zu Hause an ihre Tür klopfte und ihr mitteilte, dass ich beruflich nach Frankfurt müsse, hörte ich nur einen spitzen Schrei. Ich zuckte zunächst zusammen, merkte aber schnell, dass dies eine Gefühlsregung war, die in irgendeine positive Richtung ging.

«Wie geeeeiiil, ich will mit! Frankfurt, wie geeeiiil. Bitte, bitte, ich will mit!»

Melina wächst im Vogelsberg auf. Sie tritt seit Jahren auf ihrem Schulweg in Kuhscheiße, wie soll ich ihr da den Anblick von Wolkenkratzern verwehren? Trotzdem bin ich überrascht, dass sie nicht lieber zu Hause bleiben wollte. Auch Laurin nehme ich mit, der sich bedrohlich viele Benjamin-Blümchen-CDs unter den Arm klemmt. Er freut sich, Polizeiwagen zu fahren. Schon jetzt weiß ich, dass er wieder die Waffe im Handschuhfach sehen will und dass ich ihn erneut enttäuschen muss, weil ich damit immer noch keinen

Räuber erschossen habe. Und selbstverständlich sabbert, furzt und haart noch jemand anders auf der Rückbank. Es ist Berlusconi. Und dann ist da noch Chantal. Chantal hat eine leicht monotone Stimme, die ein wenig wie Gundula Gause klingt. Sie hängt saugnapfend an der Windschutzscheibe in einem kleinen rechteckigen Kästchen und kennt immer den Weg. Na ja, fast immer. Manchmal ist sie bockig. Sie ist beleidigt, wenn man ihr nicht vertraut. Wenn man selbst in der Straßenkarte blättert. Wenn man es besser weiß. Das mag sie gar nicht. Das hat Franziska immer getan. Franziska hat Chantal nicht vertraut. Vermutlich war sie eifersüchtig. Ich glaube Chantal immer und gebe bei ihr komplett die Kontrolle ab. Selbst wenn ich drei Stunden im Kreis fahre, weiß ich, mit Chantal komme ich am Ende immer an mein Ziel. Von wem kann man das schon sagen?

Auf der fast anderthalbstündigen Fahrt in den Frankfurter Stadtteil Bornheim schweigen wir meist. Selbst Laurin, der auf Autofahrten oft vor sich hin redet, ohne es zu merken. Ein-, zweimal versuche ich, die lastende Stille zu durchbrechen, und sage zum Beispiel, dass Autobahnbauarbeiter bestimmt ein anstrengender Beruf ist oder dass Eintracht Frankfurt 1980 den UEFA-Pokal durch ein 1:0 über Borussia Mönchengladbach gewonnen hat. Fred Schaub schoss das Siegtor. Es gab damals Hin- und Rückspiel. Beim Rückspiel saß ich als Achtjähriger mit meinem Vater in Frankfurt im Stadion. Ich kann mich noch genau an das Gefühl erinnern, als ich die endlose Treppe zum damaligen Waldstadion hinaufstieg und, oben angekommen, in das riesige Rund und auf das grüne Spielfeld blickte. Noch nie hatte ich so viele Menschen auf einem Fleck gesehen. Das war die große weite Welt. Mehr ging nicht. Mein Herz schlug schneller und machte Bum-Bum-Bum-Kun-

Cha. So ähnlich muss es Reinhold Messner gegangen sein, als er erstmalig den Mount Everest bezwang. Nur dass sein Herz vermutlich nicht für einen südkoreanischen Fußballspieler schlug, sondern bestimmt nur für sich selbst. Bum-Kun-Cha, Kinder – kennt ihr den überhaupt noch? Nein? Nein.

Laurin will die überdreht albernen Benjamin-Blümchen-Sprecher hören, und Melina hat kleine weiße Stöpsel im Ohr. Ihr süßlicher Parfümgeruch vermischt sich elegant mit dem alten Raststätte-Wetterau-Fett aus Laurins Pommestüte und findet seine komplette Entfaltung im Dialog mit den Darmlüften Berlusconis.

Ich mit meinem Vater im Stadion. Eine Unternehmung, die ich mit ihm allein machte. Er erzählte mir damals davon, wie die Eintracht 1959 Deutscher Meister wurde, mit einem Sieg gegen Kickers Offenbach, und dass er 1960 achtzehnjährig mit einem Kumpel nach Glasgow gereist sei, um das Endspiel im Europapokal der Landesmeister gegen Real Madrid zu sehen. Die Eintracht verlor 7:3, und doch leuchteten die Augen meines Vaters. Wenn wir beim Fußball waren, da war meine Mutter mal nicht mit dabei. Sonst war sie es immer. Ob sich Laurin und Melina an diese Autofahrt mit ihrem Vater noch erinnern, wenn sie knapp vierzig sind? Schließlich ist ihre Mutter auch nicht dabei.

Die Künstleragentur Shalala hat ihren Sitz in einem typischen Frankfurter Neubau. Das ganze Haus macht ein wenig auf dicke Hose. Da fällt mir mein Lieblingswitz ein, und ich erzähl ihn gleich den Kindern:

«Spielen zwei Hochhäuser Fußball. Kommt ein drittes Hochhaus dazu und fragt: ‹Darf ich mitspielen?› – ‹Nein, du hast keine Turnhose an.›»

Melina und Laurin blicken mich fragend bis versteinert an.

Ich bitte dann beide, ein paar Minuten im Auto zu warten, verspreche Big Macs zur Belohnung und betrete das Gebäude der Künstleragentur.

«Bei Ihnen hat in den letzten Tagen ein Herr Klaus Drossmann mehrmals angerufen. Ich möchte gerne wissen, was er von Ihnen wollte», sage ich, nachdem ich mich als Kriminalkommissar ausgewiesen habe und mich auch nicht von dem riesigen Bernhard-Brink-Plakat, das von der Wand grinst, habe einschüchtern lassen. Eine adrette Mittvierzigerin, die sich mit dem schönen Namen Mörtelspecht vorstellt, versichert mir, sich nicht an solch ein Gespräch erinnern zu können. Eigentlich möchte ich daraufhin schon gleich wieder gehen, da disziplinere ich mich doch noch zu einer Zusatzfrage: «Wie viele Personen arbeiten denn in Ihrem Büro? Ich meine damit, wer nimmt denn noch alles Telefongespräche an?»

Nun entdecke ich halblinks von Bernhard Brink die Zähne von Micky Krause und den Arsch von Jürgen Drews. Mir tut Frau Mörtelspecht leid.

Insgesamt acht Mitarbeiter und Mitarbeiterinnen, sagt sie, arbeiten für «Shalala». Die meisten von ihnen seien Studierende, die auf Honorarbasis «hier mal reinschnuppern». An diesem Freitagnachmittag sehe ich nur noch zwei junge Frauen und einen Mann in meinem Alter in der Agentur. Soll ich die jetzt auch noch fragen? Ich verliere wieder einmal jegliche Energie und will nur noch weg. «Darf man denn fragen, worum es geht?», fragt mich Frau Mörtelspecht.

«Ja, darf man. Mord.»

«Ui», macht Frau Mörtelspecht und greift nach dem Telefon, das vor ihr klingelt.

«Laurin hat ins Auto gepisst, oh Mann, das stinkt wie Sau», höre ich im Hintergrund eine Mädchenstimme schreien, und ich wundere mich über den unflätigen Umgangston in dieser Agentur, ehe mir klar wird, dass die Stimme meiner Tochter zuzuordnen ist. Nachdem ich nicht gleich reagiere, schreit Melina den gleichen Text noch einmal, nur noch etwas schriller und lauter.

Frau Mörtelspecht nimmt kurz den Hörer vom Ohr und schaut mich so streng wie irritiert an. Ich stolpere hinüber zu Melina.

«Mann, echt», keift sie, «jetzt flennt er, und es stinkt wie …»

«Wie Sau, ja, ich habe es verstanden», unterbreche ich Melina zischend, packe sie am Arm, zerre sie mit mir und verlasse so schnell wie möglich die Shalala-Räume. Big-Brother-Jürgen lächelt mir nach.

«Bin ich jetzt wieder schuld, oder was?», schreit mich Melina im Treppenhaus an. «Mein Bruder pisst sich voll und klaaar, jaaaa, und ich bin schuld.»

«Nein», sage ich ruhig, aber genervt. «Das sagt doch keiner, dass du schuld bist. Es ist aber kein Grund, hier so reinzuplatzen und mich so dermaßen zu blamieren. Melina, ich muss hier arbeiten.»

«Ich bin doch immer schuld und du nie, ne?», kreischt meine Tochter weiter. «Warum ist denn Mama weg, hä? Auch wegen mir? Die hast ja wohl mal du auf dem Gewissen.»

«Melina, bitte, es reicht jetzt!»

«Du Scheißarsch!»

Dann wirft sie sich auf den Beifahrersitz, schmeißt die Autotür zu und heult.

Erst jetzt stelle ich fest, dass Laurin nicht im Auto sitzt.

Ich sehe die Pissflecken auf dem Polizeirücksitz, aber nicht den Verursacher. Umgedreht wäre es mir lieber. Ich schaue mich um und sehe ihn nicht. Mir wird schwindelig, und ich wünsche mir, dass entweder Laurin vom Himmel fällt oder ich im Erdboden versinke.

«Ist des Ihr Bübsche?», höre ich plötzlich eine ältere Frauenstimme. An der Hand hält die Dame einen heulenden Knaben mit heruntergelassener Hose. Mein Sohn Laurin ist fünf Jahre alt, pisst sich im Auto in die Hose, rennt dann bei minus drei Grad mit nacktem nassem Arsch heulend durch Frankfurt-Bornheim. Vaterstolz ging schon mal leichter.

«Den hab ich dribbe rumwetze sehn, ei ei ei», babbelt die Finderin dann noch in schönstem Frankfurter Dialekt. Vor Scham vermeide ich es, ihr in die Augen zu schauen. Ich nuschle ein unterdrücktes Danke und verpflanze Laurin mit einem Gefühl irgendwo zwischen Erleichterung, Erschöpfung und Verärgerung auf den Rücksitz.

«Ei ei ei», sagt die Frau noch einmal.

Ich bleibe aber ganz ruhig. Einfach weitermachen, tief durchatmen und tun, was anliegt. Ich hole Decken aus dem Kofferraum, wickele Laurin damit ein. So ähnlich wird sich ein Katastrophenhelfer nach einem Flugzeugabsturz vorkommen. Da muss man Ruhe bewahren und nüchtern die nötigen Entscheidungen treffen. Beide Kinder heulen, und es klingt so, als würden sie damit die nächsten drei Jahre auch nicht mehr aufhören. Meine zaghafte Bitte, das Geheule vielleicht doch einmal zu beenden, geht unter. Resigniert starte ich den Wagen.

Ein paar Minuten später stehe ich mit laufendem Motor beim sogenannten «Mc Drive» in der Autoschlange. Noch einmal zwanzig Minuten später auch. Ich fluche stumm, die Kinder heulen laut. Dann verstehe ich den Automaten nicht, der mit mir spricht. Chantal verstehe ich immer. Ich bestelle und verstehe die Stimme wieder nicht.

«Oh Mann, bist du taub?», keift Melina mich an. «Ob du einzeln oder Menü nimmst, will die wissen!»

Dann geschieht etwas in mir. Wie soll man es nennen? Wut? Jedenfalls steigt irgendetwas in mir auf, das sich nicht mehr aufhalten lässt.

«Was weiß ich denn?», schreie ich in Richtung des Sprechautomaten. «Ich will einfach drei Big Mac und zwei Cola. Ob Einzel, Doppel oder sonst was ist mir scheißegal. Ich will jetzt endlich dieses Scheißessen und dass meine Frau endlich zurückkommt. Ist das so viel verlangt?»

Die Stimme aus dem Automaten sagt: «Dann fahren Sie bitte zu Tor 2.»

Chantal erwidert: «Biegen Sie die nächste rechts ab», und die Kinder heulen nicht mehr.

Der ursprüngliche Besuch in der ohnehin überschätzten Zeilgalerie wird einstimmig abgeblasen, und wir treten die Heimreise an.

Wieder schweigen wir. Auch Benjamin Blümchen hält die Fresse. Laurin schläft. Es ist dunkel, neblig, kalt und frostig. Sowohl draußen wie drinnen. Melina blickt aus dem Seitenfenster. Ich beobachte sie in losen Abständen aus dem Augenwinkel. Die wie immer zu dick aufgetragene Schminke hat sich gleichmäßig über ihr Gesicht verteilt. Ihre Wangen sind gerötet. In losen Abständen zieht sie den Restheulrotz leise durch die Nase. Plötzlich höre ich neben mir ein ganz leises «Sorry». Ich erschrecke leicht.

«Hast du was gesagt?», frage ich ebenso leise.

«Ja, sorry.»

«Warum?»

«Für das ‹Scheißarsch› vorhin.»

«Ist schon okay», sage ich. Du weißt gar nicht, wie recht du hast, denke ich hinterher.

«Ein einfaches ‹Arsch› hätte gereicht. Scheißarsch war too much», sagt Melina.

Ich muss lachen und blicke zu ihr hinüber. Melina lächelt.

Wieder fahren wir einige Minuten, ohne zu reden. Doch es ist nun eine andere Stille. Eine bessere.

«Was wolltest du eigentlich in diesem Schlagerbüro?», fragt sie wenig später.

«Ich musste da was fragen, für meine Arbeit.»

«Wegen dem Toten da auf unserem Faschingsumzug?»

«Genau», antworte ich.

«Und was hat der Herr Bärt damit zu tun?»

«Wer?»

«Na, der Herr Bärt. Der mit dem ‹Lass uns fummeln, Pummel!›. Warst du nicht wegen dem da?»

«Ach, du meinst den Herbert Ruland? Unseren Vogelsberger Gottlieb Wendehals für Arme?»

«Wen?», fragt Melina.

Gottlieb Wendehals kennt Melina natürlich nicht mehr. Die Gnade der späten Geburt.

Herbert Ruland, ehemals Stimmungsmusiker und Büttenkomödiant aus dem Schottener Karnevalsverein hatte vor gut einem Jahr mit «Lass uns fummeln, Pummel» einen deutschlandweiten Mega-Hit gelandet. Seitdem nennt er sich «Herr Bärt».

Monatelang war er ganz weit oben in den Charts zu finden, und er wird vermutlich über Jahre hinaus in keiner Faschingssaison, bei keiner Ibiza-Schaumparty und bei keinem Ballermannbesäufnis mehr fehlen dürfen. Eine Zeitlang war Herr Bärt, der heute in einem Atemzug mit Größen wie DJ Ötzi zu nennen ist, der ganze Stolz des Vogelsbergs. Er hat mit «Lass uns fummeln, Pummel» schon heute so viel Geld verdient, dass er sich ein schönes Haus in Bad Homburg kaufen konnte und somit vor zwei Monaten seiner Heimat den Rücken zugekehrt hat. Das haben ihm viele hier im Vogelsberg nicht verziehen. Denn nun ist er nicht mehr «einer von uns». Trotzdem soll er weiterhin jedes Jahr als Gaststar bei der großen Fremdensitzung in Schotten auftreten. Auch in diesem Jahr war er mit von der Partie, wie ich einem ganzseitigen Artikel aus der Lokalpresse entnehmen musste.

«Wie, was ist mit Herr Bärt?», frage ich bei Melina nach.

«Seine Hackfresse hing doch da in dieser Agentur.»

«Wie?»

«Und da lagen doch auch noch Autogrammkarten rum. Ich dachte, wegen dem wollste da was fragen?»

«Nochmal, Melina. Du hast den Herr Bärt ganz sicher auf Plakaten und Autogrammkarten in dieser Agentur gesehen?»

«Ei ja, klar.»

Es materialisiert sich nun tatsächlich so etwas wie eine Spur, und mich überkommt spontan ein Anflug von Euphorie.

«Melina, das ist ja großartig. Du hast mir sehr geholfen. Du bist die Beste!»

Und wieder lächelt sie.

Mehr allein geht nicht. Mehr Schnee auch nicht. Und Stille kann so laut sein. Die Berge beruhigen mich ein bisschen. Zum Glück. Manchmal. Auch wenn ich nachts aufwache, wenn die Erinnerung kommt. Dann rast mein Herz und pfeift es im Ohr. Was habe ich getan? Hier gibt es keine Ablenkung. Keine Kinder, kein Mann, keine Schule, kein Fernseher. Hier gibt es nur mich und mein Netbook. Das ist zu viel. Von hundert auf null. Ich kann momentan nicht einmal weinen. Auch das Schreiben geht schlecht. Ich werde wieder Holz hacken. Und den Berg hochrennen. Da ist so viel Wut. Ich vermisse mein Klavier.

Ich werde versuchen, mir das erste Mal in meinem Leben Zeit zu nehmen. Nachdenken, Musik hören und schreiben. Versuchen, zu verarbeiten und dabei nicht vollends durchzudrehen. Ich werde viel schreiben. Bestimmt. Hoffentlich. Der Anfang ist hiermit gemacht.

Es ist schön hier. So schön, dass es wehtut. Erhaben, ruhig und kraftvoll. Das Gegenteil von mir. Ich habe die Berge schon immer mehr gemocht als das Meer. Warum sind wir eigentlich immer an die See gefahren?

Petra hat gespürt, dass ich wegmuss, und mir das hier nun möglich gemacht. Ich vertraue ihr, ich weiß, dass sie niemandem etwas erzählt. Ich danke ihr, dass sie die Notlüge mit der Kur mitträgt und auch mit der Schulleitung reden wird. Wie hätte ich anders gehen sollen, wenn nicht mit der Lüge, zur Kur nach Borkum zu fahren? Wie anders hätte ich von meiner Schule freigestellt werden können?

10. KAPITEL
• • •

Bei uns wurde immer geredet. Immer. Wenn Vater dozierte, unterbrach Mutter. Wenn Mutter brabbelte, hörte Vater nicht zu, sondern legte sich die höchsten Weisheiten zurecht. Natürlich wartete er damit nicht, bis Mutter ausgeredet hatte, sondern legte los, wenn er es für passend hielt. Allerdings war es auch unmöglich, Mutter nicht zu unterbrechen, da sie redete und redete. Die Redebeiträge meiner Eltern bauten nie auf das Vorhergesagte auf, sie standen immer für sich. Sie hatten äußerst selten einen inhaltlichen Zusammenhang. Oder wenn, dann nur zufällig.

Wenn Vater sagte: «Die jungen Leuten heutzutage sind auch nicht mehr das, was sie früher einmal waren. Ausdauer und Durchhaltevermögen geht denen völlig ab», dann antwortete Mutter zum Beispiel: «Bei der Hitze, kein Wunder.»

Auch meine drei Jahre ältere Schwester Ulrike und ich redeten immer. Wir kannten es ja nicht anders. Und wie sonst hätten wir uns jemals bei unseren Eltern Gehör verschaffen sollen?

Es gab auf alles immer Antworten. Vor allem dann, wenn keine Fragen gestellt wurden. Mein Vater wusste, wie das Leben funktioniert, und meine Mutter kommentierte es. Meine Mutter ist eine intelligente Frau. Sie hätte gerne studiert, blieb aber zu Hause, bei uns, bei meiner Schwester und bei mir. Und sie war nie gerne Hausfrau. Das aber gab sie niemals zu, denn diese Einsicht quälte sie. Frauen ihrer Generation hatten für die Familie da zu sein, und zwar gerne. Sie wollte lesen, forschen, lernen, doch dazu kam es nicht. So blieb es beim Reden.

Erst als junger Mann mit Anfang zwanzig verstand ich, dass es in manchen Momenten nicht ganz falsch sein kann zu schweigen. Dass der Boden nicht unter den Füßen wegbricht, wenn man mal nichts zu sagen hat. Auch stellte ich fest, dass sich im Leben durchaus Fragen auftun, auf die es nicht immer gleich eine Antwort gibt, dass ein «Ich weiß es nicht» eine ungemein sympathische Antwort sein kann. So habe ich irgendwann aufgehört, unentwegt zu reden. Wenn ich meine Eltern heute besuche, dann höre ich zu. Zuhören ist vielleicht etwas übertrieben, jedenfalls schweige ich.

Schweigen und zuhören – das wäre eben, während ich mit Markus Meirich telefonierte, angebracht gewesen. Doch ich redete und redete. Ich habe zwar gleich gespürt, dass da irgendetwas nicht stimmt, doch das hielt mich nicht vom Monologisieren ab. Ich wurde unsicher und redete noch mehr. Das konnten meine Eltern im Übrigen besonders gut. Wenn sie unsicher, verlegen oder gar ängstlich sind, dann reden sie besonders viel und besonders laut.

«Hallo Markus, hier ist Henning, ich wollte mich mal bei dir erkundigen.» So harmlos hatte das Telefonat begonnen.

«Ja, ich wollte mich auch melden ...»

«Versteh mich nicht falsch, das soll kein Kontrollanruf sein oder so was. Ich wollte ja ohnehin mit dir reden. Sorry für neulich, dass ich da unser Gespräch in der Pizzeria so unterbrechen musste ...»

«Na ja, schien ja was Wichtiges gewesen zu sein ...»

«Aber hallo», brabbelte ich weiter und schämte mich sofort für diesen Teichner-Spruch.

Ich schilderte ihm also in allen Details meine Lebenssituation. Erzählte von Franziska, den Kindern und wie sehr ich nun bei den anstehenden Ermittlungen auf ihn bauen würde. Während ich sprach, merkte ich, dass ich ihn noch gar nicht nach seinem Befinden gefragt hatte, und redete daraufhin noch schneller, noch lauter, noch mehr.

«Ich sag's dir, Markus. Manchmal kommt wirklich alles zusammen. Das ist die absolute Katastrophe, die ich hier gerade erlebe. Das würde ich meinem ärgsten Feind nicht wünschen, was ich zurzeit durchmache. Nicht einmal Teichner ...», versuchte ich zu witzeln und hoffte auf einen Lacher. Doch es blieb still am anderen Ende der Leitung. Ich stutzte. Irgendetwas stimmt hier nicht.

«Na, dann kurier dich erst mal aus», versuchte ich meinen Monolog lahm abzuschließen. «Dann sehen wir weiter, nicht wahr?»

Markus sagte: «Ich muss mich nicht auskurieren.»

Das erleichterte mich. Doch leider nur sehr kurz.

«Henning, ich weiß nicht, wann ich wieder zur Arbeit komme. Laura ... meine, unsere Tochter, sie hat Leukämie. Die Chemo beginnt am Dienstag. Ich werde mir für die nächsten Wochen frei nehmen. Laura braucht mich nun ganz. Ich kann dir also nicht helfen.»

Ein mir neues Gefühl setzte sich in meiner Brust fest. Plötzlich tat ich mir selbst nicht mehr am meisten leid.

Lass uns fummeln, Pummel
(Text & Musik: Herbert Ruland)

Lass uns fummeln, Pummel,
Unter deinem Fummel pummeln,
An meinem Pummel fummeln.
Komm, jetzt lass mich mit dir
kuscheln, Puschel,
Unter deinem Wuschel kruscheln.
Lass uns fummeln, Pummel,
Komm, jetzt lass mich an dich dran.

Hey, komm, stell dich nicht so an
Und lass mich nochmal an dich dran,
Und sagt hier einer, du wärst dick,
Dann sage ich, ich find das chic.

Ich mag es üppig, mag es prall,
Mag es hier und überall,
Lege Wert auf viel Gewicht,
Denn Hungerhaken mag ich nicht.

Drum ...
Lass uns fummeln, Pummel,
Unter deinem Fummel pummeln,
An meinem Pummel fummeln.
Komm, jetzt lass mich mit dir
kuscheln, Puschel,
Unter deinem Wuschel kruscheln.
Lass uns fummeln, Pummel,
Komm, jetzt lass mich an dich dran.

Lalalalalalalala Hey Hey

Und wisst ihr was, auf was ich steh?
Auf dieses hübsche Dekolleté!
Was für ein Holz da vor den Hütten,
Da lass ich mich nicht zweimal bitten.

Drum ...
Lass uns fummeln, Pummel,
Unter deinem Fummel pummeln,
An meinem Pummel fummeln.
Komm, jetzt lass mich mit dir
kuscheln, Puschel,
Unter deinem Wuschel kruscheln.
Lass uns fummeln, Pummel,
Komm, jetzt lass mich an dich dran.

Und alle:
Lass uns fummeln, Pummel ...

«Lass uns fummeln, Pummel» hat in Deutschland Doppelplatin erreicht. Herr Bärt hat 1,3 Millionen Tonträger verkauft. Die öffentliche Diskussion, ob der Song aufgrund seines schlüpfrigen Inhalts auf den Index gehöre oder nicht, hat ihn natürlich noch populärer gemacht und die Verkaufszahlen weiter in die Höhe getrieben.

Auf der Internetseite www.herr-baert.de habe ich mir den Song in voller Länge angehört und das dazugehörige Video angeschaut. Zudem erfahre ich dort, dass Herr Bärt nun auch als «Comedian» aufgebaut werden soll, als der hessische Fips Asmussen. Es gibt bestimmt vieles, was uns Hessen fehlen mag, aber eines sicher nicht: ein eigener Fips Asmussen.

Gemanagt wird er tatsächlich von der Frankfurter Agentur Shalala.

Ich versuche dort telefonisch ein weiteres Mal mein Glück. Diesmal gelingt es. Nachdem ich die Shalala-Chefin darauf hingewiesen habe, dass dieser Anrufer, dieser Herr Drossmann, vermutlich etwas von oder über Herr Bärt wissen wollte, konnte sich Frau Mörtelspecht dann doch erinnern.

«Ja, da wollte jemand die Privatnummer von Herr Bärt. Der meinte, er wäre ein alter Spezi von ihm. Solche Anrufe unterbinden wir sofort. Das stimmt, da gab es mehrere Anrufe an verschiedenen Tagen. Unsere Studenten an den Phones haben sich darüber unterhalten.»

Stimmt, Phones haben die dort, erinnere ich mich.

«Sie haben ihm also die Nummer nicht gegeben?», hake ich nach.

«Natürlich nicht», antwortet Carola Mörtelspecht.

Herr Bärt sei im Moment schlecht zu sprechen, sagt die

Agenturchefin, da er sich gemeinsam mit anderen «Künstlern», wie Frau Mörtelspecht ihn und seine lustigen Kollegen tatsächlich bezeichnet, auf Tournee befinde. Er spiele eine sogenannte Comedy-Mixed-Show in Süddeutschland und komme erst in drei Wochen nach Bad Homburg zurück. Vermutlich hätte ich jetzt nachhaken sollen, dass ich ihn trotzdem sprechen müsse, da es sich ja um einen Mordfall handele und so weiter. Ich hätte bestimmt auch noch seine Handynummer verlangen müssen. Habe ich aber nicht.

«Eins noch, wie fühlt man sich da eigentlich, als Kulturmanagerin, die bestimmt mal mit großen künstlerischen Idealen diesen Berufsweg eingeschlagen hat, wenn man nun den ganzen Tag mit Kunstwerken wie ‹Lass uns fummeln, Pummel› zu tun hat?», hätte ich gerne schlussendlich gefragt, habe ich aber auch nicht.

Trotzdem bin ich einigermaßen zufrieden mit mir. Ich ermittle und komme sogar zu kleinen Ergebnissen. Ein ungewohntes Gefühl.

Bei der Besprechung im Präsidium präsentiere ich Teichner und Onkel Ludwig prahlend meinen Ermittlungserfolg und fühle mich ein wenig so, als hätte ich im Alleingang den Mordfall bereits aufgeklärt. Dass ich ohne meine vierzehnjährige Tochter gar nichts hätte, verschweige ich.

«Wie gut kannten sie sich denn, dieser Herr Bärt und Klaus Drossmann?», fragt mich Ludwig Körber.

«Wie gut, weiß ich noch nicht, aber sie müssen sich gekannt haben. Sie waren beide Musiker und Ende der Achtziger im gleichen Faschingsverein aktiv», antworte ich. «Genaueres werde ich aber noch herausbekommen.» Hoffe ich jedenfalls.

Danach schildert der Oberkriminalrat-Onkel die Lage um Markus Meirich. Er werde nun definitiv die nächsten Wochen nicht zur Verfügung stehen. Es schlägt mir in die Magengrube. Ich muss an meinen peinlichen Auftritt heute am Telefon denken. Ich habe es zum Ende unseres Gesprächs nicht einmal geschafft, in irgendeiner Form mein Mitgefühl auszudrücken, geschweige denn Hilfe anzubieten. Ich habe «Hmmm» gesagt und «Oh», und einmal ist mir furchtbarerweise sogar ein «Ei ei ei» herausgerutscht. Warum trifft es immer die Falschen, denke ich, während Teichner in seine Achsel hineinschnüffelt.

«Wir haben leider nicht die Möglichkeit, extern erfahrenen Ersatz für Herrn Meirich zu beschaffen», verkündet nun Onkel Ludwig. «Ich habe mich daher entschieden, Frau Miriam Meisler hinzuzuziehen. Ihr kennt sie ja bereits aus verschiedenen Präventionsprojekten. Frau Meisler halte ich für sehr engagiert und talentiert. Sie ist auf dem Weg, eine ausgezeichnete Kriminalbeamtin zu werden.»

Das ist ja mal eine gute Nachricht zur Abwechslung. Mit Miriam Meisler kam ich bisher bestens aus. Wir haben in den letzten beiden Jahren häufig gemeinsam an der Erstellung diverser Polizeibroschüren gearbeitet. Das besonders Angenehme an der Zusammenarbeit war, dass sie diese ähnlich albern fand wie ich. Mit ihren 25 Jahren wirkt sie bemerkenswert abgeklärt und selbstsicher. Sie ist der Typ Frau, der gerne mal uncharmant als burschikos umschrieben wird. Einige meiner dumpfbackigen Kollegen haben sie bereits als Kampflesbe abgestempelt, da sie kurzes Haar trägt, Fußball spielt, Reifen wechseln kann und manchmal breitbeinig auf dem Stuhl sitzt. Für Teichner hat Miriam schlicht zu wenig Titten. So etwas höre ich manchmal in der Kantine der Polizeidirektion Alsfeld.

Laurin hat der dreijährigen Jacqueline im Schlumpfloch auf die Fresse gehauen. Das teilt mir am Nachmittag am Telefon Melina mit, die ihn heute vom Kindergarten abholt. Ich wusste, dass es heute im Büro später würde, und ich weiß, dass es in den nächsten Tagen auch immer mal wieder später werden kann. Und noch mehr weiß ich, dass ich erstens in den nächsten Tagen unmöglich immer um vier im Schlumpfloch sein kann, dass ich zweitens unmöglich immer Berlusconi an der Backe haben kann und dass ich drittens noch unmöglicher einen Haushalt alleine nebenher führen kann.

Ich sehe grundsätzlich ein Problem darin, einen Haushalt zu führen, und erst recht nebenher.

Gestern Abend habe ich versucht, mit Melina ein Gespräch zu führen, in dem ich sie quasi um Mithilfe bat. Quasi ist im Übrigen ein ganz schlimmes Wort. Und weil ich es so schlimm finde, ist es nebenbei bemerkt inzwischen in meinen aktiven Wortschatz gerutscht.

«Melina, du bist ja jetzt schon so groß und so vernünftig», log ich stammelnd. «Da kann ich doch auch schon mal ein bisschen was von dir, äh, auf dich bauen, oder?»

«Hä?»

«Na ja, also, die Mama ist ja nun nicht da, und der Laurin ist noch so klein, und jetzt guck doch mal, wie es bei uns in der Küche aussieht und im Wohnzimmer und so ...»

Dann hielt ich inne und dachte mir: Warum soll eigentlich meine Tochter dafür bluten, dass meine Frau derzeit einen Knall hat? Lob, Anerkennung und Liebe sind zwar schöne Dinge, doch mit Bestechung komme ich bequemer an mein Ziel. Also haben wir einen knallharten Honorarkatalog ausgearbeitet:

€ 3,– für Spaziergang mit Berlusconi (mind. 30 Minuten)

€ 2,– pro Geschirrspülmaschine
€ 2,– für Staubsaugen
€ 3,– für Einkauf
€ 3,– für Wäsche aufhängen
€ 3,– für Laurin abholen

So sind die Fronten geklärt. Ich werde ein wenig Entlastung haben, schätze allerdings Melinas Arbeitsfähigkeit auch so ein, dass ich vermutlich nicht vollends verarmen werde.

Nun hat also der Laurin der Jacqueline, oder gerne auch Schackeline, wie sie von ihrer Mutter genannt wird, auf die Fresse gehauen. Da das nicht schön ist, verspreche ich der Erzieherin am Telefon, dass ich mich mit den Eltern von Schackeline in Verbindung setzen werde. Versprochen ist zwar versprochen, doch da ich mir von einem Gespräch mit erwachsenen Menschen, die ihre Tochter Schackeline nennen, rein gar nichts verspreche, werde ich mich an dieses Versprechen nicht halten.

Im Schlumpfloch weiß man inzwischen über unsere familiäre Situation Bescheid. Somit sollte uns ab sofort jegliches Hosepissen und Fressehauen eher verziehen als vorgeworfen werden. Immerhin hat sich die Erzieherin, die ich natürlich auch duze, deren Namen ich aber immer vergesse, darauf eingelassen, dass Laurin in den nächsten Wochen auch mal ausnahmsweise von einer Minderjährigen abgeholt werden kann. Also, Melina, ab marsch!

Ich bin Petra sehr dankbar. Acht Wochen kann ich in der Hütte hier bleiben, schreibt sie. Erst dann würden neue Gäste kommen. Es hat sich nichts verändert, seit ich mit Petra und ihren Eltern hier oben Urlaub gemacht habe. Ich muss damals zehn gewesen sein. Manchmal ist es gut, wenn alles bleibt, wie es ist. Vielleicht werde ich die acht Wochen ausreizen. Vielleicht brauche ich sogar noch länger, dann muss ich mir etwas anderes einfallen lassen. Ich muss hier wieder zu mir finden. Wenn ich nur wüsste, wo das ist. Das fühlt sich sehr weit weg an. Weiter weg als diese Hütte. Ich will über mich nachdenken, aber nur zu meinen Bedingungen. Ich will mich nicht von den Gedanken bestimmen lassen. Aber sie tun es trotzdem. Ich habe das Gefühl, ich denke nicht selber über mich nach, sondern ich werde nachgedacht. Und immer wieder gleiten die Gedanken dann ab, zu Melina, zu Laurin und auch manchmal zu Henning. Nie hätte ich gedacht, dass ich zu so etwas fähig bin. Manchmal habe ich Angst hier, nachts, so alleine, wenn der kalte Wind um die Hütte pfeift. Es tut mir gut, dass keiner etwas von mir will. Kein Schüler ruft meinen Namen, keine Melina schreit mich an, kein Laurin quengelt, und kein Henning memmt. Es war alles zu schnell und zu laut. Das muss ich mir eingestehen. Ich hätte nie Lehrerin werden dürfen. Ich habe gedacht, ich könnte das lernen, mit diesen vielen Kindern auf einmal. Ich brauche Rückzug, Stille. Das habe ich jetzt. Wo führt das hin? Ich habe komplett die Nerven verloren. Deswegen bin ich hier. Ich habe Angst, dass mir so etwas nochmal passieren könnte. Ich traue mir nicht mehr. Ich will wegtauchen. Ich will mein Klavier. Meinen Flügel, auf dem ich so lange nicht gespielt habe, der von Tag zu Tag immer mehr verstimmt. Er fehlt mir. Ich habe Angst. Ich habe Angst hier zu sein, ich habe Angst zurückzugehen, und ich habe Angst, nicht mehr zurückgehen zu können. Oh Gott, was für wirre Gedanken. Das Hirn rattert. Wie soll das alles nur weitergehen? Ein Leben ohne die Kinder ist unvorstellbar, ein Leben ohne Henning ... na ja, irgendwie schon. Da ist so viel verkümmert, mit uns, in uns. Wann habe ich eigentlich aufgehört, über seine Witze zu lachen? Und wann haben wir beide aufgehört, im Auto zur Musik mitzusingen?

11. KAPITEL
• • •

Franziska fehlt mir. Ich hätte ihr niemals zugetraut, dass sie das so gnadenlos durchzieht. Wie kann man, ohne ein Sterbenswörtchen zu verlieren, die Kinder einfach so sitzenlassen? Ist sie wirklich so fertig mit den Nerven, dass sie nicht wenigstens einmal kurz anrufen kann? Über eine Woche ist sie nun schon weg. Und ich hätte inzwischen einige Fragen an sie. Zum Beispiel, wo das scheiß Streuzeug für den tiefgefrorenen Gehweg ist. Unsere Nazinachbarn beschweren sich ohne Ende, dass auf dem Gehweg nicht gestreut sei. Ich müsse meiner Bürgerpflicht als Hausbesitzer nachkommen.

So langsam frage ich mich, wo genau Franziska auf Borkum untergetaucht ist. In der geschlossenen Psychiatrie? Keiner der Angehörigen dürfe sich dort melden, meint ihre Freundin Petra. Sie ist weg, und doch erinnert mich nahezu alles in diesem Haus an sie. Vor allem der Flügel, der einen für den Moment unangemessen großen Raum in unserem Haus einnimmt. Er steht da einfach blöd herum, vorwurfsvoll und gelangweilt. Keiner spielt auf ihm. Das tat Franziska zwar während der letzten vier Jahre auch schon nicht mehr, doch so wirkt er nun noch verlassener, verlorener und sinnloser.

Außerdem komme ich mit Laurin nicht wirklich klar. Wenn er nicht gerade in die Hose pinkelt, dann heult er, und wenn er nicht heult, haut er anderen Kindern aufs Maul. Mit Melina dagegen läuft es einigermaßen gut. Da gibt es ja jetzt die Verträge. Ich bezahle sie dafür, dass sie familienkompatibel bleibt oder zunächst einmal wird. Sie hat nun auch noch ausgehandelt, dass sie zwei Euro dafür erhält, wenn sie abends pünktlich nach Hause kommt. Den geforderten Euro pro Schulbesuch konnte ich im letzten Moment noch abwenden.

Ich weiß leider nur nicht, wie genau das mit Laurin geht; wie ich es mit ihm richtig machen soll. Ich konnte mit ihm schon früher, vor allem in der Zeit, als er noch ein Baby war, nur schwer eine wirklich vernünftige Ebene aufbauen. Dieses Nonverbale liegt mir nicht so sehr. Mich hat es wahnsinnig gemacht, wenn er heulte und nicht sagen konnte, was ihm fehlt. Und er heulte viel. Schon immer. Nun kann ein Fünfjähriger ja schon reden, aber irgendwie nicht auf einer Ebene, mit der ich derzeit klarkomme. Er tut mir zwar sehr leid, doch geht mir seine Wehleidigkeit auf die Nerven. Ich muss mir einen Plan machen, wie er in den nächsten Tagen so viel wie möglich bei Bekannten unterkommt. Meine Eltern fallen weg. Die können mit bettnässenden heulenden Vorschulkindern gar nichts anfangen.

Franziska hat immer gesagt, ich solle mehr mit Laurin unternehmen, mehr Zeit mit ihm verbringen, dann würde vieles von alleine klappen. Aber wenn ich mich mal zusammenriss und auf schmerzenden Knien seine Holzeisenbahn über den Teppich zog, wurde ich nach zwei Minuten immer so müde, dass ich irgendwann auf den Teppichboden fiel und wenig später erschöpft einschlief. Mit Melina war das anders. Sie war die Erste und alles noch so spannend. Sie heulte auch nicht ständig und schlief recht schnell durch. Und vor allem vergötterte sie mich.

Meine Zeit mit Laurin wird noch kommen, denke ich immer.

Da fällt mir ein, wenn Laurin Fußball spielt, da bin ich mit Herzblut dabei. Er spielt in der G-Jugend. Das sind die

Null- bis Sechsjährigen. Eine Spielklasse, in der viele Kinder rein körperlich kaum in der Lage sind, über den Ball hinüberzublicken. Er will wie alle anderen Kinder aus der Mannschaft Profi werden.

Doch bis dahin wird es ein weiter Weg sein. Ein weiter Weg, der über die Sportplätze Ober-Widdersheim, Unter-Schmitten, Orbes, Bobenhausen, Schwickartshausen, Hirzenhain und Ulfa zur Weltmeisterschaft 2026 führt. In all diesen Orten, die so sind, wie sie klingen, verbringe ich im Sommer an den Wochenenden meine Freizeit. Es finden wöchentlich Turniere statt, die morgens um neun beginnen und irgendwann enden, wenn es schon sehr, sehr dunkel ist.

Ich lerne hierbei meine mittel-, ober- bis osthessische Heimat noch einmal richtig neu kennen, vor allem menschlich, in Gestalt meiner charmanten Mitväter. Die stehen nämlich neben mir am Spielfeldrand. Oft scheinen die meisten von ihnen nicht mit ihren Söhnen oder dem Verlauf des Spiels zufrieden zu sein. Und sie bringen dies dann auch zum Ausdruck, recht unmissverständlich und meist sehr laut.

Ihre Frauen stehen im Vereinsheim, verkaufen Kaffee, selbstgebackenen Kuchen und rennen vor allem nicht von ihren Männern weg. Sie halten das einfach aus. Hier ist die Welt noch in Ordnung.

Gleichberechtigung – dass ich nicht lache! Da werden Männer dafür gefeiert, wenn sie mal ihrem Gör die Windel wechseln, es zweimal die Woche zum Kindergarten bringen, abends nach der Arbeit noch zehn Minuten den Vorlese-Papa geben und fünf Minuten ihrer Alten verständnisvoll zuhören. Was sind das nur für tolle Kerle. Gar nicht mehr diese Patriarchen unserer Elterngeneration. Und dann werden unsere Männer dafür bedauert, wie schwierig es nun nach der Frauenemanzipation für sie sei, ihre neue Rolle in der Gesellschaft zu finden. Wie verunsichert sie nun seien. Ich lache mich kaputt. ...

Was machen wir Frauen denn bitte schön alles? Wir machen im Normalfall all das, wozu sich unsere Typen nur ab und zu herablassen, was dann als «Hilfe» für uns Frauen gefeiert wird. Wir machen es immer. Wir haben das große Ganze im Blick. Wir wissen, wann Fenster geputzt werden müssen, welche Schulhefte und Kinderunterhosen fehlen und wie ein Hemd gebügelt wird. Unsere Männer, sie helfen nur, sind aber natürlich nicht verantwortlich oder zuständig. Nein, bei diesem ganzen Haus – und Kindergeackere, da helfen sie nur. Vielen Dank auch dafür. Es hat sich ein Scheißdreck geändert. Nur reden unsere Männer heute blumiger daher als früher.

Und wenn wir blöden Weiber dann an unserer eigenen Erwartungshaltung scheitern, was wir immer tun, bekommen wir ein schlechtes Gewissen, schlechte Laune und keine Lust mehr auf Sex. Denn wir haben neben dem Anspruch, gute Mütter zu sein, einen Haushalt zu führen, erfolgreich im Job zu sein und dabei stets attraktiv, aktiv und sympathisch rüberzukommen, auch noch unsere eigenen Mütter im Blut und im Nacken. Wir wissen noch genau, wie es früher, zu der Zeit, als wir Kinder waren, in ihren Wohnungen ausgesehen hatte. Wir haben zugesehen, wenn sie Unterhosen bügelten und Staub wischten, vor allem dort, wo keiner war. Wir können uns heute prima darüber lustig machen, doch insgeheim erwarten wir es immer noch selbst von uns. Wenn es bei uns chaotisch aussieht und überraschender Besuch über uns hereinbricht – wem ist das dann peinlich? Unserem Mann? Fühlt der sich dafür verantwortlich?

Was werden sie sich nun bei uns im Vogelsberg das Maul über mich zerreißen. Wie kann eine Frau und Mutter nur ihre Familie so alleinlassen? Ob krank oder nicht, scheißegal. Das tut man nicht. Das löst man anders. Wird dies auch ein Mann gefragt, der seine Familie verlässt? Wird er an seine armen Kinder erinnert? Nein, denn da ist ja noch die Mami da.

Schuldgefühle haben, das sehe ich langsam nicht mehr ein. Und inmitten dieser riesigen Schneeberge werden die auch jede Minute kleiner. Hoffe ich zumindest.

Laurin und Melina, ihr schafft das ... diese Zeit ohne mich. Ihr werdet nun euren Papa mal ein bisschen näher kennenlernen. Und umgedreht auch. Ich würde so gerne mal mit euch sprechen, aber das geht nun mal gerade nicht. Irgendwann bin ich wieder da. Es wird dann nicht mehr so sein früher.

Ich hatte nun 14 Jahre fast jeden Tag Kinder um mich. Da wird es nun auch mal möglich sein, dass ich ein paar Wochen mal nicht im Haus bin.

Miriam Meisler fährt wie eine Bekloppte. Ich sitze neben ihr und fühle mich wie ihre Mutter. «Vorsicht», sage ich immer, oder «Upps», «Hui» und «Achtung».

Meine rechte Hand halte ich verkrampft an der Seitentür fest, und manchmal weise ich sie dezent auf die Geschwindigkeitsbegrenzungsschilder hin.

«Mach dich mal locker», sagt Miriam.

«Ich bin locker», lüge ich.

«Mein Gott, nur weil es mal ein paar Zentimeterchen geschneit hat, scheißen die sich alle in die Hose. Dabei wird die Autobahn doch geräumt», sagt sie, während sie mit Tempo 210 einen Audi A6 überholt. Sie fährt ein Golf GTI-Cabrio. Ich erzähle ihr, was man in den achtziger Jahren zu Recht von Golf-GTI-Fahrern gehalten hat.

«Gähn», sagt sie darauf.

Wir sind auf der Fahrt nach Regensburg und werden dort am späten Abend in einem Hotel Herr Bärt treffen. Es ist die schnellstmögliche Gelegenheit, in dieser Woche noch ein persönliches Gespräch mit ihm zu führen. Herr Bärt ist ja auf Comedy-Tournee und reist morgen nach Linz weiter. Inzwischen haben wir seine Handynummer. Allerdings geht er niemals dran. Erst als Miriam ihm auf der Mailbox mit einer Vorladung drohte, hat Frau Mörtelspecht von Shalala diesen Termin in Regensburg klargemacht.

Laut Ewald Naumann, einem langjährigem Elferratsmitglied des Schottener Karnevalvereins, haben sich Klaus Drossmann und Herr Bärt tatsächlich gekannt. Mitte der Achtziger hätten sie sogar gemeinsam in einer Kapelle musiziert. Freunde habe Drossmann in Schotten tatsächlich keine gehabt. Aus Naumanns Erzählungen wurde sehr deutlich, dass er niemals wirklich im Faschingsverein integriert gewesen ist. Er sei seltsam und verschlossen gewesen. Innerhalb der Stimmungscombo, in der Drossmann und Herr Bärt zusammen musizierten, muss es dann zu Unstimmigkeiten gekommen sein, sodass Drossmann nach zwei Kampagnen ausstieg.

Auf der diesjährigen Fremdensitzung sei Herr Bärt wieder aufgetreten, berichtete Ewald Naumann weiter. Und einige andere Narren hätten in der Narrhalla, wie die Schottener Festhalle während der Faschingszeit genannt wird, einen Gast mit Sensenmann-Kostüm gesehen. Als Klaus Drossmann wurde er allerdings nicht erkannt. Es steht die Vermutung im Raum, dass er seine Maske den ganzen Abend nicht abgezogen habe.

Miriam Meisler ist sich sicher, dass Herr Bärt etwas mit dem Mord zu tun haben muss. «Wer sich Lieder wie ‹Lass uns fummeln, Pummel› ausdenkt, der schreckt auch nicht davor zurück, einem Menschen eine Eisenstange auf den Kopf zu brezeln», sagt sie. Inzwischen wissen wir zudem, dass Herr Bärt während des Umzugs im Babykostüm auf dem Präsidentenwagen mitgefahren ist und Autogrammkarten ins Volk geworfen hat. Er war also da. Und Drossmann wollte in den Tagen davor irgendetwas von ihm. Nur was? Dies zum Beispiel wollen wir nun in Regensburg erfahren.

«Ein Baby haut den Tod tot. Das Bild ist so geil, es *muss* so gewesen sein», meint Miriam, während sie auf der rechten Spur einen «Lahmarsch» überholt. Ich bereue, dass nicht ich gefahren bin, doch Miriam wird beim Beifahren immer schlecht, hat sie gesagt. Endlich furzt Berlusconi. Wurde auch Zeit. Es hatte mir schon etwas gefehlt. Drei Sekunden später höre ich «Papaaa». Laurin. Er musste mit. Alle akzeptablen Möglichkeiten, ihn extern unterzubringen, sind diesmal gescheitert. Andererseits tut es ihm vielleicht ja auch mal gut, etwas Neues zu sehen und zu erleben, dachte ich, als ich mich entschied, ihn mitzunehmen. Wir werden eine Nacht auf Kosten der Steuerzahler in einem Regensburger Dreisternehotel verbringen. Ich stelle Laurin mit einer weiteren Tafel Schokolade ruhig.

«Ist es o. k., wenn ich frage, was mit deiner Frau los ist?», erkundigt sich Miriam.

«Och, ja. Burn-out wohl», mümmele ich zurück. Ich habe keine Lust, über das Thema zu reden, freue mich aber trotzdem über Miriams Interesse. Miriam ist so verdammt lässig. Ich bin neidisch. Lässig sein, das wär's.

Miriam tut Dinge, die ich niemals tun würde. Sie war einmal ein ganzes Jahr in Nepal unterwegs. Alleine mit Rucksack. Einfach so herumgereist, ohne großen Plan. Ich muss morgens immer wissen, wo ich nachts schlafe, sonst bin ich den ganzen Tag über nervös. Miriam möchte später einmal im Ausland als Polizistin arbeiten. Sie sucht das Abenteuer, die Herausforderung. Miriam Meisler ist eine In-den-Tag-hinein-Leberin. Sie sagt, was sie denkt, eckt oft an, auch im Präsidium, und fühlt sich dabei auch noch wohl.

Mit Miriam habe ich in den vergangenen zwei Jahren recht angenehme Stunden verbracht, wenn ich im Präsidium mit ihr gemeinsam an der Ausarbeitung alberner Broschüren saß oder Texte für den Internetauftritt der osthessischen Polizei schrieb. Sie war neben mir die Einzige, die über Kollegen lachen konnte, die sich für die Polizei-Homepage vor dem Polizeiwappen mit aufgedunsenem Stolz in Uniform fotografieren ließen und den Daumen keck nach oben hielten. Immer, wenn Miriam und ich uns auf dem Gang trafen, begrüßten wir uns mit ebendieser Daumen-Hoch-Geste.

Es ist die berühmte gleiche Wellenlänge.

Und trotzdem, bei aller Sympathie, ist das noch lange kein Grund, mich, meinen Sohn und meinen Hund zu Tode zu fahren.

Ich fühle mich gerade sehr alt neben ihr. Während ihr das Leben offensteht mit ihren 25 Jahren, während sie vogelfrei durchs Leben flattert und vermutlich vier sexuell erfüllende offene Beziehungen zur gleichen Zeit mit Männern und Frauen führt, habe ich die komplette Autorückbank, in Form von Kind und Hund, an der Backe. Zu Hause macht mich komplettierend vermutlich in diesem Moment meine halbwüchsige Tochter zum Opa, und auf einer verlassenen Nordseeinsel sabbert meine verrückt gewordene Ehefrau vor sich hin.

Meine Güte, mit 25 war ich schon Vater einer einjährigen Tochter ...

Miriam entspricht sicher nicht vollends dem klassischen Schönheitsideal, was sie allerdings für mich nicht unattraktiver macht. Sie trägt ihre schwarzen Haare sehr kurz, bis auf ein paar rötlich gefärbte Strähnen, die über ihr Gesicht fallen. Sie ist nicht unbedingt ausufernd mit weiblichen Rundungen ausgestattet und so klein, dass ich überrascht bin, wie problemlos sie doch über das Lenkrad blicken kann. Heute trägt sie zerrissene Jeans und einen schwarzen Rollkragenpullover, der gefühlte vier Nummern zu groß ist.

Wir hören Radio. Ein Fehler. Ich suche verzweifelt einen Sender, auf dem nicht über das Wetter gesprochen wird. Ich finde keinen.

«Das ist krass mit Markus, oder?», sagt sie. «Es muss die Hölle sein, wenn dein Kind Krebs hat.»

Ja, das muss es, denke ich und reiche Laurin ein weiteres Stück Schokolade nach hinten.

«Ich wusste gar nicht, was ich ihm sagen soll, als ich mit ihm telefoniert habe», gestehe ich. «Was sagt man denn da, in so Situationen? ‹Viel Glück› oder ‹toi toi toi›, oder was?»

«Ich glaube, dann wird's schon automatisch scheiße, wenn man darüber nachdenkt, was man am besten sagt. Das hilft dem anderen doch am wenigsten. Entweder ist es echt oder drauf geschissen», entgegnet Miriam.

«Lass uns doch bitte bei der nächsten Raststätte mal rausfahren, sonst hat Berlusconi auch gleich wo draufgeschissen», sage ich mit Blick auf die Rückbank etwas bemüht scherzend.

«Wie kann man seinen Köter nur Berlusconi nennen? Total krank», sagt Miriam, während sie von der linken Spur direkt in die Raststätteneinfahrt brettert.

«Putin gefiel Franziska halt nicht», bemerke ich und kralle mich wieder mit den Fingern in die Seitentür.

Dass Autobahnraststätten heute nicht mehr bloß Tankstellen mit Bratwurst und Klo sind, sondern sich zu topmodernen Erlebnisparks für die ganze Familie gemausert haben, wird mir wieder einmal klar, als ich mit zittrigen Beinen aus Miriams Auto steige und meinen Blick auf die Raststättenwohlfühloase werfe.

Italienische Espressobars und Burger Kings schlummern neben Kinderhüpfburgen und Spielcasinos. Selbstbedienungsrestaurants, Spielwarenkaufhäuser und Drogerien fristen ihr Dasein neben klobrillenselbstreinigenden Toiletten mit Prostata-Tabletten-Werbung an den Wänden. Ich bin sicher, in spätestens zehn Jahren wird man an Raststätten von Animateuren begrüßt werden, vor den Toiletten werden Bands spielen oder Hip-Hopper rappen, der Klomann wird die Pippi-Gäste mit Stand-up-Comedy-Programmen bespaßen, und der Fernfahrerduschbereich wird zur Saunalandschaft umgebaut. Ganze Familien werden ihren kompletten Sommerurlaub auf Autobahnraststätten verbringen, stelle ich mir vor, während ich Berlusconi seine Geschäfte verrichten lasse und mir selber eine Zigarette anzünde.

«Entschuldigen Sie, aber könnten Sie bitte das Rauchen sein lassen?», spricht mich eine Dame höheren Alters an.

«Warum, bitte?», frage ich höflich nach. «Wir sind doch draußen, und hier ist ja wohl noch Rauchen gestattet, oder?»

«Ja, aber mein Hund raucht passiv mit.»

Ihr Hund raucht passiv mit. Zuerst halte ich die Bemerkung dieser ihrem Liebling unvorteilhaft ähnlich sehenden Pudelhalterin für einen Scherz. Doch ich täusche mich. Sie meint es ernst. Ihr Hündchen habe Asthma. Aha.

So werfe ich meine Zigarette direkt neben Berlusconis Scheißhaufen auf den Raststättenhundeklogrünstreifen und trete drauf. Auf die Zigarette.

Miriam rutscht auf dem Spielplatz im Restschnee die Kinderrutsche runter, und Laurin findet das außerordentlich lustig. Es weht ein eisiger Wind, und doch wird mir seit langem wieder einmal ein klein wenig warm ums Herz.

Am frühen Abend erreichen wir das oberpfälzische Regensburg. Mit dem unvermeidlichen «Grüß Gott» werden wir an der Rezeption des Altstadthotels «Münchner Hof» von zwei feschen netten Damen in Tracht empfangen. Ich spüre, dass sie Miriam für meine Tochter halten, und bin gekränkt. Miriam erhält den Schlüssel für ein Einzelzimmer, Laurin, Berlusconi und ich beziehen ein Doppelzimmer.

Auf dem Präsidium hatte es gestern mit Onkel Ludwig Körber ein wenig Ärger gegeben. Er hätte es lieber gesehen, wenn ich alleine zu dem Gespräch mit Herr Bärt nach Regensburg gefahren wäre und Miriam den Teichner im Büro unterstützt hätte. Ich aber tat so etwas Ähnliches wie mich durchsetzen und faselte davon, dass es für Miriam doch eine wichtige Schulung sei, diesem Gespräch beizuwohnen. Schließlich sei dies ja auch bisher die einzige Spur. Dass Köter und Kind auch mit von der Partie sein und das Ganze wie einen netten Kurzurlaub aussehen lassen würden, habe ich verschwiegen.

Wäre mein Leben nur so klar und rein wie dieses Hotelzimmer, denke ich, als ich mit Kind und Hund dasselbige betrete. Wenn etwas in Unordnung gerät, kommt der Zimmerservice und regelt das. Laurin zeigt sich begeistert vom rustikal-spießigen Doppelbett und springt so lange darauf herum, bis zwei Lattenroste aus der Fassung geraten. Ich behalte dieselbige, lasse Laurin mit dem Fernseher und der Fernbedienung alleine und gehe mit Berlusconi zur Begrüßung die historische Altstadt bepinkeln.

Ich habe das Gefühl, ich kenne diese Scherze alle. Witzig fand ich sie nie. Es kommt mir vor, als hätte ich sie in den letzten Jahren immer und immer wieder gehört. Und je öfter ich sie höre, desto schlechter werden sie. Die knapp tausend Zuschauer um mich herum kennen diese Witze auch alle. Sie aber finden sie sehr wohl spaßig und wollen sie immer wieder hören. Immer und immer wieder. Sie wollen nicht überrascht werden. Sie haben vierzig Euro Eintritt bezahlt, um genau das geboten zu bekommen, was sie erwarten und was sie kennen. Alles andere würde sie überfordern und wäre zu anstrengend. Auch heute Abend nennt man das hier Comedy. Herr Comedy würde sich im Grabe umdrehen, wenn er diesen Abend hier miterleben müsste. Der beeindruckend talentfreie Moderator, der einen ungefähr sächsischen Dialekt parodiert, plärrt immer wieder: «Seid ihr gut drauf?» Und er nennt uns alle «Regensburg»: «Regensburg – seid ihr gut drauf?»

Dann treten hintereinander vier «Künstler» auf und erzählen ihre Witzchen. Der erste macht auf verklemmt, trägt eine zu enge Jacke und hat die Haare nach vorne gekämmt. Das reicht schon. Ovationen. Auch Laurin ist begeistert. Er ist erst fünf, er darf das. Der zweite erzählt etwas über Männer und Frauen. Über Einparken, Handtaschen, Vorspiel und Fußball. Und er fragt uns immer und immer wieder, ob wir das alles auch kennen würden, was er uns da erzählt. «Kennt ihr das?»

«Nein», ruft Miriam irgendwann. Leider zu leise.

Von der Agentur Shalala habe ich drei Gästekarten für die «Fett-Ablach-Comedy-Show» reserviert bekommen.

«Wollen wir da wirklich hin?», fragte mich Miriam vor ein paar Stunden mit skeptischem Blick. Ich wollte. Der Masochist in mir trieb mich hin. Ich wollte Herr Bärt unbedingt auf der Bühne sehen. Ich dachte, es könnte vielleicht so schlimm werden, dass es schon wieder amüsant würde. Doch nun ist alles noch viel schlimmer. Miriams Gesichtszüge gleiten ins Verbitterte ab, als der Bursche auf der Bühne gegen Ende seiner Darbietung über das Einparken von Frauen referiert. Ich blicke mich zu meinen auf ihre Schenkel klopfenden Mitmenschen um und schäme mich dazuzugehören. Margaret Thatcher hatte damals recht, als sie 1989 befürchtete, dass von den Deutschen noch immer Gefahr ausgehe. Ausländer, nehmt euch in Acht. Wieder einmal stelle ich fest, dass ich kein wahrer Menschenfreund bin. Vor allem kein Freund meiner Landsleute. Es fällt mir einfach schwer, die Menschen so zu akzeptieren, wie sie sind. Wie auch? Ich krieg's ja bei mir selber nicht mal hin.

Der dritte «Comedian» ist eine dicke Frau und lispelt. Auch das reicht, um den Saal zum Kochen zu bringen. Sie erzählt vom Geschlechtsverkehr mit ihrem Freund. Sie würde oben liegen. Das war die Schlusspointe. Laurin versteht das nicht, und das ist auch gut so. Ich beschließe, ihn an diesem Abend noch nicht aufklären zu wollen, und warte nun gemeinsam mit «Regensburg», das immer noch «gut drauf» ist, auf den hessischen Fips Asmussen.

Herr Bärt beginnt seinen Auftritt mit der Bemerkung, dass man ja im Moment eher Schneesburg sagen müsse und nicht Regensburg.

«So viel Schnee, wo ihr im Moment bei eusch habbe dut», erklärt er seinen komplexen Eingangsscherz. Dann höre ich nicht mehr zu, sondern hoffe nur noch, dass Herr Bärt der Mörder von Klaus Drossmann ist und bald eine lange Zeit im Gefängnis sitzen wird.

«Lass uns fummeln, Pummel», tönt es zum Finale im viel zu lauten Halbplayback aus den Boxen.

«Regensburg, ich will euch fummeln sehen», ruft Herr Bärt.

«Regensburg» steht kollektiv auf, fasst sich an und grölt. Miriam bleibt sitzen, ich auch.

Laurin fragt: «Papa, warum stehst du nicht auf?»

«Weil ich kein Regensburg bin», antworte ich.

Miriam hat alle Fragen ausgearbeitet, die Herr Bärt beantworten soll. Ich habe diese Arbeit komplett ihr überlassen, was mir nicht sonderlich schwerfiel. Ich bin müde, Laurin ist es noch mehr. Wir sitzen in der Hotelbar des Hotels Mercure und warten. Wir sind für 23 Uhr mit ihm verabredet. Er sollte gleich nach der Vorstellung zum Gespräch kommen. So war es vereinbart. Es ist bereits 23.45 Uhr. Wir sitzen in schwarzen Ledersesseln um einen kleinen Tisch herum. Laurin trinkt überdreht an seiner dritten Fanta, auch wenn er lieber Cola hätte. An der Bar sitzen auf Hockern schweigend dicke Herrenhintern, deren dazugehörige Köpfe entweder ihr Bier oder den Ausschnitt der Bardame betrachten. Ein Pianist spielt unbeachtet von allen «Strangers in the Night», «Killing me Softly» und «My Way». Manchmal beendet er kurz sein Spiel, bekommt dann keinen Applaus, trinkt einen Schluck Bier und spielt dann «Strangers in the Night», «Killing me Softly» und «My Way».

Miriam lächelt. Laurin rennt nun von Tisch zu Tisch und klaut Erdnüsse aus den Schälchen. Mir ist es peinlich und egal. Miriam lächelt wieder. In meine Richtung. Ich werde ein bisschen nervös und schaue woandershin.

«Henning», sagt sie dann. «Ich bewundere das.»

«Was?», frage ich.

«Wie du so entspannt mit Laurin umgehst.»

«Was? Ich?»

«Ja, du machst nicht so'n Gedöns drum. Lässt ihn hier rumrennen, Erdnüsse klauen und nörgelst nicht ständig wie andere Eltern an ihm rum. Ich find das cool.»

Für einen kurzen Moment frage ich mich, ob das ironisch zu verstehen war, stelle dann aber fest, dass sie es durchaus ernst meint, und sage dann so lässig wie möglich:

«Ist halt eher so mein Erziehungsstyle. Muss halt jeder für sich wissen, wie er das ...»

«Ist das Ihr Sohn?», höre ich plötzlich eine schrille Damenstimme drei Tische weiter entfernt rufen.

«Ja», sage ich. «Wieso?»

«Er hat mir gerade meinen Keks von der Cappuccinotasse geklaut.»

In diesem Moment betritt Herr Bärt die Hotelbar.

«Servus zusamme», knödelt er viel zu laut in den Raum. «So, da simmer. Macht ihr mir mal ein kühles Blondes fertisch», ruft er dann in Richtung Bar.

Begleitet wird er von einer überschminkten jungen Dame, die nach uns Ausschau hält. Herr Bärt stellt sie wenig später als «Mei Meedsche, wo uff misch uffpasse tut» vor. Für welche Aufgaben sie konkret zuständig ist, erfahre ich nicht, und ich möchte es auch nicht wissen. Herr Bärt trägt Bierbauch mit buntem Hemd, eine silberne Brille im Carrerastil. Seine Resthaupthaare hat er konsequent von links nach rechts quer über den geröteten Schädel gepappt. Die Gesichtshaut ist rissig, fettig und von diversen Solariumsbesuchen angebräunt. Seine porös anmutende Nase erzählt Geschichten, die keiner hören will, von viel zu viel getrunkenen Bieren.

«Ei guggemado, des klaane Bröhmännsche», sagt Herr Bärt, nachdem ich mich mit Namen und Dienstgrad vorgestellt habe.

«Mensch, disch tu isch ja noch kenne, als du noch so warst», sagt Herr Bärt und hält seine Hand auf Höhe seines Hüftspecks.

Oh Gott, daran hatte ich nicht gedacht. Das habe ich nicht in Erwägung gezogen, dass so etwas passieren kann.

Herr Bärt kennt mich also. Mein Vater war von 1970 bis 1988 Vorsitzender des Rudingshainer Karnevalvereins. Zu dieser Zeit trieb Herr Bärt auch schon in Schotten sein närrisches Unwesen. Rudingshain ist ein Schottener Vorort, wenn man so will. Da kennt man sich in der Szene. Da sieht man sich auf Umzügen oder Sitzungen. Und da ich meine unschuldigen Kindesjahre mitunter im Musikcorps oder in ähnlich unschönen Institutionen verbracht habe, bin ich als Sohn meines Vaters für Herr Bärt natürlich ein Begriff.

«Und jetzt ist der Bub aach bei de Bullerei ... Unn, wann wirst du de Präsi?»

Ich bin unsicher, ob er nun den Karnevalsverein oder die Osthessische Polizei meint. Eins aber weiß ich: dass ich vermutlich für das anstehende Verhör in meiner Funktion als Hauptkommissar ein verdammtes Autoritätsproblem haben könnte. Ich fühle mich, als wäre ich elf.

Während ich nach Worten suche, hat Herr Bärt bereits sein erstes Bier geleert. Er hebt das leere Glas mit Blick zur Bar in die Höhe und zeigt mit dem Zeigefinger der anderen Hand auf das selbige. Seine Begleitung fürchtet offenbar, dass die Dame an der Bar dieses Zeichen nicht als Bestellung eines neuen Bieres interpretiert haben könnte. Sie übernimmt daraufhin selbst für Herr Bärt die Bestellung, indem sie zur Bar stöckelt und die Order dort noch einmal verbal erteilt. Das also scheint eine ihrer Aufgaben zu sein. Für Bier zu sorgen. Ich frage mich, ob sie auch fürs Fummeln zuständig ist. Vermutlich nein, denn sie ist kein Pummel. Glücklicherweise greift nun meine Kollegin Miriam Meisler ins Geschehen ein.

«So, Herr ... äh ... Herr Bärt ..., wir haben nun fast eine Stunde auf Sie gewartet und möchten nun jetzt unsere Fragen an Sie stellen. Soll Ihre Begleitung mithören, oder ist es Ihnen lieber, wenn sie nicht dabei ist?»

«Na, schau mal einer gugg», erwidert Herr Bärt sinnfrei und ohne Miriams Frage zu beantworten.

«Respekt, mein Fräulein, Sie tun ja rischtisch forsch zu Werke gehe.»

Miriam lässt sich nicht aus der Ruhe bringen. Meine Augen suchen Laurin und finden ihn in der Nähe der Rezeption.

«Sie wissen, warum wir hier sind und worüber wir mit

Ihnen sprechen wollen?», fährt Miriam zügig fort. Die Sorge ist groß, dass Herr Bärt auch gleich das zweite Halbliterbierglas weggesoffen hat.

«Isch weiß nur, dass da in Nidda beim Umzuch dem Drossmann uff de Deez gehaue wurd. Und das der net mehr lebe dut. Schlimme Sache, das.»

«Sie kennen Klaus Drossmann also?», fragt Miriam.

«Ei, der war früher mal bei uns in Schotte dabei. Isch tu mich aber nur dunkel erinnern.»

«Herr ... Herbert ... Herr ...»

«Für Disch einfach Härbät, mei Mädsche.»

«Ich bin nicht Ihr Mädchen!», zischt es aus Miriam.

In dieser Schärfe scheint in letzter Zeit niemand mehr mit ihm gesprochen zu haben. Schon gar keine Frau, und erst recht kein «Mädsche». Herr Bärts jovialer Blick verfinstert sich.

«Jetze mal ganz langsam, ihr Leut. Jetzt mal uffgehört mit dene Spielsche. Was wollt ihr dann von mir? Isch werd hier behandelt, als hätt *isch* dem uff de Kopp gehaue.»

Ich sehe Laurin, wie er mit seiner Hand mehrmals auf die Rezeptionsklingel schlägt. Aus der Entfernung gebe ich ihm verzweifelt Zeichen, dass er dies doch bitte zu unterlassen habe, und winke ihn zu mir.

Miriam lässt sich nicht beirren: «Klaus Drossmann hat in den Tagen vor seinem Tod mehrmals versucht, mit Ihnen Kontakt aufzunehmen. Er hat bei Ihrer Agentur versucht, Ihre private Telefonnummer zu bekommen. Er war bei der Fremdensitzung in Schotten, auf der Sie aufgetreten sind, und er war beim Umzug in Nidda, den auch Sie besucht haben.»

Miriam atmet tief durch, dann fährt sie fort: «Daher nun also Frage eins: Hatten Sie mit Klaus Drossmann in den letzten Tagen und Wochen Kontakt? Wenn ja – Frage zwei: Was hat er von Ihnen gewollt, wenn nein, Frage drei: Was hätte er von Ihnen gewollt haben können?»

«Lass uns fummeln, Pummel», hören wir plötzlich eine helle Stimme im Hintergrund singen. Es ist Laurin, der inzwischen unseren Tisch erreicht hat. Er zeigt begeistert mit dem Finger auf Herr Bärt.

«Das ist, äh, mein Sohn», murmele ich verlegen. Das war mein Beitrag zum knallharten Verhör.

Herr Bärt lässt sich in seinen Sessel sacken und nimmt sich viel Zeit für seine Antwort auf Miriams Fragen.

«Das könnt ihr eusch als Normalsterbliche net vorstelle tun, was und wie viel Leut von mir ständisch was wolle. Vor allem die, die wo isch von früher noch kenne tu, die wolle plötzlich alles mei gute alte Freunde gewese sein. Die wolle sisch alle heut in meinem Glanz sonne.»

Während er das sagt, blickt er fast nur zu mir und nicht zu Miriam. Anscheinend hat sie ihn verunsichert.

«Und mit dem Drossmann-Klaus habe isch, seit der fortgezoge is, null Kontakt», fährt Herr Bärt fort. «Und jetzt, wo isch da ganz obe bin, da tut der misch anrufe wolle.»

«Sie haben Mitte der achtziger Jahre zusammen Musik gemacht. Daher mussten Sie sich doch ein wenig näher kennen», hakt Miriam nach.

«Wenn Sie wüsste, mit wem isch alles Mussik gemacht hab. Mir habbe maximal ein Jahr zusamme gemuckt. Kurz bevor der fort ist. Muss Ende der Achtzischä gewese sein. Stimmt, da hatte mer mal so'n Trio mit'm Gärtnerkurt am Schlachzeusch – Gott hab ihn selig – einfach umgefalle ist der, beim Rase mähe, der Gärtnerkurt. Aber der Drossmann, also mit dem hatte isch gar nix zu schaffe. Der war net mei Krageweite.»

«Und er hat Sie in den letzten Tagen also nicht gesprochen?» Miriam fixiert ihn mit ihrem Blick.

«Ei, nee.»

«Sie haben also auch keine Idee, was der von Ihnen gewollt haben könnte?», versucht es Miriam weiter.

«Ei, hab isch doch gesacht, isch bin ein Brommi, ein Wipp, da will mer dran teilhabe. Da will doch jeder hin, wo isch bin, ganz da obe ... gelle, Schenny?»

Jenny, so heißt also seine Begleitung, nickt und grinst blöd.

Herr Bärt scheint sich wieder sicherer und wohler in seiner feisten Haut zu fühlen und nimmt einen großen Schluck vom dritten Bier.

«Habt ihr sonst noch was?»

Miriam denkt nach, ich nicht. Inzwischen ist Laurin zur Ruhe gekommen und sitzt auf meinem Schoß.

«Sach mal, Bröhmännsche», wendet sich Herr Bärt plötzlich mir zu. «Bist du hier der Kommissar oder das Kindermeedsche?» Dann lacht er.

«Papi», sagt Laurin nachts um eins in unserem Hotelzimmer, während ich alle verfügbaren Handtücher unter und auf sein Bettlaken lege, damit der Nässeschaden im Falle des Falles so gering wie möglich bleibt.

«Papi, ähm, ich will nicht mehr Pipi ins Bett machen», sagt er. «Das ist so doof. Ich bin doch kein Baby mehr.»

Wie ein Häuflein Elend steht er in seinem Frottéschlafanzug vor mir und blickt mich mit traurigen Augen an.

Ich muss schlucken.

«Komm mal her», sage ich. Er setzt sich auf meinen Schoß und lehnt sich fest an mich. Ich lege meinen Arm um ihn. Einige Minuten sitzen wir so da, und ich weiß nicht, was ich sagen soll. Laurin wird ganz ruhig und schwer in meinen Armen. Irgendwann sage ich: «Weißt du was? Ich war schon elf und habe manchmal noch ins Bett gepinkelt.»

Laurin blickt mich mit großen Augen an.

«Das war doof», erzähle ich weiter, «und mir war das peinlich. Und dann habe ich gehört, dass es ganz vielen Jungen mal so geht. Dass sie, wenn sie traurig sind oder Angst haben, nachts ins Bett pinkeln. Und dass das irgendwann von ganz alleine wieder aufhört. Und dann hatte es bei mir auch ganz bald aufgehört. Und so wird das bei dir auch sein. Wenn du dir den Kopf stößt, tut das ja auch nicht die ganze Zeit weh, oder? Irgendwann ist es besser.»

«Und wenn ich heute hier ins Bett pisse?», fragt Laurin.

Tja, das wäre ungut, denke ich. Doch weil mir keine bessere Antwort einfällt, sage ich: «Dann zeigen wir dem Pipi den Stinkefinger.»

«Im Kindergarten darf ich das aber nicht», erwidert Laurin.

«Jaha, aber wir sind hier ja auch nicht im Kindergarten, sondern wir sind zwei verdammt coole Typen, mitten in der Nacht in einem Hotel. Da lassen wir uns doch nicht von ein bisschen Pipi runterziehen, oder?»

«Nö», sagt Laurin. Dann präsentiert er mir, wie toll er schon den Stinkefinger zeigen kann, und schläft wenig später entspannt in meinen Armen ein.

Vielleicht hätte ich es Henning doch erzählen sollen ... Nein, es ist besser so. Die Zeit wird es weisen. Eigentlich habe ich trotz allem niemandem so sehr getraut wie Henning. Doch warum reicht dieses Vertrauen nicht aus? Ich dachte die letzten Jahre immer, dass nur er sich von mir entfernt. Doch ich bin es genauso, die immer ein Stück mehr weggegangen ist. Da ist kein Bemühen mehr umeinander gewesen, und schon gar kein Verführen. Nichts Leichtes, nur Schweres. Selbst die wenigen Male, in denen ich in den letzten Jahren auf ihm lag, war ich zu schwer. Wahrscheinlich habe ich ihn auch deswegen betrogen. Betrug, was für ein dämliches Wort in diesem Zusammenhang. Ich habe so gar nicht das Gefühl, Henning mit dieser Affäre um irgendetwas betrogen zu haben. Ich habe ihm dadurch nichts genommen. Es hat sich dadurch nichts verändert. Weder ist es besser geworden noch schlechter. Wenn ich es ihm erzählt hätte, wäre er vermutlich zutiefst gekränkt gewesen. Aber nur aus Eitelkeit und nicht aus Liebe. Da bin ich mir sicher. Ich selber hätte mir so eine Geschichte auch nicht wirklich zugetraut. Es hat sich nun mal, wie man so schön sagt, ergeben, auf der Klassenfahrt. Matthias ist ja nicht nur nett und hübsch, sondern auch jünger. Schmeicheleien, sich mal wieder begehrt fühlen. All so ein Zeug, das man jede Woche in der «Brigitte» liest, und trotzdem ist es so. Wir haben mit dem Feuer gespielt. Wenn es einer der Schüler mitbekommen hätte ...

Aber genau das hat mich damals gereizt. Die Unvernunft.

Wir haben zwei Nächte hintereinander miteinander geschlafen. Ein bisschen verliebt war ich auch, selbst wenn ich das niemals zugegeben hätte. Er ist ja auch verheiratet. So vögelten wir zu gleichen Bedingungen. Knapp drei Jahre ist das nun her. Heute ist er Melinas Klassenlehrer.

Ich bin jetzt fast zwei Wochen hier oben auf der Hütte.

Manchmal kommt es mir vor, als wäre ich schon zwei Jahre fort und als wäre das alles nicht passiert, als hätte ich alles nur geträumt. Ich bin weit weg, so weit wie nötig, um mit alldem klarzukommen.

Es ist nicht mehr so kalt hier. Das ist gut. Und auch der Schnee taut. Jeden Tag gehe ich drei Stunden raus und genieße die kühle, klare Luft um mich herum. Ich habe das Gefühl, dass sich alles etwas beruhigt in mir. Wenigstens ein bisschen. Auch wenn die Schuld und die Ungewissheit bleiben.

Der immer gleiche Tagesrhythmus hilft natürlich. Hat sich so ergeben: Sieben Uhr aufstehen, Tasse Kaffee, Holz hacken, frühstücken, schreiben, spazieren gehen, Essen kochen, lesen, wieder spazieren gehen, wieder schreiben, Musik hören, Abendessen, lesen, zehn Uhr Licht aus, schlafen.

Manchmal denke ich darüber nach, wie es wäre, wenn ich Henning erst später kennengelernt hätte. Als Mann und nicht schon als pickligen Schulbubi. Würden wir dann heute woanders stehen? Hätte das etwas verändert? So ist Henning ein Möbelstück, das seit ewigen Jahren einfach da ist, das da rumsteht und an das man sich gewöhnt hat. Und am Ende ist man zu bequem, es auszusortieren.

Diese dauernde Unzufriedenheit hat uns zermürbt. Unzufrieden mit sich selbst, unzufrieden mit dem anderen. Henning hätte wahrscheinlich nie Polizist werden dürfen. Nicht mit dem Vater. Er weiß es, doch er ändert ja nichts. Er wird von Tag zu Tag immer zynischer. Und er merkt es nicht einmal. Und ich hätte es versuchen sollen, mit der Musik. Ich hätte ruhig scheitern können, doch ich hätte es wenigstens versucht. Zur Konzertpianistin hätte es mit Sicherheit nicht gereicht, aber irgendetwas wäre daraus geworden. Ich hatte solche Angst, dass meine Hände zittern würden, beim Vorspielen, wenn es darauf ankam. Ich wollte den Druck nicht. Ich wollte nur spielen. Ich habe mich nicht getraut. Jetzt ist es zu spät, jetzt bin ich bald vierzig. Jetzt spiele ich gar nicht mehr, weil es mir wehtut, dass ich nicht mehr annähernd das Niveau habe, das ich vor fünfzehn Jahren hatte. So eine verdammte Scheiße.

12. KAPITEL
• • •

*«Der Leistungsstand Ihrer Tochter Melina in den Fächern
Mathematik, Englisch und Physik ist ‹Mangelhaft›. Bei
gleichbleibenden Leistungen ist die Versetzung in Klassenstufe 9
ausgeschlossen. Um Rücksprache wird gebeten.*
  Mit freundlichen Grüßen
  Matthias Jung, Klassenlehrer 8e»

Eine Woche lang lag der Zettel in Melinas Rucksack. Nun liegt er zerknittert auf dem Küchentisch, und ich sitze im gleichen Zustand davor. Soll ich jetzt die große Standpauke halten? Soll ich nun harte Konsequenzen daraus ziehen und Melina mit Hausarrest oder Ähnlichem bestrafen? Ich, der in der 8. Klasse mit vier Fünfen die Ehrenrunde drehte?

Melina sitzt mir gegenüber, hat die Arme fest vor ihrer Brust verschränkt, die Beine unter dem Tisch ausgestreckt und starrt auf ihre Fußspitzen.

«Das ist voll unfair. Der Jung kann mich nur net leiden. Die anderen sind auch nicht besser, aber ich krieg dann wieder die 5.»

Wieder einmal hat sich die ganze Welt nur gegen meine Tochter verschworen.

Eine typisch pubertäre Haltung; ich teile sie bis heute.

«Schule ist so fuck scheiße», zischt Melina, womit sie vermutlich recht hat, was aber niemanden in der Sache weiterbringt. Ich versuche mich verzweifelt in die Rolle des fast Vierzigjährigen mit Erziehungsauftrag zu hieven und suche nach wegweisenden, haltgebenden Sätzen. Mir fallen keine ein. Dann sage ich: «Ich bestell jetzt Pizza, willste auch eine?»

Drei Tage später sitze ich im Zimmer der 8e dem Klassenlehrer gegenüber, der Melina in Mathematik und Physik unterrichtet. Noch immer habe ich mich nicht daran gewöhnt, dass viele Lehrkräfte inzwischen wesentlich jünger sind als ich. Auch Herr Jung ist jung. Vielleicht Anfang dreißig. Er schaut mich mit müden Augen an. Ich schaue mit müden Augen zurück.

«Melina ist ja eigentlich ein nettes Mädchen», sagt Herr Jung. «Aber im Moment ist es wirklich schwierig ...»

Dann macht er eine Pause und schaut mich an, als ob ich mich dafür entschuldigen müsste.

«Das war mal so eine nette Klasse. Seit einem Jahr aber ist es ganz schwierig ...» Wieder Pause.

«Ja», sage ich, um etwas zu sagen.

«Es ist ganz schwierig, sie zum Lernen zu motivieren. Da kommt nicht viel zurück. Und Melina ist nicht wirklich an den Lernstoffen interessiert. Das macht das Arbeiten schon schwierig ...»

«Das stelle ich mir schwierig vor», sage ich dann.

«Ja, genau», erwidert Matthias Jung und fühlt sich verstanden.

«Melina stört den Unterricht, beteiligt sich nie und hat in den Arbeiten, in Mathe und Physik, eine 5 geschrieben.»

Nun schaut er vorwurfsvoll. Wie kann eine Schülerin ihm nur so etwas antun, wo er doch den Jugendlichen so packenden Unterrichtsstoff wie das Ohm'sche Gesetz zu bieten hat.

«Ja, ich weiß. Deswegen bin ja hier», sage ich.

«Hm», macht er dann. «So kann ich ihr schwierig eine 4

geben. Das wäre dann den anderen Mitschülern gegenüber ungerecht ...»

Nun schaut er mich an, als bäte er um Verzeihung. Langsam beginnt der Kerl mich zu nerven.

«Da muss schon mehr kommen. Sonst kann es echt schwierig werden mit der Versetzung. In Englisch steht sie ja auch auf 5. Ich weiß nicht, was ich machen soll ...», jammert er weiter und zeigt mir ein sehr belastetes Gesicht.

«Ich aber», platzt es aus mir heraus.

«Wie bitte?»

«Wenn Sie nicht wissen, was Sie tun sollen, dann weiß ich es. Sie sollen Ihren verdammten Job tun. Sie sind ein gutbezahlter Lehrer, Sie sind ein Pädagoge, und ich erwarte von Ihnen als Melinas Klassenlehrer, dass Sie meine Tochter, die derzeit eine schwierige, ja, Sie haben richtig gehört, eine ‹schwierige› Zeit durchmacht, wenigstens so weit motivieren, antreiben und begleiten, dass sie das Gefühl hat, dass sie es noch packen kann. Und dann will ich von Ihnen hören, was ich tun kann! Was ich als Vater zur Besserung beitragen kann, wie ich helfen soll! Wie? Keine Ahnung. Das müssen Sie wissen. Sie sind der Profi. Das ist Ihre Aufgabe, das Ihre Pflicht, dafür sind Sie ausgebildet, und kommen Sie mir jetzt nicht mit Überlastung und zu vielen Schülern und so. Machen Sie's einfach so gut, wie Sie's können! Schönen Tag noch!»

Ich verlasse das Klassenzimmer und meine im Weggehen noch ein leises zögerliches «Schwierig» vernommen zu haben.

Teichners eher unschöner Geruch treibt im Präsidium Berlusconis Bein in die Höhe, sodass ich wenig später würdelos auf Knien unter seinem Schreibtisch mit einem Lappen umherrutsche, um die Lache aufzuwischen. Miriam, die nur wenige Meter entfernt vom Pisstatort an Markus Meirichs Schreibtisch sitzt, grinst.

«Du machst das gut», sagt sie. «Ich sehe da großes Talent. Wenn du willst, kannst du gerne nachher bei mir zu Hause weiterputzen.»

Ich versuche zu lachen, schaffe es aber nicht. Teichner deutet währenddessen mit seinem Finger auf alle Stellen, die ich bisher übersehen habe.

Wir warten auf Frank Drossmann, um mit ihm über seinen erschlagenen Vater zu sprechen. Markus Meirich hatte mit ihm kurz nach dem Mord ein Gespräch geführt, das zäh und nichtssagend verlaufen sein soll. Ich muss an Markus denken und bekomme ein flaues Gefühl im Magen. Am besten wäre es, wenn ich mich noch heute bei ihm melde. Doch ich habe Angst davor, und ich schäme mich dafür.

Es gibt Menschen, die reden viel. Und es gibt Menschen, die reden noch mehr. Dann gibt es meine Mutter. Die redet immer. Auf der anderen Seite gibt es die ruhigen Typen. Die reden wenig oder nur dann, wenn es wirklich nötig ist oder wenn sie gefragt werden. Und dann gibt es Frank Drossmann. Der redet gar nicht, was sich als Schwierigkeit erweist, wenn man sich mit ihm unterhalten möchte. Es ist zu wünschen, dass er bei seiner Arbeitsstelle, dem Finanzamt in Gießen, wenig direkten Kundenkontakt hat.

«Wie war Ihr Verhältnis zu Ihrem Vater?», versucht es Miriam neu, nachdem wir bereits fast eine Stunde lang verzweifelt versucht haben, ein Gespräch am Laufen zu halten, das noch gar nicht begonnen hat.

Stille, Schulterzucken, wieder Stille.

«Hatten Sie Streit?»

«Nmm.»

«Wie bitte? Ich habe Sie nicht verstanden!» Miriam wirkt gereizt.

«Nö», komplettiert Drossmann seine ausufernden Erzählungen.

«Wie oft hatten Sie im letzten Jahr Kontakt?»

«Phhhh», macht er dann und pustet mit dicken Backen Luft aus seinem verschlossenen Mund.

«Kaum ... vielleicht ...» Er bleibt mit der Stimme oben. Ich hoffe auf einen ersten vollständigen Satz mit Subjekt, Objekt und Prädikat. Doch ich werde enttäuscht. Er hebt die Schultern und lässt sie wieder fallen. «... zwei Mal», nuschelt er hinterher.

«Sagt Ihnen der Name Herbert Ruland etwas? Oder Herr Bärt?», versucht es Teichner nun.

Er schüttelt den Kopf.

Ich verabschiede mich gedanklich von diesem Verhör, das keines ist, denke an die dreckige Kinderwäsche und darüber nach, ob ich nicht vielleicht doch, auch wenn dies den Angehörigen untersagt ist, einmal in Franziskas Klinik anrufen sollte. Vielleicht sollte ich mich auch noch einmal bei Petra, mit der Franziska vor ihrem Weggang ja zuletzt Kontakt hatte, melden. Ich sehne mich nach neuen Informationen aus dem Themengebiet «Ehefrau». Dann nehme ich aus den Augenwinkeln wahr, wie Miriam zu mir herüberschaut. Vermutlich bemerkt sie, dass ich nicht richtig bei der Sache bin. Unangenehm. Ich überlege, wann ich das letzte Mal in meinem Leben bei etwas richtig bei der Sache war. Nicht ein bisschen, sondern richtig. Es fällt mir spontan keine Antwort ein.

Ich muss zugeben, Teichner war in den letzten Tagen sehr fleißig und hat allerhand aus dem Leben des Mordopfers in Erfahrung gebracht. Er hat mit einigen Weggefährten gesprochen und all dies detailliert zusammengetragen. Ich habe seine Ausführungen nur quergelesen und überflogen, weiß aber von Miriam und ihm selbst, dass sie uns in den Ermittlungen derzeit nicht wirklich weiterbringen. Auch gibt er im Gespräch mit dem schweigsamen Sohn gerade alles. Zwar auch vergeblich, aber immerhin bemüht er sich. Im Gegensatz zu mir.

«So, Herr Drossmann, falls Ihnen noch irgendetwas einfallen sollte, was Ihren Vater betrifft, dann melden Sie sich bitte bei uns. Wir sind dankbar für Hinweise aller Art», floskelt Teichner Frank Drossmann mit auf den Weg, nachdem dieser sich von uns mit batschigem Händedruck verabschiedet hat.

«Hmn», macht der nur und verlässt mit hängenden Schultern unser Büro.

«Meine Fresse, was für eine Transuse», stöhnt Miriam laut. «Da werde ich ja depressiv, wenn ich dem nur zehn Minuten gegenübersitze. Was ist denn das bitte für eine Schnarchnase?»

«Öhm ...» Wir schrecken hoch, drehen uns um und blicken zur Tür. Frank Drossmann steht plötzlich wieder im Raum.

«Eine Frage hätt ich noch», sagt er.

Miriam errötet. Teichner grinst süffisant.

«Ja, bitte?», sage ich zu Drossmann und deute auf einen Stuhl.

Er aber bleibt stehen. «Mein Vater hatte 'ne Kamera ...»

Wir alle warten. Geht der Satz noch weiter, oder war's das schon wieder?

«Ja, und?», fragt Teichner.

«Wo iss'n die?», fragt Drossmann dann.

«Die Kamera?», frage ich nach. «Wo die Kamera ist?»

«Hmm», macht Frank Drossmann und blickt auf den Boden, als suche er dort irgendetwas.

«Welche Kamera?», fragt Miriam.

«Die vom Vatter», antwortet er nuschelnd.

«Ja, das ist klar. Aber, was ist das für eine Kamera? Eine Fotokamera, eine Videokamera?»

«Wiedjo-»

«O.k., Video. So ... und die ist nicht bei den Sachen Ihres Vaters?», fragt Miriam gereizt.

«Hmm.»

«Und Sie vermissen die?»

Er nickt, diesmal ohne Hmm.

«Sie möchten wissen, ob die Videokamera bei der Leiche gefunden wurde?», schalte ich mich ein, um die Sache abzukürzen. Schon jetzt steht fest, dass ich es wieder nicht pünktlich zum Schlumpfloch schaffe.

«Ja», antwortet Frank Drossmann.

«Nein», sage ich. Es wurden nur sein Autoschlüssel und der Geldbeutel gefunden.

«Er hat die immer dabei», sagt Frank Drossmann. «Er filmt immer rum. Der geht nie ohne Digicam aus'm Haus.»

Nach diesen drei aufeinanderfolgenden ganzen Sätzen fühle ich mich von Frank Drossmann nahezu zugetextet.

«Das ist interessant», sagt Teichner. «Schankedöhn für die Information.»

«Wir halten Sie auf dem Laufenden. Auf Wiedersehen», sage ich und drücke Drossmann erneut zur Verabschiedung seine labberige Hand. Er bewegt sich Richtung Tür, und kurz bevor er geht, sagt er noch leise, mit Blick auf Miriam: «Schnarchnase hat mein Vater auch immer zu mir gesagt.»

Teichner grübelt. «Wenn Drossmann im Besitz einer solchen digitalen Videocam war, und er nach Aussage seines Sohnes sehr oft gefilmt hat, dann muss es doch unzählige Videobänder geben. Und vermutlich auch einen PC. Wir haben aber nichts gefunden», sagt er und popelt sich mit dem kleinen Finger Schmalziges aus seinem rechten Ohr.

«Hattet ihr sein ganzes Haus in Mannheim durchsucht?», fragt Miriam.

«Ja, da war nichts», sage ich.

«Und wenn der junge Drossmann da doch mit drinhängt?», überlegt Miriam. «Wenn er sich den PC und alte Videobänder unter den Nagel gerissen hat, um irgendetwas zu verbergen? Deswegen wollte der eben auch unbedingt wissen, wo die Kamera ist. Da ist vielleicht noch belastendes Material drauf.»

«Kann ich mir nicht vorstellen», sage ich. «Ich schätze den so ein, dass der einfach nur scharf auf die Kamera als solches ist, als Erbstück. Ich traue dem das nicht zu.»

Teichners Ohr ist vermutlich bald geleert. «Wir müssen dem jungen Drossmann in Gießen einen Besuch abstatten», sagt er mit befriedigtem Blick auf seinen Finger. «Und die Hütte hochnehmen.»

Besuch abstatten, denke ich, das habe ich das letzte Mal von Justus Jonas von den Drei Fragezeichen oder von Nick Knatterton gehört. Dann nimmt sich Teichner sein zweites Ohr vor.

13. KAPITEL
• • •

«Melina, wenn man den eigenen Großvater begrüßt, nicht wahr, dann geht man her und schaut ihm in die Augen.»

«Ach Rainer, lass sie doch. Die jungen Leute heute sind halt anders.»

«Das wird man von den jungen Menschen doch noch erwarten dürfen. Wenn das Fräulein bei einem Bewerbungsgespräch hergeht und den Geschäftsführer auf diese schnodderige Art begrüßt, dann kann sie gerade wieder nach Hause.»

Melina verdreht die Augen. Ich auch. Wir sind bei meinen Eltern.

Gemeinsam treten wir in das altväterliche Wohnzimmer. Meine Mutter wischt Berlusconi hinterher, obwohl es gar nichts zu wischen gibt. Wie Fremde auf einem Empfang stehen wir umeinander herum. Mein Vater ist für die Getränke zuständig. Dies war und ist seine einzige häusliche Aufgabe, die er umso gewissenhafter ausführt. Melina bekommt die gewünschte Cola, Laurin eine Apfelschorle, ich einen Kaffee und Berlusconi Wasser.

«Melinchen, mach dir nichts draus», sagt meine Mutter. «Du weißt ja, dein Opa meint das nicht so.»

Doch, er meint es genau so.

«So ganz ohne Mutter, das ist für das Kind auch nicht leicht», sagt sie leise zu meinem Vater. Melina hört es trotzdem. Meine Mutter konnte die Lautstärke ihrer Stimme noch nie einschätzen. Als Kind war es mir oft peinlich, wenn sie in der Supermarktschlange über die Kassiererin lästerte.

«Du liebe Güte, du wirst ja eine richtige Frau», sagt sie dann mit Blick auf Melinas Brustansatz.

«Jetzt lasst sie doch bitte einfach in Ruhe», mische ich mich ein.

«Was habe ich denn jetzt wieder falsch gemacht? Ich habe ihr doch nur ein Kompliment gemacht. Ist das jetzt auch wieder nicht in Ordnung?»

«Doch, ja, nein, also ...», antworte ich und entscheide mich dafür, nicht weiterzureden, da meine Mutter es ohnehin schon tut. Währenddessen nehmen wir nun alle Platz auf der schwarzledrigen Couchgarnitur. Meine Eltern auf ihren Sesseln, Melina, Laurin und ich auf dem Dreisitzer. Der dritte Sessel bleibt frei.

«Ich weiß, dass die jungen Menschen in Melinas Alter eine schwierige Zeit durchmachen», quakt meine Mutter unbeirrt weiter. «Das brauchst du mir nicht erzählen, Henning. Ich habe selber zwei Kinder großgezogen. Die Pubertierenden sind auf der Suche, stimmt's, Melina?»

«Häh?», macht Melina.

«Die haben Fragen, sind oft orientierungslos. Und da müssen die Eltern ihnen Antworten geben. Halt verschaffen. Pubertät ist aber auch keine Entschuldigung für alles. Deine Schwester war auch manchmal etwas vorlaut. Es ist nicht so, dass ich mich daran nicht erinnern könnte. Das war nicht immer ...»

«Bei der Arbeit alles klar?», fragt mein Vater.

«Ja», antworte ich, während meine Mutter sich von ihrem Sessel erhebt und auf dem Weg zur Küche weiterredet.

«Dann ist ja gut», sagt mein Vater.

Meine Mutter kehrt mit der Kuchenplatte in der Hand zurück. Wie immer hat sie selber gebacken, dabei hasst sie Kuchenbacken.

Da sich Melina wie fast alle ihrer Altersgenossinnen zu dick fühlt, möchte sie keinen Kuchen.

«Wie?», fragt meine Mutter. «Keinen Kuchen?»

«Nee, hab keinen Hunger», sagt Melina.

«Nein danke, heißt das, Melina, nein danke. So viel Zeit muss sein, nicht wahr?», sagt mein Vater.

Melina bleibt cool. Sie kennt das und weiß, dass es am Ende meist zehn bis zwanzig Euro gibt. Nur dafür kommt sie überhaupt mit.

«Ich habe gerade in der Frankfurter Allgemeinen einen interessanten Artikel über Magersucht und Bulimie bei jungen Mädchen gelesen», meldet sich meine Mutter. «Den müsst ihr unbedingt lesen. Ich habe ihn ausgeschnitten. Ich gebe ihn euch mal mit.»

«Gute Idee», sage ich. «Ich lese ihn dann heute Abend Melina als Gute-Nacht-Geschichte vor.» Melina kichert. Unsere Blicke treffen sich. Für einen kurzen Augenblick sind wir ein Team.

Meine Eltern waren noch nie die Sorte Opa und Oma, die ihre Enkel nach Strich und Faden verwöhnt haben. Die wenigen Male, die Franziska und ich unsere Kinder zu ihnen brachten, hatte ich immer das Gefühl, sie fallen ihnen zur Last. Vielleicht täusche ich mich auch. Jedenfalls kam es mir häufig so vor.

«Wie geht's denn dem Laurin im Kindergarten?», fragt meine Mutter, um nun doch die Themengebiete Pubertät und Magersucht zu verlassen. Laurin spielt auf dem Fußboden lustlos mit der Duplo-Eisenbahn, die er schon als Zweijähriger langweilig fand.

«Gut», antworte ich.

«Dann ist ja gut», sagt darauf mein Vater. «Und, bei der Arbeit alles klar?»

«Schlecht siehst du aus, Junge», sagt meine Mutter.
«Nein danke», sage ich.

Das Gesunde am Rauchen ist, dass man in Situationen, die unerträglich zu werden scheinen, immer einen guten Grund hat, den Raum zu verlassen, an die frische Luft zu gehen und tief durchzuatmen. Wenn ich bei meinen Eltern zu Besuch bin, rauche ich sehr viel.

So stehe ich heute zum sechsten oder siebten Mal frierend auf der Terrasse, zünde mir eine Zigarette an und warte darauf, dass der Besuch langsam endet und der Frühling kommt. Stattdessen kommt mein Vater und stellt sich zu mir.

«Der Winter ist auch nicht mehr das, was er mal war. Entweder ist es zu kalt oder zu mild, oder?»

«Hmm», antworte ich.

«Und dieses Nasskalte ...» Mein Vater schüttelt mit dem Kopf und macht eine kurze Pause.

«Sag mal, Junge, dir ist schon klar, wie schlecht die Presse über euch schreibt?»

«Wie, über uns?», frage ich. «Über meine Familie und mich?»

«Ach was. Du weißt, was ich meine, Junge. Über eure Arbeit in der Kripo.»

Jetzt bekommt er seinen gestrengen Polizeipräsidentengesichtsausdruck.

«Du kannst natürlich hergehen und sagen, dass mich das alles nichts mehr angeht, nicht wahr, aber solange du da als Hauptkommissar verantwortlich bist und somit mein Name in der Zeitung in negativem Zusammenhang auftaucht, so lange kann ich nicht so tun, als ginge mich das nichts an.»

«Wir sind doch dran und machen Fortschritte», verteidige ich mich.

«Dann ist ja gut», sagt mein Vater und wartet darauf, dass ich ihm nun ausführlich Details unserer Ermittlungen schildere. Doch ich schweige und zünde mir die nächste Zigarette an.

«Habt ihr diese Videokamera endlich gefunden?», fragt er plötzlich. Ich zucke zusammen. Woher weiß er denn bitte schon wieder, dass wir die Kamera von Klaus Drossmann vermissen?

«Onkel Ludwig hält mich auf dem Laufenden», erläutert er, bevor ich ihn überhaupt fragen konnte. «Von dir höre ich ja nichts. Mehr als Hergehen und dir Hilfe anbieten kann ich auch nicht machen, nicht wahr? Aber wenn du meinst, auf den Erfahrungsschatz deines alten Herrn verzichten zu können, dann bitte schön.»

Zum ersten Mal schaue ich ihn an. Alt ist er geworden, mein Vater. Die Falte zwischen seinen Augen hat sich noch tiefer in sein Gesicht gefräst.

«Nein, wir haben diese Kamera nicht gefunden. Wir gehen davon aus, dass der Täter sie mitgenommen hat», sage ich. «Der Sohn gibt an, Drossmann habe seit Jahren eine Kamera gehabt. Komischerweise konnten wir aber keine Videobänder bei ihm zu Hause finden. Die muss er vor seinem Tod aus irgendeinem Grund weggebracht haben.»

«Warum?»

«Na, weil sie nicht da sind», antworte ich gereizt.

«Es kann doch sein, dass er hergeht und die Bänder aus Platzgründen woanders lagert. Vielleicht hat er irgendwo ein kleines Schnittstudio oder Ähnliches. Drossmann war doch auch Musiker, nicht wahr? Habt ihr Instrumente in seinem Haus gefunden?»

Ach du Scheiße, nein, haben wir nicht. Das haben wir völlig übersehen. Kein einziges Keyboard, kein Mikrophon, keine Noten, gar nichts war im Haus. Dem sind wir in «keinster Weise», wie es Jürgen Klinsmann formulieren würde, nachgegangen. Was sind wir nur für Pfeifen!

Mein Vater ist nun endgültig in seinem Element. «Na, wenn es da mal nicht einen Probenraum gibt, wo ihr das alles finden könnt. Instrumente, Kameras, Videobänder, Computer et cetera pp.»

«Ja, da sind wir auch schon draufgekommen, dass es da so ein Studio geben muss», lüge ich. «Da sind die Kollegen gerade dran.»

«Dann ist ja gut», sagt mein Vater, lächelt dabei selbstgefällig und glaubt mir kein Wort.

Abends, zu Hause in Bad Salzhausen, beschleicht mich, während ich daran scheitere, mit einem viel zu stumpfen Messer bröseliges Brot zum Abendessen zurechtzuschneiden, ein beklemmendes Gefühl. Ich frage mich, warum mir meine Eltern so fremd geworden sind. Warum gehen sie mir fast nur noch auf die Nerven? Liegt das an mir? Liegt das an ihnen? Ich weiß es nicht. Eine schwere Schwere legt sich auf mein Gemüt. Ich gehe in Laurins Kinderzimmer und lege meine Hand auf seinen Kopf.

«Alles klar, Kleiner?», frage ich.

«Ja», sagt er.

«Ich bin Tormann», rufe ich dann und lasse fast alle Bälle durch.

Meine 136 Freunde sind in Wahrheit gar keine Freunde. Ich habe sie nur auf oder in Facebook «hinzugefügt», weil ich sie irgendwoher kenne oder irgendwann einmal gekannt habe. Nun aber nehme ich nach längerer Pause wieder Anteil an ihrem Leben. Einige teilen mir und anderen mit, was außer ihnen selbst vermutlich keiner wissen will. Wenn ich möchte, kann ich zum Beispiel einen Eintrag, in dem Robert Hellmann, mit dem ich seit der Grundschule zu Recht keinen Kontakt mehr hatte, schreibt, dass er nun sein wohlverdientes Feierabendbier trinke, mit einem «Gefällt mir»-Button kommentieren. Wenn mir ganz langweilig ist, gucke ich mir die Bildchen meiner «Freunde» an und denke: Ach, guck mal. Nicht mehr und nicht weniger. Von mir selber gebe ich nichts preis. Nur, dass es mich gibt. Und ein einsames Foto, auf dem ich ein bisschen schattenhaft zu sehen bin, habe ich auch hochgeladen.

Ganz aktuell nun möchte eine «Sandra» ohne Foto eine Freundin von mir sein. Ich kenne keine Sandra. Ich bestätige ihre Freundschaft trotzdem. Ich sehe das sportlich. Mit ihr habe ich nun schon 137 Stück. Jetzt sehe ich, dass sie mir zusätzlich zu ihrer «Freundschaftsanfrage» auch noch eine Nachricht geschickt hat:

Hallo Henning. Habe dich gerade hier entdeckt. Vermutlich wirst du mich nicht (mehr) kennen. Wir waren früher auf der gleichen Schule. Ich bin drei Jahre jünger, und wir hatten kaum Kontakt. Ich kann mich aber noch sehr gut daran erinnern, wie du bei deiner Abiturfeier gesungen hast. Ich war damals in der 10., und da waren wir Mädels alle sehr von dir beeindruckt. Da musste ich gerade amüsiert dran denken, als ich dein Foto hier entdeckt habe. Dir alles Gute, liebe Grüße, einfach nur mal so,
Sandra

Na ja ...

Ich gebe zu, ein klein wenig geschmeichelt fühle ich mich schon.

«Beeindruckt» also war sie von mir ... aha. Und das, obwohl dieser Gesangsauftritt in der Schule bald zwanzig Jahre her ist und ich aus heutiger Sicht eines der peinlichsten Lieder der Popgeschichte vorgetragen habe. Mit der unschuldigen Verlegen- und Verwegenheit eines neunzehnjährigen Schülers habe ich auf der Bühne der Aula gestanden und «Wind of Change» von den Scorpions geschmettert. Und als Zugabe «Lass uns leben» von Marius Müller-Westernhagen. «Das Leben ist gar nicht so schwer ...» Hach!

Ich konnte die Nächte vor meinem großen Auftritt nicht schlafen und fühlte mich am Ende wie ein kleiner Popstar. Meine Mitschüler feierten mich, und für einen kurzen intensiven Moment schien mir klar zu sein, dass es für mich in Zukunft nichts anderes geben würde, als Weltstar zu werden.

Sandra? Ich kann mich an keine Sandra erinnern. Leider hat sie auf ihrer Facebookseite kein Foto hochgeladen. Vielleicht würde ich sie dann wiedererkennen. Trotzdem schreibe ich ihr zurück:

> Hallo, Sandra, vielen Dank für Deine Nachricht. Du hast recht, so richtig habe ich kein Bild von Dir. Ist ja auch schon eine Weile her. Habe mich aber trotzdem über Deine schmeichelhafte Mail gefreut. Auch wenn Du heute vermutlich nicht mehr so beeindruckt von mir wärst. Liebe Grüße zurück, Henning

Es dauert nur eine gute Minute, dann kommt eine neue Nachricht:

Wer weiß? Hässlicher bist Du jedenfalls nicht geworden, wenn ich Dein Bild so betrachte ...

Huch, was ist das denn jetzt bitte? Wie geht man denn mit so etwas um?

Minutenlang starre ich auf ihre Nachricht und grüble darüber nach, ob und was ich ihr darauf antworten möchte. Dann klingelt das Telefon. Es ist nicht Sandra. Es ist meine Mutter. Ich bin zurück im wahren Leben und schreibe lieber mal nicht zurück.

Onkel Ludwig Körber, die Petze, die meinem Vater alles weitertratscht, hat an diesem Montagmorgen zur Lagebesprechung in sein Büro geladen. Körber, Teichner, Miriam Meisler und ich sitzen um einen alten Holztisch herum, auf dem Frau Dressel, die rührige Sekretärin, dünnen Kaffee und bröseliges Gebäck serviert hat.

«Henning, gib uns doch bitte einmal einen Überblick über den Stand der Ermittlungen», eröffnet Onkel Ludwig die Sitzung. Ich hatte es befürchtet.

«Viel ist es leider immer noch nicht, doch ein bisschen schon. Wir wissen, dass Klaus Drossmann vor seinem Tod mehrmals versucht hat, Herr Bärt über die Agentur zu erreichen. Herr Bärt gibt an, seit Drossmanns Umzug nach Mannheim keinen Kontakt mehr mit ihm gehabt zu haben.»

«Und, stimmt das?», fragt Ludwig nach.

«Keine Ahnung», sage ich. Wieder ist so eine Leere im Kopf. Wieder sind mir all diese Fragen egal. Ich blicke zu Berlusconi, warte auf einen Furz und habe keine Lust weiterzureden.

Miriam kommt mir zu Hilfe und nimmt den Faden auf, wo ich ihn verloren habe.

«Klar ist jedenfalls, dass sich Drossmann kurz vor seinem Tod häufig in der Nähe von Herr Bärt aufgehalten hat. Im Sensenmannkostüm war er auf der Schottener Faschingssitzung, auf der Bärt gesungen hat, wenn man das so nennen möchte ... na ja, und zwei Tage später wurde er im gleichen Aufzug beim Umzug erschlagen.»

Ich habe mich wieder gefangen und schalte mich ein.

«Von Drossmanns Sohn wissen wir, dass das Opfer sehr häufig eine Videokamera bei sich hatte, die bis jetzt vermisst wird. In Drossmanns Haus haben wir nichts gefunden. Keine Kamera, keine Bänder. Es muss einen externen Raum geben, in dem das alles lagert. Auch von seinen Musikinstrumenten, seinen Keyboards fehlt jede Spur. Bisher weiß keiner, wo dieser Raum ist. Nicht einmal sein Sohn.»

«Frag mal Teichner ...», singsangt Teichner plötzlich.

Alle blicken ihn stumm an.

«Was ist?», fragt Kriminaloberrat Körber nach.

«Frag mal Teichner», wiederholt Teichner in gleicher Betonung.

«Wisst ihr, was ich jetzt tue?», sagt Miriam. «Ich frage jetzt mal Teichner. Ich weiß zwar nicht, was, aber ich frage ihn einfach mal.»

«Frau Meisler, ich bitte um etwas mehr Ernsthaftigkeit», weist Ludwig sie zurecht.

«Also Herr Teichner, was wollen Sie uns denn nun sagen?»

«Will sagen, wenn Henning sagt, keiner wisse, wo dieser Raum vom armen Drossi ist, dann stimmt das sooo mal nicht ...»

Teichner steckt einen wurstigen Daumen in sein linkes Nasenloch.

«Soll das heißen, Sie wissen es?», fragt Körber.

«Yep.»

«Ja, wie denn, wo denn, was denn? Komm doch mal auf'n Punkt, Alter!», platzt es aus Miriam heraus, und sie klingt dabei ein bisschen wie Melina.

«Er hat einen Probenraum in einer alten Fabrik in Mannheim gemietet. Woher ich das weiß, wollt ihr jetzt wohl wissen, was?»

Alle schweigen, neugierig und genervt zugleich. Teichner fährt fort:

«Ich habe mal die Kontoauszüge von Drossmän gefilzt. Und was fand der kleine Teichner da? Eine regelmäßige Abbuchung von 300 Euro pro Monat. So long – Hongkong, da bin ich dieser Abbuchung mal nachgegangen, habe den Empfänger ausfindig gemacht, ankontaktiert und wuppsdischwupps die Adresse rausbekommen.»

«Gute Arbeit, Teichner», lobt ihn Ludwig zu allem Überfluss. «Dann nichts wie hin! Ich hoffe, dass wir mal einen Schritt weiterkommen.»

Er löst die Sitzung auf, Teichner sich selbst leider nicht. Im Gegenteil, sein Selbst hat sich noch ein wenig mehr aufgebläht.

Wir verabreden, dass Teichner, Miriam und ich morgen Vormittag nach Mannheim aufbrechen, um den Raum zu durchsuchen. Teichner im Büro zu lassen, ist kaum möglich, da er zugegebenermaßen beim Herausfinden der Adresse nicht ganz unbeteiligt war. Unklar ist mir mal wieder, wohin ich Laurin «verkaufe». Ich fürchte, dass ich nicht darum herumkomme, Wolle und Molli erneut zu bitten, ihn nach dem Kindergarten mitzunehmen. Wäre für mich am schnellsten und einfachsten zu organisieren und logistisch am unkompliziertesten. Melina wird über einen weiteren sturmfreien Nachmittag nicht traurig sein; zum Ausgleich muss sie sich um Berlusconi kümmern.

14. KAPITEL
• • •

Ich sitze im Auto auf der Fahrt vom Alsfelder Büro nach Nidda zum Schlumpfloch und höre seit gefühlten hundert Jahren mal wieder «Lass uns leben» von Marius Müller-Westernhagen.

Ich sehe mich auf der Schulaulabühne stehen, mit diesem unverschämten Selbstbewusstsein, wie es nur Neunzehnjährige haben, und frage mich, wo das alles geblieben ist.

«Schwärmen von vergangner Zeit – was soll's ich lebe.»

Verfangen in einem Kokon aus nostalgischer Rührung und tiefer Traurigkeit, überfahre ich fast eine Rentnerin.

«Die Familie ist gesund – was soll's ich lebe.»

Franziska. Sie hatte mich damals verliebt auf dem Klavier begleitet.

«Zu lieben ist gar nicht so schwer.» Von wegen. Es ist schwerer als alles andere.

Es war auch eine Flucht vor mir. Vor allem, vermutlich. Da mache ich mir nichts mehr vor.

«Ich hab mich heut Nacht besoffen – was soll's ich lebe. Ja, ich lebe ...»

Während ich unweit des Kindergartens einparke, nehme ich mir vor, heute am späten Abend eine ganze Flasche Rotwein alleine zu trinken und dieser Sandra auf «Facebook» zu antworten.

Wolle, der Che Guevara der von uns Eltern verwalteten Kindergruppe Schlumpfloch e.V., muss einen Blutdruck von 210:140 haben, denn er trägt auch im Winter fast immer nur

Unterhemd zu seinem glühend roten Gesicht. Eindeutig zu selten entscheidet er sich für ein achselhaarbedeckendes Textil. Keiner versteht das. An den Grünen kann man doch sehen, dass man heutzutage problemlos politisch links eingestellt sein kann und trotzdem dabei ein bisschen gepflegt sein darf. Es sind knappe fünf Grad über null, als ich schon von weitem Wolles Rückenhaare aus einem T-Shirt quellen sehe. Er steht im Halbkreis mit mehr oder weniger interessierten Miteltern im Vorgarten des Kindergartens und berichtet mit voller, fester Stimme von seinem Auftritt beim Jugendamt der Stadt Nidda, bei dem er als furchtloser Freiheitskämpfer für den Elternverein einen monatlichen Vollwertessenszuschuss von 15 Euro pro Kind erfightet hat.

«Henning, knorke, dass ich dich sehe», begrüßt er mich wenig später. «Du hast auf dem Essensplan noch nicht eingetragen, was du morgen kochst. Bitte keine Nudeln, keinen Reis, keinen Salat. Das hatten wir letzte Woche schon dreimal.»

«Ach du Scheiße», stammele ich. Das hatte ich natürlich überhaupt nicht auf dem Schirm. Kochen für die Kindergruppe. Wie das denn auch noch? Abgesehen davon, dass ich in den drei Jahren, in denen Laurin im Schlumpfloch ist, noch nie gekocht habe und ich außer Spaghetti mit Tomatensoße ohnehin nichts zustande bringe, abgesehen davon habe ich morgen ja nun mal gar keine Zeit. Ich muss mit Miriam und Teichner nach Mannheim.

Wolle bemerkt meine verzweifelte Ratlosigkeit.

«Henning», sagt er in aggressiv verständnisvollem Tonfall und berührt meinen Oberarm. «Sorry, ich weiß, dass das mit Franzi für dich bestimmt gerade nicht leicht ist.» Nun beginnt er meinen Arm zu streicheln. «Aber schau mal, Beate ist auch alleinerziehend, und sie kriegt das trotzdem hier hin mit den Kochdiensten. Beate ist sogar auch noch im Vorstand.»

«Beate muss aber auch keinen Mordfall aufklären», rutscht es mir patziger als geplant heraus.

«Ey, Henny, wir verstehen das gut, dass das alles mal too much sein kann. Klar gibt es auch andere Dinge, die wichtig sind. Aber sind unsere Kinder nicht auch wichtig?»

Sein drängender, leicht ins Irre gehender Blick fixiert mich.

«Mir persönlich sind sie wichtiger als alles andere, aber das muss jeder für sich selber wissen», erklärt er mir, ohne mich aus den Augen zu lassen.

«Nur, weil du dich Wolle nennen lässt, musst du mich nicht Henny nennen. Ich heiße Henning, o. k.?»

«O. k., o. k., o. k., o. k.», beschwichtigt mich Wolle und fingert schon wieder an mir herum. Ich bin in der Zwickmühle. Am liebsten würde ich in diesem Moment den Zidane machen, doch ich will ja etwas von ihm. Ich muss ihn schließlich bitten, morgen Nachmittag Laurin mitzunehmen. Und irgendwie muss ich ja zudem aus dieser Kochnummer rauskommen.

Also reiße ich mich extrem am Riemen, lasse meinen Kopf dort, wo er ist, und bedanke mich noch einmal grundsätzlich für sein Engagement. Wenn man das tut, so ist allgemein bekannt, dann bekommt man fast alles von Wolle. So ist es glücklicherweise auch diesmal.

«Da freuen wir uns, wenn Laurin mal wieder bei uns zu Gast ist. Ich denke auch, dass eurem Laurin die Gesellschaft mit unserem Calvin-Manuel echt guttut.»

Nachdem ich Wolle noch ein paar Minuten für seinen 15-Euro-Vollwertzuschusserfolg lobgepriesen habe, übernimmt er für mich auch noch den morgigen Kochdienst.

«Ich weiß zwar nicht, wie ich das auch noch schaffen soll, aber irgendwie kriege ich das schon hin», fügt er, von sich selbst beseelt, mit dem Kopf schüttelnd hinzu.

Ich übe mich in Gleichmut und verspreche ihm im Überschwang der kurzfristigen Entlastung etwas leichtfertig, dass ich in nächster Zukunft auch einmal einen Vertretungsdienst übernehmen würde.

15. KAPITEL
• • •

Neun Uhr. Zwei Gläser Rotwein habe ich schon getrunken, als ich auf dem Wohnzimmersofa liegend mit meinem Notebook auf dem Schoß den Mut fasse, meinen Entschluss zu befolgen und virtuell die Kommunikation mit dieser Sandra wieder aufzunehmen. Ich logge mich ein und schreibe beschwingt folgende Nachricht:

> Das freut natürlich einen alten Sack wie mich, wenn eine junge Dame wie du sich über ein Porträt-Foto positiv äußert. Ich bin gar leicht beschämt und schicke errötet herzlichste Grüße.

Nun wird das dritte Glas gefüllt und auf den Bildschirm gestarrt, bis eine Antwort kommt.

«Daaaddy», höre ich stattdessen meine Tochter brüllen. «Komm mal!»

«Warum?», brülle ich zurück.

«Hohhh, Mann», macht sie dann.

«Komm du doch», rufe ich.

«Ei, das geht jetzt net!», keift sie darauf.

«Brüll doch nicht so durchs Haus», plärre ich zurück, «sonst wird Laurin wach.»

«Papa?» Laurin steht bereits in der Tür. «Ich hab ins Bett gemacht.»

Ich kippe das dritte Glas in einem Zug runter und nehme Laurin auf den Arm.

«Macht nichts», lüge ich, «ich mach dir dein Bett frisch.»

«DAAAADDY!», kreischt Melina.

«SCHNAUZE!», kreische ich zurück. «ICH KOMM GLEICH!»

Kann man nicht einmal in Ruhe weinselig vor dem Notebook hockend auf Facebook-Nachrichten warten? Nein, kann man offenbar nicht.

Ich beziehe also Laurins Bett frisch, tröste ihn, unterschreibe dann Melinas 5 in Chemie und kehre dann an meinen Schreibtisch zurück.

Eine neue Nachricht ist da. Aufgeregt wie ein Teenager öffne ich sie.

Ehre, wem Ehre gebührt ... Schön, von dir zu hören. Du bist bei der Polizei? Stimmt das? Hab ich gegoogelt ... Dich als Bullen kann ich mir gar nicht vorstellen.

Ich mich auch nicht.

Warum bist du's dann?

Wegen der Gerechtigkeit natürlich.

schreibe ich und möchte damit eigentlich irgendwie ironisch rüberkommen. Wenn ich die Chatsprache besser beherrschen würde, würde ich jetzt irgendwelche Zeichen dahintersetzen, die meinem Mailpartner klarmachen sollen, mit welcher Intensität ich zu scherzen versucht habe. Irgendwelche Klammern mit Doppelpunkten würde ich setzen, so was wie ((::.)(..., was weiß ich. Eine andere Möglichkeit wäre, diese kleinen gelben Grinsefressen zu nutzen. Aber die sind für mich ein absolutes No Go. Wobei No Go zu sagen ein noch größeres No Go ist. Das geht gar nicht. Ständig «Geht gar nicht» zu sagen ist auch ein No Go, jedoch für viele andere angestrengt Jungwirkenwollende ein absolutes «Must». Das alles ist so ähnlich wie pausenlos «Wie geil ist das denn?» zu schmettern, mit Betonung auf dem «das». Dies nur am Rande. Ich verzichte also auf Zusatzeichen und hoffe, dass Sandra die Ironie auch so bemerkt. Wenn nicht, ist auch egal.

Oh, wegen der Gerechtigkeit ... wie edel. Ich bin beeindruckt. Kämpfst du mit allem Mut gegen die Falschparker dieser Welt? Darf ich mich wegen dir in den Innenstädten dieser Welt sicherer fühlen?

Sie macht sich über mich lustig. Eindeutig. Es stört mich. Ich bin in ihren Augen ein blöder banaler Spießer-Bulle, und vermutlich hat sie recht. Ich verliere ein wenig die Lust an diesem spätpuberalen Dialog, bin ein wenig beleidigt und überlege, mich auszuloggen. Dann aber schreibe ich:
Gib mir mal einen Tipp, wer du bist. Ich kann mich wirklich an keine Sandra erinnern. Oder hast du ein Foto? Vielleicht von früher?

Mal sehen. Eigentlich lade ich ungern Fotos von mir ins Internet ... hab da ein bisschen Paranoia. Du wirst dich vermutlich eh nicht erinnern. Ich glaube, wir haben nie ein Wort miteinander gewechselt. Du warst damals mit einer aus deinem Jahrgang zusammen, oder? Wie hieß die nochmal?

Franziska.

Ja. Franziska hieß die. Und so heißt sie immer noch. Ich spüre, wie der Rotwein mich breiter macht und wie ich beginne, immer sentimentaler zu werden.

Wenn ich doch nur mal irgendetwas von ihr zu hören, zu lesen oder von Petra berichtet bekäme. Wie lange soll ich denn noch so weiterleben, als gäbe es sie gar nicht mehr? Ein wenig verliere ich bei diesen Gedanken die Lust auf dieses nichtig alberne Gechatte. Ich trinke mir aber noch ein bisschen Lust an und fühle mich daraufhin blöd genug, Und du? Was machst du so? zu tippen.

Die Antwort lässt ein wenig auf sich warten. Dann:
Zurzeit betreibe ich einen kleinen Bergbauernhof in der Schweiz.

Willst du mich verarschen?

Nein, wieso?

Klingt halt etwas unwirklich.

So kommt es mir manchmal auch vor, aber so ist es nun mal.

Kann man davon leben?

Ich schäme mich für diese Frage. Doch zu spät, ich habe sie schon abgeschickt.

Nein, ich liege gerade im Sterben ...

Die Frau beginnt mir mehr und mehr zu gefallen. In einem Anfall von freudigem Übermut gieße ich auch noch den Rest aus der Dornfelderflasche in mein Glas.

Sorry für die blöde Frage. Aber erzähl doch mal. Wie geht das, Bergbauernhof?

Ganz einfach. Im Sommer mache ich Milch, Käse und Butter, für Wanderer biete ich Herberge, Kuchen, Bier und Brotzeit, und im Winter bringe ich Haus und Stall wieder in Schuss, und wenn ich damit fertig bin, mache ich gar nichts mehr.

Gar nichts mehr?

Gar nichts mehr! Ich konnte mir von einer Erbschaft dieses Haus hier kaufen, habe daher keine Schulden und keine sonstigen Verpflichtungen. So kann ich mir es leisten, dieses Leben zu führen.

Das heißt, du sitzt das ganze Jahr alleine auf der Hütte?

Na ja, von Frühjahr bis Herbst ist hier immer was los. Dann kommen häufig Wanderer. Ich bin hier auf 1500 m Höhe. Von meiner Hütte aus geht es dann, wenn man kann und will, auf 3000 m Höhe. Da kommen viele Kletterer, die hier Zwischenstation machen und übernachten. Ich habe 24 Betten. Da ist es nicht einsam …
Im Winter ist es wirklich ruhig hier. Das Vieh ist dann unten im Tal, und ich bleibe hier alleine im Schnee. Ich liebe das.

Wie lange machst du das schon so?

Drei Jahre. Direkt nach meiner Scheidung habe ich die Hütte gekauft und bin hier hoch.

Ich bin beeindruckt und ein bisschen neidisch, obwohl ich nicht genau weiß, worauf eigentlich. Als Bergbauer oder

Hüttenwirt würde ich ungern arbeiten, aber im Winter «nichts tun», das klingt durchaus nicht uninteressant.

Ein wenig später kommt noch eine Message von ihr:
Und du? Wie sieht dein Leben so aus?

Im Moment trinke ich Rotwein und chatte mit einer eigentlich wildfremden Frau.

Auf diese bedingt originelle Antwort reagiert sie minutenlang nicht. Vermutlich wartet sie auf eine ernsthaftere Mail. Ich grübele halbbesoffen darüber nach, wie «mein Leben so aussieht» und ob ich dieser Sandra davon überhaupt erzählen möchte. Ich habe keine Lust auf mein Selbstmitleid, auf die Schwere. Ich will spielen. Was soll ich also schreiben? Sandra soll mich bitte idealisieren und in mir das sehen, was ich nicht bin. Ein kraftvoller, jungenhafter Dandy, der auch heute noch am Lagerfeuer Gitarre spielt und mit grauen Schläfen auch in den nächsten Jahren sexy sein Ding durchzieht. Eine verdammt coole Sau. Keine Memme.

Ich öffne eine zweite Flasche Rotwein, schenke mir ein und schreibe:

Ich bin alleinerziehend und kläre Mordfälle auf. Das ist genau mein Ding. Das ist nicht immer leicht, aber ich liebe Herausforderungen und bin ein Typ, der das Leben so nimmt, wie es kommt.

Ich drücke auf «Senden» und lache mich selber aus.

Dabei muss ich dann eingeschlafen sein, denn knapp eine Stunde später, gegen halb zwölf, weckt mich der alberne Klingelton meines Handys.

Bedödelt blicke ich auf das Display. Es ist Miriam.

«Ja?» knarze ich ins Telefon.

«Hier ist Miriam. Habe ich dich geweckt?»

«Ja, nee, nicht so richtig ... was ist los?»

Sie druckst ein wenig herum. Ich höre Fahrgeräusche. Sie scheint im Auto zu sitzen.

«Henning, ähm, ich bin ziemlich im Arsch. Ich war gerade bei Markus ...»

Markus Meirich! Scheiße, das schlechte Gewissen jagt mir wieder durch den Körper. Markus ... ich habe mich wieder nicht bei ihm gemeldet. Ich hatte es mir so fest vorgenommen, aber immer wieder Gründe gefunden, es aufzuschieben. Die kleine Tochter meines besten Kollegen hat Leukämie, und von mir gibt es kein bisschen Beistand, weil ich im Internet rumhängen muss.

«Ich brauch mal jemanden zum Quatschen», sagt Miriam dann. «Kann ich vorbeikommen?»

Ich blicke zur Uhr und zu den Weinflaschen und zögere ein wenig mit der Antwort.

Dann sage ich zu. Ich habe das Gefühl, dass ich damit ein bisschen meine Schuldgefühle abarbeiten kann.

«Danke, ich bin in zehn Minuten da», sagt Miriam.

Als ich wenig später ihr Auto vorfahren höre, schleppe ich mich zur Tür, öffne sie bereits, während sie einparkt, damit durch das Klingeln und das damit zwangsläufig verbundene Hundegebell die Kinder nicht geweckt werden.

Miriam sieht wirklich mitgenommen aus. Ihre rötlichen Augen sagen mir, dass sie geweint haben muss. Ich bitte sie herein. Sie sieht auf dem Couchtisch meine zwei bearbeiteten Weinflaschen stehen.

«Sehr gut. Das ist so ziemlich genau das, was ich jetzt gebrauchen kann.»

Ich schenke ihr und mir ein Glas von dem billigen Dornfelder ein und koche Kaffee, weil man das in solchen Situationen so macht. Ich stelle fest, dass ich einen sitzen habe, versuche mir aber nichts anmerken zu lassen.

«Schön habt ihr's hier», smalltalkt Miriam.

«Na ja … joh, eigentlich schon. Hat Franziska alles gemacht.»

«Was ist eigentlich mit ihr? Weißt du, wann sie wiederkommt?», wagt sich Miriam vor.

«Nein, weiß ich nicht. Ist mir auch scheißegal im Moment», rutscht es mir ein wenig lallend heraus. Ich atme tief durch und frage dann Miriam: «Wie geht's bei Markus? Erzähl …»

«Puuh, Scheiße, Mann, das ist echt bitter. Die Chancen stehen wohl fifty-fifty. Man weiß es nicht, ob die Kleine das schafft. Markus und seine Frau sind rund um die Uhr im Wechsel bei ihr im Krankenhaus. Henning, wenn du den Markus so siehst, das haut dich um. Der ist so was von am Ende. Er sagt, das Schlimmste sei die Machtlosigkeit. Er hat gesagt, er könne sich mit nichts ablenken, an nichts anderes denken. Da sitzt mir ein zwei Meter großer Mann gegenüber und heult wie ein kleines Kind …»

Auch Miriam beginnt zu heulen. Ihr zierlicher Körper zittert.

«Und dann sagt er noch, dass er kaum jemanden hat, mit dem er reden kann. Er will seine Freunde nicht damit belasten und hat das Gefühl, dass viele, aus Angst etwas Falsches zu sagen, lieber ganz den Kontakt mit ihm meiden», schluchzt sie weiter.

Wie ich, denke ich.

«Ist das nicht krass?»

«Ja, das ist es», sage ich.

Miriam blickt zu mir. «Echt, Henning, danke, dass ich kommen durfte, aber schmeiß mich raus, wenn du pennen willst oder so, ne?»

«Ja klar», sage ich. Und: «Respekt, dass du zu ihm gefahren bist, Miriam. Ich habe mich bisher nicht getraut. Ich habe Angst vor genau dem, was du gerade erlebt hast. Ich kann mit so was nicht so gut umgehen.»

Ich bin überrascht über meine Offenheit. Der Alkohol macht mich ehrlich.

«Eine Scheiße muss man», unterbricht mich Miriam. «Man muss gar nicht umgehen oder so was. Man muss einfach nur sein, da sein. Und nicht ständig davor Angst haben, was falsch zu machen. Einfach machen. Nicht immer alles abwägen und rumzögern.»

Sie hat recht. Sie ist schlau. Sie ist jung, und ganz plötzlich ist sie auch noch schön. Mir wird schwindelig. Miriam redet weiter, ich höre nicht mehr zu. Ich gucke nur noch. Ich sehe ihre Lippen, wie sie sich bewegen. Kein Lippenstift. Einfach Lippen. Ich betrachte ihren Hals, ihren Haaransatz am Nacken. Ich sehe, wie ihre Nase vom vielen Weinen läuft, und warte darauf, dass der Tropfen sich löst und irgendwohin droppst, zum Beispiel auf ihre weiße Bluse, die die Sicht auf eines ihrer hervorstehenden Schlüsselbeine ermöglicht. Schlüsselbein – wie kann es für ein solch entzückendes Körperteil nur so ein hässliches Wort geben. Wenn ich wollte, könnte ich mich auf die Suche nach ihrem Brustansatz machen. Ich entscheide mich aber für den Blick in ihre grünen Augen und merke erst in dem Moment, dass sie längst aufgehört hat zu reden. Unsere Blicke treffen sich tief. Meine Betrunkenheit gibt mir den Mut, nicht wegzuschauen. Wir sehen uns eine gefühlte Ewigkeit an. Berühren uns nicht.

Nur mit Blicken. Wir sind uns nah. Es ist die Traurigkeit, die Einsamkeit und die Bedürftigkeit, ihre, meine und vielleicht auch die von Markus, die uns heute, hier, in diesem Moment, in dieser Sekunde zusammenführt.

Dann furzt Berlusconi, und wir küssen uns.

Ich denke, man kann es Leidenschaft nennen, als wir und der Rotwein vom Sofa kippen und wir uns auf dem Teppichboden lieben. Währenddessen, bei ganz bestimmten Lauten, die Miriam ausstößt, schaffe ich es, nur einmal kurz darüber nachdenken, wie es wäre, wenn Laurin oder Melina plötzlich im Wohnzimmer stünden. Schnell gelingt es mir aber wieder zu genießen, dass es auch für mich anscheinend noch Situationen im Leben gibt, in denen das dämliche Hirn sich auch einmal ausschaltet.

Als ich gegen halb sechs in der Früh erwache, bemerke ich, dass Miriam verschwunden ist. Ich bin erleichtert. Was hätte ich meinen Kindern zum Frühstück gesagt? Schaut mal, liebe Kinder, das ist Miriam Meisler. Frau Meisler ist meine Kollegin, und wir haben heute Nacht auf unserem Wohnzimmerteppich, den eure Mutter vor drei Jahren gekauft hat, nach allen Regeln der Kunst miteinander gevögelt ...?

Nein, ich bin froh, dass Miriam so weitsichtig war, das Weite zu suchen. Und nicht nur wegen Melina und Laurin, wenn ich ehrlich bin. Die Am-Morgen-danach-Situation hätte mich auch ohne Kinder überfordert, da ich nicht wirklich ein ausgewiesener One-Night-Stand-Fachmann bin.

Verknittert kippe ich Salz auf die Rotweinflecken im Teppich, um die Spuren der Nacht zu tilgen. Genutzt hat das noch nie. Ich versuche es trotzdem immer wieder, erfolglos, so wie Bayer Leverkusen mit der deutschen Meisterschaft oder Oka Nikolov mit der Strafraumbeherrschung.

Ich fühle mich schuldig. Allen gegenüber, Franziska, meinen Kindern, Miriam, dem Präsidium und nicht zuletzt mir selbst. In drei Stunden werde ich mit Miriam und Teichner im Auto sitzen. Als wäre nichts gewesen.

Als wäre nichts gewesen, sitze ich mit Miriam und Teichner im Auto. Ich fahre. Teichner sitzt neben mir, Miriam auf der Rückbank. Ich spüre, wie sie über den Rückspiegel Blickkontakt zu mir sucht. Ich weiche ihm aus. Wie immer. Wie immer weiche ich ständig allem aus.

Teichner erzählt, dass Carola Mörtelspecht von der Künstleragentur Shalala angerufen habe. Offenbar hat sich nun auch Frank Drossmann bei ihr gemeldet. Auch er wollte mit Herr Bärt sprechen. Wie sein Vater. Frau Mörtelspecht habe ihm natürlich den direkten Kontakt verwehrt, doch er sei sehr hartnäckig gewesen.

«Drossmann junior war hartnäckig?», frage ich nach. Schwer vorstellbar.

«Yep», macht Teichner. Nicht einmal «Ja» sagen kann er, ohne dass es mir unsympathisch wird.

«Dann ist es doch durchaus möglich, dass er weiß, was sein Vater von Herr Bärt wollte. Warum weiß er es und wir nicht?», fluche ich zwar recht laut, aber mit zu viel Resignation in der Stimme.

«Ist es dann nicht wichtiger, dass sich einer von uns noch mal um den Drossmann kümmert, anstatt dass wir alle zu diesem Probenraum fahren?», schaltet sich meine Liebhaberin der letzten Nacht ein.

Ich schweige. Teichner kratzt sich am Sack und sagt dann: «Ich hab direkt nach dem Mörtelspecht-Telefonat versucht, ihn zu erreichen. Ich habe ihn weder im Finanzamt erreicht noch zu Hause, noch mobil.»

Teichner macht das wirklich nicht schlecht, denke ich. Irgendwann werde ich ihm das auch einmal sagen müssen. Dann aber trötet er mit Blick auf ein Autobahnparkplatzschild: «Ey, fahr mal hier raus, ich muss mal meinen Jürgen würgen.»

So beschließe ich, das Lob auf unbestimmte Zeit aufzuschieben.

Ganz Hauptkommissar, verkünde ich dann mit fester Stimme: «Wir gucken uns jetzt diesen Probenraum an, suchen nach Hinweisen, die uns vielleicht weiterbringen, und kümmern uns dann um Drossmann und Herr Bärt.»

«Wir hätten uns aufteilen und parallel arbeiten müssen», bemerkt Miriam. «Nun verlieren wir zu viel Zeit, fürchte ich.»

Sie hat recht, und doch will ich es von ihr nicht hören. Ich fühle mich kritisiert. Ich bin der Ermittlungsleiter und kann mich diesmal nicht hinter Markus Meirich verstecken. Mich nun auch noch hinter Teichner oder der unerfahrenen, jungen Miriam ins zweite Glied zu versetzen, lässt der letzte Rest meiner Selbstachtung nicht zu.

Während ich wenig später den Parkplatz ansteuere und Teichner Gelegenheit gebe, seinen Dings zu dingsen, sitze ich für einen kurzen Moment allein mit Miriam im Auto. Ich sage nichts. Sie sagt nichts. Ich weiß nicht, ob ich mich für die letzte Nacht bei ihr entschuldigen, bedanken oder mich beklagen soll. Ich beschließe, nicht weiter darüber nachzudenken, und pfeife nervös tonlos vor mich hin. Dabei tue ich so, als würde ich meine Auto-CDs sortieren. Dann kommt Teichner wieder, und wir steuern Mannheim an.

Natürlich, wie könnte es auch anders sein, sind wir zu spät. Ich hatte schon eine Vorahnung, als der leicht untersetzte

Hausverwaltungswirt, oder wie auch immer man heute zu Hausmeistern sagt, den Schlüssel ins Schloss der Probenraumtür steckte. Der Raum befindet sich im Kellergeschoss eines nicht mehr allzu frischen mehrstöckigen Gebäudes in einem schmucklosen Mannheimer Industriegebiet.

«Ei gugge mal dooo, da ist ja schon einer daa gewehse», singsangt Herr Stemmer, wie es nur Kurpfälzer können, während er die Tür öffnet.

«Vielen Dank, Herr Stemmer, wir brauchen Sie jetzt nicht mehr», sage ich, weil das die Hauptkommissare in Fernsehkrimis auch immer zu den zu neugierigen Hausmeistern sagen.

«Selbstverfreilich», kalauert Herr Stemmer. «Falls noch was sein sollte, tun Sie mich obe einfach anklingele.» Er beendet seinen Satz, bleibt aber wie alle Mannheimer am Ende seines Satzes mit der Stimme oben und geht anschließend genau dorthin.

Der Raum ist nicht direkt verwüstet, aber eindeutig durchsucht worden. «Scheiße», sagt Miriam.

«Nichts anfassen», blökt Teichner, als ich zielgerichtet handschuhlos einen Lichtschalter betätigen möchte. Teichner schüttelt überheblich den Kopf und verteilt Plastikhandschuhe.

«Einbruchsspuren sehe ich keine», höre ich bei Betrachten der Eingangstür Miriam sagen. «Aber das sollten besser die Profis überprüfen.»

«Lass mich mal», ächzt Teichner und studiert das Türschloss. «Yep, kein Einbruch.»

«Ich meinte Profis, Teichner, Spurensicherung, verstehst du?», tritt Miriam nach.

Im Raum stehen zwei Keyboards, ein Mikrophonständer und ein Schreibtisch mit Computerkabeln ohne dazugehörigen PC. Die Wandregale sind leer. Alles weg. Eine Videokamera finden wir natürlich auch nicht.

«Wir müssen sofort zu Frank Drossmann», sagt Miriam mit fester Stimme. «Alles spricht dafür, dass er das Zeug geholt hat.»

«Wieder nur Mailbox bei ihm», fügt Teichner hinzu und steckt sein Handy in sein hässliches Gürtelledertäschchen, das schon Mitte der Neunziger scheiße aussah.

Dann klingelt mein Handy. Melina.

«Daddy, Berlusconi ist in die Nidda gefallen.»

«Wie viel?»

«Hast du nicht gehört?», keift Miriam weinerlich in mein Ohr.

«Berlusconi ist wohin gefallen?», frage ich.

«In die Nidda!», antwortet Melina. «Du musst kommen.»

«Wo isser denn jetzt genau?»

«Ei, was weiß ich denn?»

«Na, kannst du ihn sehen? Schwimmt er irgendwo?»

«Nee, weiß net. Er ist abgerutscht, und ich konnte die Leine nicht mehr halten. Dann war er weg, und es hat platsch gemacht.»

«Platsch?»

«Ei ja, so halt ...»

Nun werde auch ich etwas unruhig.

«Warum bist du nicht hinterher?», frage ich und versuche in der Betonung der Frage nicht allzu viel Vorwurf durchschimmern zu lassen.

«Weil's so steil und eisig ist. Ich hab kein Halt mit meinen Chucks», antwortet meine Tochter. Ich denke an ihre labberigen Leinenschuhe, die sie offen und ohne Schnürsenkel zu tragen pflegt.

«Mein Gott, wo läufst du denn auch mit ihm rum?», frage ich, mühsam die Contenance wahrend. «Warum gehst du nicht auf den normalen Wegen?»

«Hohh, Mann, weil ich da immer die Scheiße wegmachen muss, wenn der kackt, und das kann ich nicht. Da kotz ich. Hab kein Bock, mich dann immer von diesen Kurspießern anpflaumen zu lassen.»

«Ist auch egal jetzt», versuche ich ein wenig zu deeskalieren. «Pass auf, ich kann dir jetzt nicht helfen. Ich bin in Mannheim. Bleib einfach in der Nähe und rufe immer und immer nach ihm. Vielleicht findet er dann wieder allein zurück.»

«Ja suuuper», motzt Melina. «Ich soll jetzt hier ständig ‹Berlusconi› durch die Gegend kreischen. Warum musstet ihr ihm nur so einen fuck Namen geben?»

«Das kann dir jetzt egal sein», antworte ich. «Mach's einfach. Alles wird gut. Der kommt bestimmt wieder.»

Wie kalt wohl die Nidda im Moment ist? Und wie lange ein Hund in so einer Kälte im Wasser überhaupt überleben kann?

Melina heult.

«Und wenn Berlusconi jetzt tot ist?», schluchzt sie ins Telefon. «Dann bin ich schuld.»

«Nein, bist du nicht», versuche ich zu trösten. «Gut, dass du ihn losgelassen hast. Sonst wärst du jetzt auch ...»

«Tot?»

«Nein, in der Nidda.»

«Warum kann Mama jetzt nicht einfach da sein?»

Sie schluchzt inzwischen so, dass es mir durch Mark und Bein geht.

«Dad, bitte sag mir, wann kommt sie? Fuck fuck fuck, wann kommt Mama endlich wieder?»

«Hör zu, mein Schatz, ich bin so schnell wie möglich bei dir. Lass dein Handy an. Es dauert ein bisschen, aber geh, solange Berlusconi nicht wiederauftaucht, nicht weg dort.»

«Mir ist aber so kalt.»

Ich stelle mir vor, wie sie sich vermutlich komplett an den kühlen Temperaturen vorbei gekleidet hat. Hormone erhitzen zwar, doch auch sie kommen irgendwann an ihre Grenzen.

«Melina», sage ich eindringlich. «Ich schicke Oma oder so was Ähnliches zu dir und komme so schnell wie möglich, versprochen!»

Dann lege ich auf, melde mich bei meiner Mutter, schaffe es auch erstaunlich schnell zu Wort zu kommen und bitte sie, zu Melina zu eilen.

Ich renne zu meinem Auto, rufe Teichner zu, dass er und Miriam sich von Kollegen nach Gießen zu Drossmann bringen lassen sollen, und fahre äußerst entschlossen zu meiner Tochter und unserem absaufenden Köter.

Schön, dass du wieder online bist. Wie geht's?

Das weiß ich schon länger nicht mehr. Ich habe keine Zeit mehr, über so etwas nachzudenken.

Ach Gottchen ...

Jaja, ach Gottchen. Ich bin nun halt einmal eine Memme.

Soso, eine Memme? Klingt aufregend ...

Vor ein paar Wochen habe ich mir ständig Gedanken darüber gemacht, wie schlecht es mir geht. Heute habe ich sogar dazu keine Zeit mehr. Na ja, vielleicht ist das ja gar nicht so schlecht.

Haste so viel Stress? Was ist denn los bei dir?

Das willst du nicht wirklich wissen?!

Warum nicht?! Ich sitze hier oben auf der Hütte und habe fast den ganzen Tag Langeweile. Da kann ich mal ein paar aufregende Geschichten gebrauchen.

Und dafür soll ich jetzt herhalten?

Genau!

Und ich darf auch memmen?

Ich bitte darum!

Mir wird in diesem Moment klar, dass ich seit Franziskas Weggang mit niemandem offen geredet habe. Dass ich mich weder bei einem guten noch bei irgendeinem anderen Freund, wie man so schön sagt, ausgeweint habe. Die meisten dieser in Frage kommenden Freunde sind auch Freunde von Franziska. Da fehlt mir der Mut, mich zu öffnen. Ich hätte Angst, statt Hilfe Vorwürfe zu erhalten. Mit meinen ganz eigen erworbenen Männerfreunden habe ich bisher nur über Eintracht Frankfurt gesprochen. Und das ist, so schwer es auch fällt, derzeit nicht mein Topthema. Der einzige in Frage kommende Freund wäre Lorenz. Doch der ist eine noch größere Memme als ich. Der findet mit allergrößter Sicherheit schnell etwas, von dem er behaupten kann, dass es ihm damit noch schlechter gehe als mir, und das kommt für mich derzeit nicht in Frage. Ich habe echte Sorgen und keine künstlich aufgeblähten. Und nun interessiert sich plötzlich diese fremde, seltsame Frau für mich. Ich tippe:

> Also, kurz gesagt, meine Frau ist vor ein paar Wochen überstürzt weg, in Kur nach Borkum, Burn-out-mäßig. Ich bin hier, mit Tochter, Sohn und Hund, und habe zudem einen Mord aufzuklären, was bei uns hier im Vogelsberg in der Regel nicht vorkommt. Habe weder genug Zeit für die Kinder noch für die Arbeit. Dann ist noch mein bester Mitarbeiter ausgefallen. Das ist Scheiße, denn sein Kind hat Leukämie, und ich bin ein schlechter Polizist. Meine Kinder und ich haben keinen Kontakt zu meiner Frau. Sie braucht wohl diese Ruhe. Wir dürfen sie auch nicht besuchen und wissen nicht, wann und in welchem Zustand sie wiederkommt. Vermutlich will sie sich auch noch von mir trennen, das hat sie bei ihrem Abgang auch noch irgendwie fallengelassen. Wir hatten in den letzten Jahren auch nicht wirklich die beste Zeit ... Das ist die Kurzfassung.
>
> *Oha, da ist mir die Langeweile hier oben doch lieber ...*
>
> Ich wäre bei einem Rollentausch dabei.
>
> *Vielleicht macht ja dann RTL 2 eine Doku-Soap draus ...*

Ich überlege kurz, ob ich ihr nun auch noch schreibe, dass heute unser Köter in die Nidda gepurzelt ist und meine Tochter frierend und heulend im Gebüsch, ihre Mutter vermissend, auf ihre Oma wartete, die ihrerseits allerdings nicht in der Lage war, Melina zu finden, sondern laut klagend ziellos durch den Vogelsberg irrte. Dann könnte ich erzählen, dass Melinas Handyakku leer wurde und ihr Vater sie erst zwei Stunden später nach langer Autofahrt auflesen konnte, während der abgestürzte Berlusconi schon längst den Heimweg alleine angetreten hatte und entspannt vor dem Wohnhaus wartete. Ich entscheide mich dagegen, da mich in diesem Moment Melina in ihr Zimmer ruft und mir mitteilt, sie habe Halsschmerzen.

Dann klingelt das Telefon.

«Bröhmann.»

«Servus, Oli hier.»

«Wer bitte?»

«Na ich bin's, Oli!»

«Oli …? Sorry, ich steh gerade auf dem Schlauch.»

«Mann ey, ich bin's. Teichner ist hier!»

«Ach, Teichner, du bist es, sag das doch gleich.»

Auf diesen Anruf habe ich gewartet. Teichner und Miriam sind, nachdem ich sie in Mannheim habe sitzenlassen, mit einem Mannheimer Polizei-Ersatzfahrzeug nach Gießen zu Frank Drossmann gefahren. Sie haben ihn dort angetroffen. Er hatte tatsächlich Hunderte von Video- und Audiokassetten sowie den PC aus dem Probenraum seines Vaters mitgenommen. Die vermisste digitale Videokamera des Vaters fehlte. Danach sind die beiden mit dem ganzen Zeug inklusive Frank Drossmann ins Polizeibüro nach Alsfeld gefahren, um ihn zu verhören und das Material zunächst nur stichprobenartig zu sichten. Nun also meldet sich Teichner, nicht Miriam, um mir genauere Ergebnisse mitzuteilen.

«Und was gibt es?», frage ich gespannt.

«Was es gibt? Das kann ich dir sagen …»

Ich warte. Teichner macht eine seiner berüchtigten Kunstpausen.

Dann sagt er: «Allerlei Gemädel.»

«Allerlei was?», frage ich nach.

«Geweibse», antwortet Teichner.

«Teichner, bitte!»

«Der olle Drossmann hat als und als Weiber gefilmt.»

Als und als ist hessisch. Wenn man sagt: «Da fährst du als links», dann bedeutet das, dass man sich immer links halten möge.

Teichner fährt fort: «Der hat auf alles draufgehalten, was zwischen den Beinen nichts baumeln hat. Vor allem die ganz jungen Dinger ham's ihm angetan ...»

«Das heißt, auf den selbstgebrannten DVDs sind Aufnahmen von Mädchen zu sehen?»

«Bingo! Wir haben noch lange nicht alles sichten können. Das sind dann in dem Sinne jetzt keine Pornos oder so.»

Klang da Bedauern in Teichners Stimme?

«Der hat den Weibern in den Ausschnitt gefilmt», fährt er fort, «oder uff'n Boppes oder der tanzenden Prinzengarde unter die Röckshe. Manchmal aber auch der Nachbarin ins Badezimmer. Mit 'nem Megazoom. So was halt. Das war 'n Spanner.»

«Und die Digitalkamera selbst?», frage ich. «Die war wirklich nicht dabei?»

«Nee, die muss wohl der Mörder mitgenommen haben. Vermutlich, weil er kurz vor der Tat gefilmt wurde.»

«Und habt ihr irgendetwas gefunden, was in Zusammenhang mit Herr Bärt stehen könnte?», frage ich.

«Nä, nullinger. Auf den Audio-CDs und Kassetten ist halt auch so Stimmungsmukke, wie der Herr Bärt sie macht. Das ist das Einzige. Aber das wussten wir ja schon vorher, dass der so Musik macht. Das sind fast dreihundert Kassetten. Er hat sie durchnummeriert, und sie sind fast alle noch vollzählig da.»

«Wieso fast?», frage ich nach.

«Nur eine fehlt. Aus dem Jahr 88», antwortet Teichner.

«Nur eine?»

«Ja.»

«Und der Sohn hat sie auch nicht?»

«Er hätte nichts weggenommen, behauptet er.»

«Und die Videos? Sind die vollzählig?»

«Yep. Die hat Vater Drossmann auch durchnummeriert.»

«Und was habt ihr auf dem Computer gefunden?»

«Wir sind da nicht reingekommen. Das Passwort muss morgen früh der Stephan von der IT noch knacken. Vielleicht finden wir da ja noch was.»

«Und was sagt der Herr Sohn zu dem Ganzen?», möchte ich dann noch wissen.

«Nicht viel.»

«Das habe ich mir fast gedacht», sage ich. «Aber er muss doch einen Grund genannt haben, warum er das Zeug aus dem Mannheimer Raum zu sich geschafft hat.»

«Er sagt, dass er selber nach Anhaltspunkten suchen wollte. Wenn er etwas auf den Aufnahmen gefunden hätte, hätte er sich natürlich bei uns gemeldet, sagt er.»

«Und was wollte er von Herr Bärt?», frage ich.

«Nur rausfinden, was sein Vater von ihm wollte. Wir hätten ihm doch erzählt, dass sein Alter den Kontakt zu Herr Bärt suchte.»

«O. k. Ist Miriam auch noch im Büro?»

«Yep, die guckt sich gerade Badesee-DVDs auf dem Schlepptop an, hehe.»

«Alles klar», beende ich unser Gespräch. «Dann bis morgen früh. Tschüs.»

«Ciaocescu.»

Ich koche einen Kräutertee und bringe ihn Melina in ihr Zimmer. Zu ihren kratzigen Halsschmerzen haben sich im Laufe des Abends ein schleimiger Schnupfen und eine immer heißer glühende Stirn gesellt.

Sie schaut mich mit glasigen Augen an, trinkt ein, zwei Schluck Tee, sagt mir, dass es ihr so was von fuck-schlecht gehe, und schläft eine Sekunde später ein. Ich betrachte sie. So wie früher, als Franziska und ich oft nachts vor ihrem Babybett standen und ihren Schlaf beobachteten. Nun sitze ich alleine vor ihr. Die Dinge ändern sich. Franziska ist nicht da und Melina eine kleine Frau. Doch wie sie da liegt, mit ihrem Monchichi im Arm, den sie nach längerer Verbannung aus dem Schrank herausgekramt haben muss, sieht sie wieder aus wie ein Kind. Sie ist es auch noch, ein Kind, mein Kind. Im Schlaf greift sie nach meiner Hand. Ich halte sie fest. Ich könnte die ganze Nacht so sitzen bleiben, denn wenn ich sie jetzt loslasse, wer weiß, wann ich sie wieder zu fassen bekomme.

16. KAPITEL
• • •

Just in dem Moment, da ich mich von Laurin verabschiedet habe und zum Auto schreiten möchte, spüre ich Wolles schwitzige Hand auf meiner Schulter.

«Henny, warte mal kurz», befiehlt er mir.

Dann dreht er sich zur Seite und führt sein Gespräch mit Nicole, einer alleinerziehenden Slawistikstudentin, fort, ohne seine Hand von mir zu nehmen. Ich warte. Wolle redet. Ich warte immer noch, werde ungeduldig, sage dann: «Wolle, ich muss jetzt …»

«Sekunde! Ich bin gleich bei dir. Ich kann mich nicht vierteilen. Obwohl ich manchmal den Eindruck habe.»

Ich warte also noch einen kleinen Moment und betrachte dabei die borstigen Haare, die unbekümmert aus seinem Ohr sprießen.

«So, jetzt bin ich ganz bei dir, Henny. Pass auf, Mareike ist morgen bei einer Fortbildung.»

Sein Blick, der immer ein wenig ins Fanatische abzugleiten droht, hat mich fest im Visier.

«Kannst du sie vertreten?»

«Was?», rutscht es mir entsetzter heraus als gewünscht. Wolle verzieht das Gesicht.

«Henny, du weißt, wir ham 'nen Deal. Ich hab neulich deinen Kochdienst übernommen, und nun ist das einfach mal your turn.»

«Ja, aber morgen, das geht gar nicht», stammele ich. «So kurzfristig …»

«Dass du Angst hast, ist ganz normal. Hatten wir alle vorm ersten Mal. Du kriegst das schon hin!»

«Nein, darum geht's ja gar nicht. Ich habe einfach im Moment ...»

«Sorry, aber ihr seid jetzt einfach auch mal dran.»

«Wer, wir?»

«Franzi oder du.»

«Ja, aber Franziska ist doch gar nicht ...»

Ich breche erschöpft ab. Ich kann und will nicht mit Wolle diskutieren. Wie komme ich nur aus dieser Nummer raus? Gar nicht.

Wolle, der an diesem verregneten Märzmorgen Sandalen trägt, als müsste er zwanghaft jedes vorstellbare Klischee erfüllen, schiebt seinen Unterkiefer vor und starrt mich an.

«O. k., von mir aus», murmle ich.

«Sonst müsste die Kindergruppe auch ausfallen», schiebt er nach.

«Ja, alles klar. Ich mach's. Wann soll ich hier sein?»

«Ich kann das nicht schon wieder übernehmen, sorry. Ich helfe immer gerne, das wisst ihr, aber irgendwann ist auch mal Ende-Gelände.» Dann lacht er leise durch die Nase schnaufend in sich hinein. Seine Nasenhaare, die in Pracht und Anmut seiner Ohrenfrisur in nichts nachstehen, wehen verwegen im Wind.

Ich versuche es erneut mit meiner Frage: «Also, wann soll ich ...»

«Weißte, Henny, das hat auch was mit Solidarität zu tun, dass nicht immer die gleichen Leute ranmüssen. Also, mich nehme ich da noch nicht mal als Maßstab, aber zum Beispiel Molli, Daggy und Steffi, die können auch nicht immer für dich einspringen.»

«Ja, verstehe ich ja. Ich ...»

«Dann hättest du zu 'nem städtischen Kindergarten gehen müssen. Man kann nicht auf der einen Seite die Vorzüge einer freien Gruppe respektive Mitspracherecht mitnehmen und andererseits ...»

«Wolle, ja, ich hab doch gesagt ...»

«... und andererseits aber sich vor der Verantwortung drücken. Es geht hier ja nicht um mich oder die Erzieherinnen, es geht um unsere Kinder. Es geht ...»

«Wolle, ist klar. Ich ...»

«Meinste, mir macht das Spaß, euch immer allen hinterherzurennen und ...»

«Jaaaa, Herrgott, ich mach es doch, verdammt nochmal!», fahre ich ihn an.

Nun endlich ist er ruhig. Ein paar Sekunden später sagt er:

«Irgendwie bringste da jetzt 'ne Ebene in die Diskussion, die mir nicht gefällt.»

Die gut dreiviertelstündige Autofahrt nach Alsfeld zum Büro nutze ich, um abzukühlen. Ich werde mir also den morgigen Tag freinehmen, um als Hilfserzieher im Schlumpfloch anzutreten.

Nun ist er da, dieser Tag, und es wartet gleich zu Beginn eine erste Aufgabe auf mich.

Ich soll ein schreiendes Kind aus den Armen seiner Mutter reißen.

«Jetzt mach schon. Du musst sie einfach nehmen und ganz festhalten», fährt mich Mutter Julia an. In meinen Armen zappelt ein wild um sich schlagendes und tretendes dreijähriges Mädchen. «Die macht immer so 'n Terz, wenn ich sie morgens bringe ... ich muss los.»

Dann geht Julia.

«Mammaaaa.»

«Komm, Anna, wir gehen jetzt rein. Da kannst du dann schön spielen», versuche ich zu besänftigen.

«Neiiiiin!»

Anna flutscht mir fast aus den Händen.

«Hör zu, du machst halt grad 'ne schwierige Phase durch, Trotzphase nennt man das. Trotzdem könnteste jetzt mal aufhören, die ganze Zeit so um dich zu treten. Das bringt doch nix.»

«Maaamaaa!»

Heute also muss ich im Schlumpfloch unsere Erzieherin, deren Name mir wieder nicht einfällt, vertreten. Zwölf Kinder gilt es nun gemeinsam mit der Jahrespraktikantin Steffi zu betreuen.

Die erste Bewährungsprobe habe ich bestanden. Anna, die laut Aussage von Steffi ein sehr lebhaftes Kind ist und auch mal gerne mit dem Kopf zuerst von hohen Schaukeln stürzt, habe ich mit nur einem blauen Fleck an meinem Oberschenkel ins Spielzimmer wuchten können.

Dann treffen auch die anderen Kinder ein. Viele ihrer Eltern motivieren mich mit mitleidigen Blicken für die nächsten Stunden, ehe sie sich ins kinderlose Berufsleben stürzen.

Ich stehe zunächst ein bisschen blöd in der Ecke rum, bis ich mich dazu entschließe, Steffi machen zu lassen und auf ihre Anweisungen zu warten. Ich suche lange nach einem Stuhl, bis ich feststelle, dass die herumstehenden Holzstühlchen im Raum nicht zum Puppenhaus gehören, sondern offizielle Sitzgelegenheiten sind. Ich setze mich. Der Stuhl verschwindet vollständig unter mir. Ich gucke. Es ist laut. Sehr laut. Zu laut.

Nach ein paar Minuten steht Laurin vor mir.

«Papa, so geht Vertretung nicht.»

«Hmm ... und wie geht Vertretung?»

«Du musst mit uns spielen.»

«Aha.»

Folgsam mache ich heitere Späße. Innerhalb von fünf Minuten liegen zehn Kinder auf mir. Nur Anna und Calvin-Manuel nicht. Anna hat Nasenbluten und lässt sich nicht von Steffi trösten, und Calvin-Manuel malt für seinen Papa Wolle ein Gedicht.

«Äh, Ding, wie heißt der, äh, stopp», rufe ich.

«Jonas heißt der», hilft mir Laurin, der auf meinem Kopf liegt.

«Jonas, nee, das nicht, nicht die Brille. Gib mir die Brille wieder.»

Jonas trägt nun meine Brille. Ich schüttele die Kinder sechs bis acht, die noch an mir hängen, ab und hole mir die Brille zurück. Jonas heult.

«Henning, du Blödmann», trällert eine Laura feixend. Alle anderen Kinder stimmen fröhlich ein. Drei Minuten lang singen sie «Henning, du Blödmann».

Steffi macht Frühstück.

Henning, ich Blödmann, singe ich im Geiste mit, bis ich irgendwann verkünde: «Blödmann genannt zu werden, das finde ich jetzt irgendwie nicht so gut.»

Danach werde ich von Bernd, dem Brot erschossen, und wir können frühstücken. Ich bewundere die angehende Erzieherin Steffi, der es virtuos gelingt, zwölf Kinder gleichzeitig dazu zu bewegen, zu essen, zu trinken, sich nicht die Gabel durch das Brot-Bernd-Kostüm ins Auge zu stechen und sich im Anschluss gar noch mit Vollwert-Zahnpasta die Zähne zu putzen. Staunend sitze ich auf meinem Zwergenstuhl und wische mir die ausgespuckten Müslireste meiner Aufmerksamkeitsdefizitsyndrom-Tischnachbarin von der

Brille. Innerhalb von sieben Sekunden verwandelt Steffi die Kindergruppe in eine rauschende Hochzeitsfeier, bei der alle Kinder reizende Kostüme tragen und König Mucahit die Prinzessin Larissa heiratet. Kurz gibt es Streit, da König Mucahit für seine Braut ein Kopftuch verlangt, das diese aber vehement ablehnt. Ich wiederum spüre wenig später meinen Blutdruck ansteigen, als ich versuche, 24 Füße mit ungefähr 223 Gummistiefeln passend in Verbindung zu bringen und ebenso viele Beine in sogenannte Matschhosen zu bugsieren. Zwei Senioren des Kindergartens, die sechsjährigen Marvin und Goran, teilen mit, dass sie im Sandkasten eine Falle für Calvin-Manuel bauen, eine ganz tiefe, in die er reinfallen soll.

«Aber da tut er sich doch weh», gebe ich zaghaft zu bedenken.

«Soll er doch auch.»

Wieder werde ich erschossen, diesmal mit einem aus Öko-Holz selbstgeschnitzten Maschinengewehr.

«Spielt doch mal Frieden!», rufe ich der Meute darauf zu.

Große Augen starren mich verwirrt an, und mir fällt ein, dass es für Kinder in diesem Alter ungemein wichtig sein soll, ihre Aggressionen zu spüren, zu kanalisieren und auszudrücken oder so. Als ich dann, der ich nicht Besitzer einer Matschhose bin, von Kopf bis Fuß eingematscht werde und Goran, meine Ermahnungen souverän ignorierend, die abgezählten vollwertigen Melonenstücke den übrigen teilweise weinenden Kindern wegisst, um den Rest dann quer durch den Garten zu werfen, bemerke auch ich, dass ich meine Aggressionen spüre. Ich kanalisiere sie und gebe ihnen Ausdruck. Und das dann doch eher laut. Sehr laut. Zu laut. Mit Worten, die nicht so wirklich gut in die Gesamtsituation passen.

Goran ist beeindruckt. Steffi nicht.

«Ich geh mal kurz eine rauchen», sage ich schnaufend.

Ich stelle mich an die Straße, zünde mir die Zigarette an, da sehe ich schon Wolle mit vollwertigen Essenstöpfen herannahen.

Ich verstecke die Zigarette hinter meinem Rücken, als wäre ich vierzehn und Mama erwischte mich.

«Und, Henny, alles klar? Wie läuft's?», fragt er.

«Genial», sage ich.

«Gell, macht Spaß?»

«Hmm.»

«Na, ich bring dann mal die Töpfe rein, ne?»

«Hmm.»

Das hätte mir eben nicht passieren dürfen, dieser Ausbruch. Da müsste ich als Erwachsener doch drüberstehen. Allerdings bin ich auch kein Erzieher. Ich bin nur Ersatz und erst recht kein vollwertiger. Vollwertig ist heute nur das Essen.

Du hast wirklich zu einem Sechsjährigen Arschloch gesagt?

Ja, aber es tat mir sofort leid. Ich habe mich auch sofort entschuldigt. Ich habe ihm erklärt, dass man Arschloch nicht sagen dürfe, dass er auch keines sei, dass er sich allerdings wie eines verhalten habe.

Lol

Lol?

Das heißt so was wie: Ich lache laut

Ach so

Magst du Kinder?

Ja, ich glaube schon, zumindest, wenn sie keine Arschlöcher sind und wenn sie nicht wie heute Vormittag zu zwölft auf engstem Raum auftreten. Und du?

Ja, schon. Wie läuft das bei dir mit deinen eigenen Kindern?

Na ja, mal so, mal so.

Wie gehen die denn damit um, dass ihre Mutter nicht da ist?

So richtig kann ich das nicht einschätzen, aber ich denke, sie arrangieren sich. Meine Güte, ständig geht es nur um mich. Jetzt erzähl du doch mal was von dir – wenn du Kinder magst, warum hast du dann keine, wenn ich das fragen darf?

Wer sagt denn, dass ich keine habe?

Ich dachte, weil du alleine oben auf dieser Hütte bist.

Ich bin müde. Bis bald mal wieder.

Wie?

Gute Nacht

17. KAPITEL
• • •

Ich habe mir immer eingeredet, dass mir die 45 Minuten Autofahrt, die ich von Bad Salzhausen zum Polizeibüro in Alsfeld benötige, guttäten. So als Puffer zwischen Familie und Beruf. Ich könnte prima die Familie hinter mir lassen und die Zeit nutzen, mich auf den Job einzustellen, und abends umgedreht die Arbeit hinter mir lassen und mich aufs Familienleben einstimmen. Da ich aber das ungute Gefühl habe, mich weder auf das eine noch auf das andere eingelassen zu haben, war diese dreiviertelstündige Landstraßenfahrt mehr als ein Zwischenraum. Sie war ein Rückzugsraum.

Jetzt, heute Morgen, wir haben 8.30 Uhr, und ich befinde mich auf der Fahrt zur Polizeidirektion, bemerke ich, dass mir die 45 Minuten viel zu lang sind. Ich will schneller zur Arbeit und auch schneller wieder zurück.

Es ist ein Morgen, der den unschönen Namen «nasskalt» trägt. Er wird kommen, der Frühling, denke ich, er wird kommen und unser aller Herzen öffnen.

«Guten Morgen», sage ich zu Miriam, die bereits an ihrem Schreibtisch sitzt und irgendwelche Akten wälzt.

«Morgen», nuschelt sie zurück.

Ich lege die Tasche ab, ziehe meine nasskalte Jacke aus und sage, weil Miriam nichts sagt: «Bahh, das ist aber auch eklig draußen, dieses Nasskalte.» Und dann nochmal «Bahh», weil's so schön war.

«Au ja, lass uns doch mal übers Wetter reden», entgegnet Miriam, ohne aufzublicken.

Sie ist verstimmt, keine Frage. Ich habe keine Lust auf

verstimmte Frauen, stelle ich fest. Ich habe erst recht keine Lust auf ungeklärte Beziehungssituationen oder Gespräche, bei denen mir nicht klar ist, was es überhaupt zu klären gibt. Warum muss bitte immer alles schwierig werden? Ich habe ein Mal, ein Mal in weiß Gott wie vielen Jahren einen One-Night-Stand, und gleich ist es wieder schwierig. Schwierig und nasskalt. Das ist sie wieder, die Memme. Hallo und einen schönen guten Morgen.

Dann sieht mich Miriam an und sagt: «Henning, ich liebe dich.»

Ich zucke zusammen.

«Henning, ich kann ohne dich nicht mehr leben. Ich möchte bei dir einziehen und die Stiefmutter deiner Kinder sein. Sonst bringe ich mich um.»

Mein Blick darauf muss sehr lange sehr dümmlich gewesen sein, denn Miriam lacht bereits eine gute Viertelstunde durch. Irgendwann setze ich ein und lache eine zweite Stimme mit.

Danach treiben wir es zwar nicht im Stehen auf dem Büroschreibtisch, aber die Stimmung zwischen uns ist wieder entspannt.

Miriam berichtet, dass sich in Klaus Drossmanns Rechner weitere voyeuristische Filmaufnahmen angefunden hätten. Kinderpornographisches Material sei nicht dabei gewesen und er habe seine vergleichsweise harmlosen Aufnahmen wohl auch nicht verbreitet.

Herr Bärt, dessen Auslandstournee inzwischen beendet sein muss, reagiert nicht auf unsere Anrufe. Stattdessen habe es gestern einen Anruf seines Rechtsanwaltes gegeben, der uns höflich aufforderte, das ständige Besprechen von Herr Bärts Mailbox zu unterlassen. Falls etwas gegen seinen Mandanten vorliege, bitte er darum, eine offizielle Vorladung präsentiert zu bekommen, dann werde er, der Anwalt, mit seinem Mandanten selbstverständlich zur Verfügung stehen und bei der Aufklärung behilflich sein.

«Vielleicht sind wir damals in Regensburg doch zu forsch zu Werke gegangen», denke ich laut nach.

«Vielleicht, ja. Wir haben uns von diesem furchtbaren Fummel-Pummel-Auftritt vorher beeinflussen lassen, da wollten wir ihn verständlicherweise am liebsten gleich verhaften», sagt Miriam und schenkt sich ihren dritten Becher Kaffee ein.

«Durchaus denkbar, dass er tatsächlich mit der Sache nichts zu tun», sage ich. «Aber es ist und bleibt unsere einzige lauwarme Spur.»

«Irgendetwas stimmt aber auch nicht mit diesem Sohn. Ich habe noch nicht wirklich Erfahrung mit so Mordsachen, aber wie der sich verhält ... ich weiß nicht.»

Ich weiß auch nicht, denke ich.

Und das denke ich noch eine ganze Weile, bis das Telefon klingelt und sich Frau Dressel, die Direktionssekretärin, meldet.

«Herr Bröhmann, eine Frau Jennifer Siegl möchte mit Ihnen reden. Es geht um den Fall Drossmann. Soll ich sie hineinschicken, oder soll sie noch warten?»

«Nein, Sie können sie gerne gleich hochschicken», antworte ich.

«Kennst du eine Jennifer Siegl?», frage ich Miriam.

«Nee, warum?»

«Die kommt jetzt zu uns.»

Als Jennifer Siegl das Büro betritt, erkenne ich sie gleich wieder. Sie war es, die Herr Bärt in Regensburg begleitet hatte. Sie organisierte für ihn in der Bar das Bier, wurde von ihm «Schenny» und das «Meedsche, wo uff misch uffpasse tut» genannt. Das habe ich mir gemerkt.

Jennifer Siegl wird kaum dreißig Jahre alt sein, denke ich, als ich sie begrüße und ihr einen Platz vor meinem Schreibtisch anbiete. Bevor sie sich setzt, beschnüffelt Berlusconi ihren Hintern, was ich natürlich sofort hilflos zu unterbinden versuche. Miriam rollt mit ihrem Schreibtischstuhl hinzu und grinst.

«Frau Siegl, wir kennen uns, wir haben uns in Regensburg gesehen, nicht wahr?», eröffne ich das Gespräch.

«Ja, genau», piepst sie. Jennifer Siegl hat die Stimme eines siebenjährigen Mädchens, den Körper einer dreißigjährigen Frau und das Make-up einer fünfzigjährigen Puffmutter. Sie tut mir leid.

«Was können wir für Sie tun?», frage ich sanft und fühle mich wie Professor Brinkmann von der Schwarzwaldklinik.

«Ich hab Angst», fiept sie. Nervös nestelt sie mit ihrer rechten Hand an ihrem linken Zeigefinger herum.

«Wovor denn?», frage ich.

«Wenn er wüsste, dass ich hier bin, ich weiß nicht, was er dann mit mir machen würde.»

«Herr Bärt?», schaltet sich Miriam in das Gespräch ein.

Das geschminkte Häuflein Elend nickt stumm.

Die Frage, was diese jungen, oft hübschen Frauen immer von diesen alten, hässlichen Säcken wollen, beschäftigt mich, seit ich denken kann. Bis heute fällt mir darauf keine Antwort ein. Es kann nicht nur das Geld sein. Es muss tiefenpsychologische Hintergründe haben, Vaterbindung und so ...

«Von uns erfährt er nichts. Das können wir Ihnen versprechen», sage ich väterlich.

«Wirklich nicht?»

«Wirklich nicht.»

Jennifer Siegl blickt sich noch einmal unsicher um, als könnte Herr Bärt mit erhobener Axt hinter ihr stehen. Dann legt sie los:

«Da stimmt was nicht mit dem Herbert in letzter Zeit. Da läuft irgendwas, womit ich nichts zu tun haben will. Und ich hab Angst vor ihm. Er ist in letzter Zeit so aggressiv zu mir.»

«Was heißt das genau, aggressiv?», fragt Miriam.

«Na ja, ein bisschen jähzornig und so war der ja schon immer, der Herbert. Das ist ja irgendwie jeder mal, aber seit ein paar Tagen ist der nur noch am Brüllen!»

«Was meinten Sie vorhin mit der Bemerkung, da liefe irgendetwas, womit Sie nichts zu tun haben wollen?», hakt Miriam nach.

«Ich weiß nicht genau. Das läuft was mit Geld oder so. Letzte Woche, am Freitag, glaube ich, habe ich ihn nachts telefonieren gehört. Es ging um tierisch viel Kohle. 100 000 Euro.»

«Was haben Sie genau gehört?», frage ich.

«Er hat sich aufgeregt, dass das nicht fair sei, dass er so viel Geld gar nicht hätte und so. Mein erster Gedanke war ... ach, ich weiß nicht.»

Sie schüttelt ihren Kopf und hält inne. Wieder blickt sie verunsichert zur Tür.

«Ja? Was war Ihr Gedanke?», hake ich nach.

«Na ja, dass er erpresst wird oder so. Weil Sie waren doch damals in Regensburg wegen dem Mord da in Nidda. Und Sie ham doch da den Herbert verhört und so. Und da hab ich mir gedacht, dass er ja vielleicht doch was damit zu tun hat und nun erpresst wird. Das war mein Gedanke.»

«Wohnen Sie eigentlich bei ihm?», fragt Miriam.

«Ja, im Moment schon. Ich hab aber auch noch meine alte Wohnung.»

«Sie haben also gehört, dass er von 100 000 Euro gesprochen hat und dass die jemand von ihm verlangt hätte?», fragt Miriam.

«Ja, klang so. Und soll ich Ihnen dazu nochmal was sagen?»

Miriam und ich nicken. Ja, das soll sie.

«Der hat so viel Geld gar nicht mehr.»

«Nein?», frage ich nach. «Ich dachte, er hat so viel mit seinem Pummel-Hit verdient?»

«Ja, hat er auch. Aber es ist kaum noch was da. Das weiß ich, weil ich heimlich die Briefe von der Bank gelesen habe. Er hat alles verpulvert und so. Ich weiß nicht, wie und wo, aber was glauben Sie, warum er jetzt diese Comedy-Tour gemacht hat? Nicht weil er das wollte, sondern weil er musste. Weil er die Kohle braucht. Bei mir hat er immer so getan, als wäre er der King und als könnte er sich alles leisten. Kann er aber nicht.»

«Haben Sie ihn auf das Telefongespräch, das Sie mitgehört hatten, angesprochen?», fragt Miriam, nachdem mir selbst keine Frage mehr eingefallen ist.

«Ja, ganz vorsichtig. Ich habe gesagt, dass er mit mir doch auch über seine Probleme reden könnte und so. Da ist er dann total ausgerastet. Er hätte keine Probleme und dass es mich einen Scheißdreck anginge und so. Dann hat er mir gedroht, wenn ich ihn nochmal belauschen␣tät, dann, ja dann, dann gäb's richtig Ärger. Und wenn ich irgendjemand davon erzählen␣tät, dann könnte er für nichts garantieren. So Sachen hat der gesagt. Und deswegen hab ich jetzt Angst, weil ich jetzt sogar zu Ihnen gegangen bin.»

Sie kämpft mit den Tränen und nestelt nervös in ihrem

unfassbar geschmacklosen pinkglänzenden Handtäschchen herum.

«Das war sehr gut und sehr mutig von Ihnen», sage ich.

«Ich weiß nicht.»

«Sagen Sie, waren Sie eigentlich bei dem Umzug in Nidda dabei?»

«Nee. Da sollte ich ja nicht mit.»

«Wieso sollten Sie nicht mit?», fragt Miriam nach.

«Keine Ahnung. Er wollte es nicht und fertig. Begründen oder so tut er nie.»

Mir fällt ein, dass wir bisher nicht konsequent nachgeforscht haben, wann Herr Bärt eigentlich wo beim Faschingsumzug gesehen wurde. Wir wissen nur, dass er sich die meiste Zeit im Babykostüm auf dem Elferratswagen aufgehalten hat. Doch als der Mord geschah, war der eigentliche Umzug bereits beendet. Wo war er dann mit wem? Soviel ich weiß, sind wir dieser Frage nicht wirklich nachgegangen. Wie unangenehm. Ich muss an Markus Meirich denken. Mit ihm wären wir schon weiter, ganz sicher.

«Ist er ganz allein dort hingefahren?», frage ich dann. Auch diese Frage hätten wir viel früher klären müssen.

«Nee, ich glaub, mit der Mörtelspecht wollte er sich dort treffen. Bin mir aber nicht mehr ganz sicher.»

«Mit Carola Mörtelspecht von seiner Künstleragentur?», frage ich nach.

«Ja, genau.»

«Ist das üblich, dass die bei Veranstaltungen dieser Art mit dabei ist?»

«Was weiß ich, ist mir auch egal. Jetzt habe ich doch genug gesagt, oder? Kann ich jetzt gehen?»

«Ja, natürlich, Frau äh, vielen Dank, dass Sie da waren.

Und, äh, Sie können sich jederzeit bei uns melden, falls Sie Hilfe brauchen oder ...»

Ich komme etwas ins Stammeln und bekomme den Satz nicht zu Ende.

«... oder falls Ihnen noch etwas einfällt», kommt mir Miriam zu Hilfe.

«Genau», sage ich dann noch.

Jennifer Siegl beginnt zu weinen.

«Ich hab Angst», schluchzt sie.

«Wie gesagt, von uns erfährt er nicht, dass Sie hier waren», wiederhole ich.

Und dann fragt Miriam: «Darf ich Ihnen noch etwas Persönliches raten?»

«Ja?»

«Verlassen Sie dieses Arschloch!»

Plötzlich verändert sich Jennifer Siegls Gesichtsausdruck.

«Herbert ist kein Arschloch. So was können Sie nicht einfach sagen.»

Dann steht sie auf. «Vielleicht hätte ich doch nicht kommen sollen. Vielleicht war das ein Fehler.»

«Warten Sie ...», ruft ihr Miriam noch nach, doch zu spät, Jennifer Siegl greift nach ihrem Handtäschchen und stöckelt von dannen.

«Oh Scheiße, das war wohl nicht so gut. Da bin ich wohl zu weit gegangen.» Miriam blickt leicht geschockt zur Bürotür, durch die Jennifer Siegl vor wenigen Sekunden entschwunden ist.

«Ja, sieht so aus», sage ich.

«Scheiße, aber die hat mir so leidgetan ...»

«Na ja, da hast also du endlich auch mal ein bisschen Lehrgeld gezahlt. Wird auch langsam Zeit, dass du auch einmal einen Bock schießt. Ich hatte mir schon Sorgen gemacht.»

«Ich dachte, die hat Angst vor dem, und ich wollte ihr doch nur Mut zusprechen. Mann, Scheiße, echt.»

Miriam tritt vor Wut mit dem Innenrist Teichners Papierkorb um.

«Irgendetwas muss die Siegl an ihm finden», sage ich, während ich mich von meinem Schreibtischstuhl erhebe und die herumliegenden Papierzettel wieder einsammle. «Sonst hätte sie ihn ja schon längst verlassen. Trotzdem hält sie ihn wahrscheinlich selbst längst für ein Arschloch. Nur darf ihn kein anderer so nennen», sage ich und freue mich darüber, auch einmal dozieren zu können.

Miriam nickt still und bedröppelt vor sich hin.

«Jetzt mach dir mal keinen Kopp. Auch dir darf mal ein Fehler unterkommen. Hauptsache, du schläfst nicht mit deinem unmittelbaren Vorgesetzten. Das wäre ein wirklich unentschuldbares Vergehen.»

Miriam lacht nicht und rollt erst mit ihren Augen und dann mit ihrem Stuhl zurück zu ihrem Schreibtisch.

Ich blicke an die Decke. Ich bin froh, dass ich es mal nicht war, der den größten Fehler gemacht hat.

Am Nachmittag versammeln sich Miriam, Teichner und ich um den Konferenztisch, um mit Kriminaloberrat Onkel Ludwig Körber die aktuelle Ermittlungslage zu erörtern. Üblicherweise hasse ich diese Art Besprechungen. Heute aber ist es anders. Fast freue ich mich auf das Meeting. Ich weiß nicht, wieso, aber es ist so.

Für Onkel Ludwig fasse ich die Lage kurz zusammen:

«Klaus Drossmann wurde laut Obduktionsbericht zwischen 16.30 Uhr und 17 Uhr erschlagen. Die Faschingswagen waren zu dieser Zeit nicht mehr unterwegs. Die Wagen fuhren von 13.11 Uhr bis 16 Uhr durch die Niddaer Innenstadt. Herr Bärt also stand zur Tatzeit nicht mehr auf dem Elferratswagen. Wo er nach Ende der Wagenfahrt hingegangen ist, wissen wir nicht genau.»

«Was sagt er denn selbst dazu?», fragt Körber.

«Er selbst behauptet, direkt nach dem Umzug mit seinem Auto nach Hause gefahren zu sein.»

«Und gibt's dafür Zeugen?»

«Nein.»

«Seine Managerin Carola Mörtelspecht, mit der er sich treffen wollte, hatte ihn nach 15 Uhr nicht mehr gesehen. Miriam hat eben mit ihr gesprochen.»

«Die wollte sich mit ihm treffen, da sie am Morgen einen privaten Termin in Fulda hatte und somit in der Nähe war», erklärt Miriam.

«Sie hatten sich zu einer kurzen Besprechung am Parkplatz verabredet, um kurz nach 16 Uhr, also nach Ende des Umzugs. Er sei aber nicht gekommen. Dann ist sie nach Hause nach Frankfurt gefahren.»

«Und was wollte sie mit ihm besprechen?», hakt Onkel Ludwig Körber nach.

«Interna. Wollte sie nicht sagen. Es hätte ein paar geschäftliche Unstimmigkeiten gegeben, die sie klären wollte.»

«Was ist nun mit dieser Erpressung?», will Ludwig wissen.

Ich erzähle ihm von dem Gespräch mit Jennifer Siegl.

«Hmm, dann ist dieser Herr Bärt also immer noch die einzige Spur?»

«Würde ich nicht sagen», sage ich. «Mit der Mörtelspecht ist vielleicht eine Kandidatin hinzugekommen. Ich habe die ganze Zeit das Gefühl, dass die was weiß, was wir nicht wissen sollen.»

«Wir sollten nicht vergessen, dass sowohl Klaus Drossmann als auch sein Sohn mit ihrer Agentur telefoniert haben», schaltet sich Miriam ein.

«Vielleicht haben die Drossmanns ihr doch gesagt, was sie von Herr Bärt wollten», füge ich hinzu.

Teichner gähnt. Eine zu lange Zeit kam er wohl nicht vor.

Onkel Ludwig wirkt nicht zufrieden mit den bisherigen Ergebnissen.

«Und was ist nun mit diesem Sohn, diesem Drossmann junior? War der auch auf dem Umzug? Muss man ihn auch zu den Verdächtigen zählen?»

Ich nicke Teichner zu und ermuntere ihn zu antworten.

«Yep, muss man. Ob der auf dem Umzug war? Nix Genaues weiß man net. Er selbst sagt: nein. Er sei alleine zu Hause gewesen. Aber der ist strange, der Typ. Er hat Videos, Kassetten und den Computer von seinem Vater aus dem Mannheimer Probenraum zu sich nach Hause geholt und uns vorher nicht informiert. Irgendwas scheint der zu suchen.»

«Es ist schwer einzuschätzen, ob er auch nur nach Anhaltspunkten sucht oder ob er etwas vernichten will, was ihn in die Bredouille bringen könnte», ergänze ich.

«Warum eigentlich haben wir dieses Material in Mannheim nicht sicherstellen können, bevor der Drossmann-Sohn das alles zu sich nach Gießen geholt hat?», fragt Onkel Ludwig verärgert.

Die Antwort ist betretenes Schweigen.

«Und dann ist ja auch noch die Digicam von Klaus Drossmann verlustig gegangen. Jedenfalls ist die bisher nicht aufgetaucht», fährt Teichner fort.

Darauf erzählen wir ihm noch von den vielen gefilmten

Frauen auf den Videobändern, und das war's dann schon mit unserem Bericht.

«Herrschaften», erhebt Ludwig Körber sein dünnes Stimmchen, «das ist zu wenig. Das ist deutlich zu wenig. Da sind nur Fragestellungen. Da sind keine Antworten. Ich will aber Antworten.»

Dann verlässt er den Tisch.

Als ich am Abend zu Hause bin, spüre ich ein leichtes Ziehen in der linken Brusthälfte. Herzinfarkt – mein erster Gedanke. Beim Einatmen wird der Schmerz stärker. Das kann nur was mit dem Herzen sein. Ich bekomme Angst. Ich bekomme immer Angst, wenn ich irgendwelche körperlichen Beschwerden an mir wahrnehme. Ich rechne immer mit dem Schlimmsten.

Wenn mir schwindelig ist: Hirntumor.
Wenn ein Ohr rauscht oder piept: lebenslanger Tinnitus.
Wenn ich Sodbrennen habe: Speiseröhrenkrebs.
Wenn mir der Fuß einschläft: Multiple Sklerose.
Wenn der Rücken schmerzt: Bandscheibenvorfall.
Leberfleck: Hautkrebs.
Und jetzt also: Herzinfarkt.
Ich versuche mich zu beruhigen, klappt aber nicht.

Ich bin kein Hypochonder, ich bin eine Memme. Das ist ein Unterschied. Der Hypochonder glaubt zwar auch, alle Krankheiten zu haben, rennt aber ständig zum Arzt. Die Memme nicht. Sie geht nicht zum Arzt, da sie viel zu viel Angst hat, dass noch etwas viel Schlimmeres diagnostiziert werden könnte, als sie ohnehin schon befürchtet. Die Memme möchte lieber mit der Angst weiter vor sich hin leben und dadurch immer in der Lage sein, einen Grund zum Memmen zu finden.

Früher hat mich Franziska oft beruhigen können. Jedenfalls hat sie meist verhindern können, dass ich mich nicht vollends in meine Phantasien hineinsteigere. Nun aber ist sie nicht mehr da.

Wenn ich mich vollends auskicken will, dann google ich noch ein bisschen im Internet nach «Schmerzen in der Brust». Heute Abend aber lasse ich es sein.

Melina geht es wieder besser. Morgen wird sie wieder in die Schule gehen, auch wenn sie in dieser Angelegenheit eine andere Meinung vertritt. Zu reizvoll wäre ein weiterer kompletter Multitasking-Freizeit-Tag mit Unterschichtenfernsehen, Internet und Telefon gewesen. Doch wie alle Eltern teile auch ich die Sorge, dass dieser übermäßige Medienkonsum meinem Kind schaden könnte. An das «Alter» am Ende eines jeden Halbsatzes habe ich mich schon gewöhnt, mit «Digger» und «Du Opfer» habe ich noch Schwierigkeiten. Irgendwo müssen die das doch herhaben.

Ich spüre ein starkes Verlangen, wieder mit Sandra zu chatten. Diese Mischung aus Vertraulichkeit und Anonymität finde ich reizvoll. Es gibt in diesem Kontakt keine Verpflichtungen, keine Erwartungen. Ich kann ihn jederzeit abbrechen, ohne Tamtam. Was ist das nur für eine Frau? Und was will ich eigentlich von ihr? Wo soll das alles hinführen? Viel zu viel Gedanken, die ich mir da mache. Bei meinen Brustschmerzen weiß ich gar nicht, ob ich den nächsten Tag überhaupt noch erlebe.

Ich bringe Laurin ins Bett, lese ihm ein Willi-Wiberg-Buch vor und frage mich, ob es gut ist, bei einem Infarkt Rotwein zu trinken. Ich setze mich über meine Zweifel hinweg und trinke einen Schluck Merlot, warte kurz und stelle fest, dass ich noch immer lebe, und trinke das Glas leer. Ich stelle mich auf die Terrasse, blicke in den dunklen Vogelsberg und zünde mir eine Zigarette an. Auch die überlebe ich, obwohl auf der Packung etwas anderes steht.

Wenig später höre ich verstimmte, avantgardistische Klänge aus Franziskas Flügel. Melina hat sich daran gesetzt. Das hat sie jetzt schon einige Male getan. Sie setzt sich an den Flügel und spielt, ohne es zu können.

Franziska war richtig gut. Sie spielte wie eine Göttin. Ja, so war es, auch wenn es albern klingt. Sie übte früher manchmal fünf Stunden am Tag. Genervt hat es mich nie. Genervt hat sie, als sie aufhörte. Als ihr klar wurde, dass das mit dem Konzertpianistinnenstudium nicht klappt, hat sie immer weniger gespielt, bis sie irgendwann ganz aufgehört hat. Ganz oder gar nicht, hopp oder topp.

Ich drücke meine Zigarette aus, gehe zurück ins Haus und beobachte von der Tür aus, wie meine Tochter am Flügel sitzt. Sie spielt mangels Alternativen so eine Art Freejazz. Als sie mich sieht, sagt sie: «Klavier ist geil.»

«Ja», sage ich darauf. «Willst du's lernen?»

«Keine Ahnung. Mama kann das doch saugut, ne?»

«Ja, das stimmt», antworte ich.

Melina hat sie vermutlich nie richtig spielen gehört. Nur an Weihnachten, «Ihr Kinderlein kommet».

«In der Schule soll es eine Mädchenband geben», sagt Melina. «Und die brauchen noch 'ne Keyboarderin. Wenn ich Klavier kann, kann ich auch Keyboard, oder?»

«Ja, klar.»

«Fett.»

Mir fällt ein, dass im Polizeilager noch die Keyboards aus Klaus Drossmanns Probenraum herumstehen.

«Wenn du willst, kann ich dir morgen mal leihweise ein Keyboard mitbringen, so zum Ausprobieren.»

«Echt? Cool!»

Dann springt sie auf, gibt mir einen Kuss auf die Stirn und verschwindet in ihrem Zimmer. Meine Brustschmerzen sind verschwunden.

Heute Nacht habe ich geträumt, dass ich hingerichtet werde. Man hat mich auf einen elektrischen Stuhl gesetzt. Hunderte von Kindern haben zugeschaut und laut gebrüllt. Ich wollte «Ruhe» schreien, doch ich konnte nicht.

Furchtbar.

Es ist gewissermaßen auch ein Psychotrip, den ich hier oben in den Bergen erlebe. So allein.

Seit fast einem Monat sehe ich kaum einen Menschen. Ich gehe alle drei Tage im Tal einkaufen oder grüße einen Bergbauern, das war's dann aber auch schon. Sonst sehe ich auf diese Berge. Denen kann ich nichts vormachen. Denen brauche ich nichts vorzuspielen. Die bringt nichts aus der Ruhe.

Wenn ich nach Hause komme, werde ich mich all dem stellen, was auf mich zukommt. Ich werde zu dem stehen, was ich getan habe, und dazu, wie ich bin. Nehmt es dann alle so hin oder lasst es sein.

Ich weiß nicht, ob ich zurück in die Schule gehen werde. Eigentlich kann ich es mir nicht mehr vorstellen. Ich wollte mir das nie eingestehen. Das ist dort nicht mein Tempo. Das geht mir alles zu schnell. Das ist mir alles zu laut. Ich habe gestern lange darüber nachgedacht, wie ich als kleines Kind oft nur still in der Ecke saß und den anderen Kindern beim Spielen zuguckte. Wie lange es dauerte, bis ich selber ins Geschehen eingriff. Schon damals ging mir eigentlich alles zu schnell. Was ich gut konnte, war, mich stundenlang in eine einzelne Tätigkeit zu vertiefen. Ich konnte stundenlang ein Bild malen oder mich am Klavier an einem Stück abarbeiten. Irgendjemand muss mir dann eingeredet haben, dass das so nicht richtig ist. Dass das Leben anders funktioniert. Ich muss es geglaubt haben. Ich habe gegen mich gekämpft. Und dann gegen Henning. Gegen alle. Und dann pfeift eben auch mal ein Ohr. Warum nur ist es so schwer, sich und den anderen einfach sein zu lassen? Je länger ich hier bin, desto besser meine ich so einiges zu verstehen. Ob es mir allerdings auch bessergeht? Was weiß ich.

Meine Güte, Sennerin in einer Berghütte mit Konzertflügel, das wär's doch. Nur nicht mehr so alleine.

Ich weiß, dass ich eine schlechte Mutter bin. Damit werde ich leben müssen. Doch ich werde irgendwann wieder da sein. Aber anders. Nicht mehr Allegro, sondern Largo. Nicht mehr Wagner, sondern Mozart.

Warum eigentlich liegen ihre Noten noch immer auf dem Flügel? Liszt, Mozart, Bach, Rachmaninow und natürlich Chopin. Zerfleddert, gebraucht und doch nicht mehr benutzt. Ich blättere gedankenlos in den Partituren herum. Franziska hat vieles mit Bleistift in die Noten hineingeschrieben. Zeichen und Symbole, die ich nicht verstehe, vermutlich Hinweise, mit welcher Dynamik und Lautstärke und mit welchem Tempo sie bestimmte Passagen spielen mochte. Ich hebe die Klappe hoch und spiele «Imagine», nicht von Rachmaninow, sondern von John Lennon. Das hat mir Franziska beigebracht, als ich zwanzig Jahre alt war, eine Nickelbrille trug und dem Frieden eine Chance geben wollte. Ich stelle mir vor, wie es wäre, wenn alles anders wäre und eben nicht so, wie es gerade ist. Das rechte Pedal quietscht so laut, dass ich zu spielen aufhöre, den Deckel wieder schließe und traurig ins Bett gehe.

18. KAPITEL
• • •

Hans-Erwin Möller ist ein genauer Mensch. Das sieht man schon an seinem Vorgarten. Ein Gräslein so hübsch wie das andere, fein säuberlich aneinandergereiht und in der Höhe vermutlich mit der Nagelschere auf das korrekte Maß zurechtgestutzt. Ein künstlicher Springbrunnen plätschert unterdrückt aggressiv vor sich hin, und die Hecke hat eine Frisur wie ein amerikanischer GI.

Hans-Erwin Möller ist Sitzungspräsident des Schottener Karnevalsvereins. Er war am besagten Faschingsumzug mit Herr Bärt auf dem gleichen Wagen aktiv und müsste sowohl den Stimmungsmusiker als auch das Mordopfer bereits seit dreißig Jahren kennen oder, im Falle Drossmanns, gekannt haben.

Hans-Erwin Möller ist 74 Jahre alt und war vor seinem Eintritt in den Ruhestand Berufsoffizier bei der Bundeswehr. Ich kenne ihn bereits aus meiner Kindheit, wenn auch nur flüchtig. Gelegentlich war er bei meinem Vater zu Besuch, wenn sie gemeinsame Faschingsveranstaltungen planten. Mein Vater mochte ihn nicht sonderlich. Ich kann mich erinnern, wie häufig er über ihn herzog. Hans-Erwin Möller ist sehr genau und sehr korrekt. Ich hoffe daher stark, dass er mir mit meinen Fragen weiterhelfen kann. Ich drücke auf die frischpolierte Klingel. Seine Frau Irmgard öffnet mir.

«Guten Tag, Henning. Du kennst mich gar nicht mehr, oder? Meine Güte, wie lang ich dich nicht mehr gesehen habe. Darf ich überhaupt noch du sagen?»

«Natürlich, Frau Möller.»

Es ist so, wie wenn man alte Lehrer wieder trifft. Man wird von ihnen lebenslang geduzt, bleibt aber selber stets devot beim Sie.

«Haaaaaans», ruft sie ihren Mann.

«Die Schuhe bitte», sagt sie dann mit Blick auf mein unteres Körperende. Ich ziehe sie gehorsam aus und erinnere mich mit Unbehagen daran, dass ich heute Morgen keine frischgewaschenen Socken zur Verfügung hatte. Wenn ich ehrlich bin, trage ich sie heute schon den dritten Tag. An der Ferse des linken Sockens hat sich zu allem Überfluss auch noch meine Fußhaut gegen den dunklen Stoff durchgesetzt.

Ich betrete das Wohnzimmer, das genauso aussieht, wie ich es mir vorgestellt habe. Neben schmierigen dunkelblauen Ölschinken, auf denen alte Militärschiffe in stürmischer See ins Schwanken geraten sind, hängen grellbunte Karnevalsorden, auf denen lustige Bären mit Clownsmund und Narrenkappe grinsen.

Als Hans-Erwin Möller das Wohnzimmer betritt, fällt mir auf, dass ich ihn das erste Mal in meinem Leben ohne Uniform sehe. Früher trug er entweder seine Dienstuniform der Bundeswehr oder die karnevalistische Präsidentenkluft. Heute trägt er eine akkurate Hausjacke in Strick. Sein Händedruck lässt mich leicht in die Knie sacken, sein Haarwasser duftet schneidig.

Ich wappne mich innerlich, indem ich mir einflüstere, dass ich ihm heute als 38-jähriger Hauptkommissar gegenüberstehe und nicht als halbwüchsiger «Bengel», der für seinen Vater irgendwelche Anzeigenvordrucke für die Weiberfastnachtsveranstaltung abholen soll.

«Henning», bellt er mir zu, während er mich von Kopf bis Fuß mustert.

«Einen schönen guten Tag! Nimm bitte Platz! Was liegt an? Wie kann man behilflich sein?»

Ich traue mich kaum, auf dem Zweisitz-Sofa Platz zu nehmen, da ich befürchte, die Sitzkissen-Anordnung zu zerstören. Ich setze mich vorsichtig auf die Sofakante und antworte:

«Ich hätte von Ihnen gerne einige konkrete Infos über den Ablauf des Umzugs am besagten Faschingssonntag. Sie waren doch gemeinsam mit Herr Bärt, also mit Herbert Ruland, auf einem der Festwagen zugange, oder?»

«Jawohl!»

«Ist Ihnen bei ihm irgendetwas Besonderes aufgefallen?»

Er verneint dies, lässt aber durchblicken, dass er keine großen Sympathien mehr für Herr Bärt empfinde. Früher sei das anders gewesen, doch der Erfolg sei dem Mann zu Kopf gestiegen und wenn es allein nach ihm, Möller, ginge, würde er nicht mehr zu den hiesigen Veranstaltungen eingeladen werden. Das sagt er in aller gebotenen Strenge. Doch im Elferrat habe man sich anders entschieden, da der Karnevalsverein glaubt, von seiner Popularität profitieren zu können. Die Menschen würden eben dieses «Lass uns fummeln, Pummel» immer wieder hören wollen. Und als aufrechter Demokrat habe er das natürlich zu akzeptieren.

Dann frage ich ihn, ob ihm Klaus Drossmann in seinem Sensenmann-Kostüm aufgefallen sei.

«Nur bei der Prunksitzung», antwortet er. «Da hat man ihn an einem Tisch hinten in der Narrhalla sitzen sehen. Allerdings hat man ihn nicht erkennen können, da er seine Maske den gesamten Abend nicht abgesetzt hat. Beim Umzug konnte er einem nicht auffallen. Da geht das in dem wilden närrischen Treiben unter. Man ist nicht unstolz, sagen zu können, dass in diesem Jahr 20 000 Narrhallesen dem Treiben beiwohnten. Umso bedauerlicher, dass dann dieses Malheur passiert ist.»

Irmgard Möller serviert Kaffee und verschwindet darauf artig wieder. Ich komme mir vor, als wäre ich Teil einer Derrick-Folge. Ich trinke den dünnsten Kaffee aller Zeiten.

Ich fahre fort: «Klaus Drossmann ist seit seinem Umzug nach Mannheim im Jahr 1989, also seit 20 Jahren ...»

«21!»

«Ja, also, äh, gut ... nach 21 Jahren taucht er erstmals wieder beim Fasching in seiner Heimat auf, nachdem er die Jahre zuvor eine Heimkehr vermieden hat. Hätten Sie dafür eine Erklärung? Gab es irgendwelche Konflikte, bevor er wegzog?»

«So würde ich das nicht nennen. Man sollte es korrekterweise so bezeichnen, dass der Klaus Drossmann allgemein betrachtet nicht der Beliebteste war.»

«Warum?»

Plötzlich steht der stracke Hans-Erwin auf und breitet auf dem massiven Couchtisch einen riesig großen Papierplan aus.

«Das will ich dir hier jetzt erst mal zeigen. Da macht man sich oft kein Bild davon, mit welchen Schwierigkeiten es verbunden ist, einen Karnevalsumzug durch die gesamte Innenstadt zu planen. Da gibt es infrastrukturelle Problemstellungen, die nur in Hand in Hand mit der öffentlichen Hand gemeistert werden können.»

Ich frage mich, was das jetzt mit meiner Frage zu tun hat, und stelle schnell fest: gar nichts. Hans-Erwin Möller lehnt sich über den Couchtisch, stützt sich mit beiden Armen am Tisch ab und betrachtet mit festem Blick das ausgebreitete

Papier. Es wirkt, als plante er den nächsten Russland-Feldzug.

«Wir waren in diesem Jahr perfekt im Zeitplan. Um 13.11 Start des Närrischen Lindwurms an der Schillerstraße, um 13.37 links in den Goetheweg ...»

Ich höre nicht mehr zu und grüble darüber nach, wie ich es schaffe, Hans-Erwin Möller wieder auf das Thema zurückzulotsen, ohne in seinen strengen Augen unhöflich zu erscheinen.

Irgendwann sage ich einfach mitten in seine Ausführungen: «Ich könnt das nicht.»

Da hält er inne und fragt: «Was?»

«Na, das», antworte ich und deute auf seinen Schlachtplan.

Er blickt mich zufrieden an und sagt: «Na ja, da braucht es schon eine gehörige Portion Planungskompetenz, gepaart mit jahrelanger Erfahrung. Übung macht den Meister, sag ich immer.»

Mit Erleichterung sehe ich, dass er den Plan wieder zusammenfaltet und auf seinem Sessel Platz nimmt, und unternehme einen neuen Versuch der Zeugenbefragung.

«Also, Sie sagten, Klaus Drossmann sei im Verein nicht unbedingt beliebt gewesen. Warum? Nach den Auskünften vieler Weggefährten ist er doch ein eher unauffälliger Zeitgenosse gewesen.»

Hans-Erwin Möller nickt. Nach einer längeren Pause antwortet er: «Er hat ein wenig über die Stränge geschlagen.»

«Was bedeutet das?»

«Na ja, du weißt ja, wie das manchmal so ist, ne?»

Ich weiß es nicht und frage im freundlichen Ton nach: «Wie was so ist?»

«Na ja, man ist ja in der fünften Jahreszeit auch mal ... wie soll man das am besten ausdrücken ... man ist dann halt auch mal in besonderem Maße locker ... Du kennst das ja, ne?»

«Na ja, nicht mehr so richtig. Ich bin da schon länger nicht mehr unbedingt aktiv.»

«Man trinkt dann ja mal den einen oder anderen Schluck, nicht wahr? Und man ist dann ja auch mal ein bisschen frech. Man nimmt dann nicht immer alles so genau, ja?»

Ich weiß immer noch überhaupt nicht, worauf er hinauswill, frage mich nun aber, warum seine Offizierssellbstsicherheit so merklich ins Stocken gerät.

«Man lässt dann doch auch einmal fünfe gerade sein. Aber der Klaus ist vielleicht etwas zu weit gegangen. Vor allem, weil er am Aschermittwoch nicht wusste, dass da alles vorbei zu sein hat ...»

«Was hat er denn gemacht?», frage ich entnervt. «Hatte das was mit seiner Filmerei zu tun?»

«Na, dann weißt du es doch. Warum fragst du überhaupt? Ist das so 'ne moderne Fragetechnik, die man heute anwendet, oder was?»

Sein Ton verschärft sich. Ich sehe wieder den Offizier a. D. vor mir.

«Nein, ich weiß nur, dass er seit Jahren voyeuristische Filmaufnahmen macht. War das früher schon bekannt?»

«Hast du mit deinem alten Herrn noch nicht darüber gesprochen?»

In dieser Sekunde erleidet meine Selbstsicherheit einen schnellen Tod.

«Öh, nee, wieso?», stammele ich.

«Dann empfehle ich das. Er kann sich mit Sicherheit besser erinnern als meine Person. Du entschuldigst mich nun.»

Hans-Erwin Möller erhebt sich und gibt klar zu verstehen, dass das Gespräch hiermit beendet sei. Er begleitet mich in den Hausflur, wo seine Gattin bereits wartet. Ich schlüpfe hektisch in meine Straßenschuhe, spüre, dass meine Socke kritische Blicke erntet, und bekomme zum Abschied ein zweites Mal beinah die Hand gebrochen.

Einen ehemaligen Vorgesetzten und Polizeipräsidenten außer Dienst, der zudem weiterhin das Amt des leiblichen Vaters bekleidet, zu vernehmen, zählt nicht unbedingt zu den Top Ten der Dinge, die ich unbedingt im Leben einmal machen wollte.

Natürlich handelt es sich nicht wirklich um ein Verhör, andrerseits ist nicht wegzudiskutieren, dass es äußerst wichtig wäre zu erfahren, was Klaus Drossmann kurz vor seinem Umzug nach Mannheim getrieben hat. Und mein Vater also soll dies nach Angaben von Hans-Erwin Möller wissen. Warum hat er mir bisher nicht von sich aus etwas darüber erzählt? Hat er es vergessen, es für nicht wichtig erachtet oder bewusst verschwiegen? Scheint sich ja um etwas zu handeln, über das im Umfeld der hiesigen Fastnachtsvereine nicht wirklich gerne gesprochen wird. Es macht ein wenig den Eindruck, als würde hier irgendetwas kollektiv totgeschwiegen. Das passt zu meiner mittelhessischen Heimat.

Eigentlich wird hier ja alles penibel registriert und an den nächstbesten Mitbürger weitergetragen. Es bleibt niemals unbeachtet und schon gar nicht unkommentiert, ob jemand seine Hecke geschnitten hat, und wenn ja, wie. Es wird mit Sicherheit nicht übersehen, wer sich wann, von wem und vor allem wegen wem scheiden lassen will und sich trotzdem noch einen Neuwagen leisten kann. Es wird genauestens beobachtet, wer seine Kinder im Griff hat und wer nicht und ob diese auf der Straße auch schön grüßen. Eigentlich ist dies ein System, in dem keine Informationen verloren gehen. Nur sind dies fast immer Halb- bis Viertelwahrheiten, die flüsterpostartig durch gehässiges, missgünstiges Dazuphantasieren von Tag zu Tag mehr an Realität verlieren. Man redet übereinander und nicht miteinander. Und redet man mal miteinander, dann meist schlecht über andere.

Wenn allerdings wirklich einmal etwas in der Nachbarschaft vorfällt, wenn beispielsweise Frauen oder Kinder geschlagen werden und wir als Polizei vom Jugendamt dementsprechende Hinweise erhalten, dann will keiner etwas davon wissen. Dann geht es einen nichts an. Dann mischt man sich nicht in die Angelegenheiten anderer ein. Vielleicht verallgemeinere ich etwas, vielleicht sind dies auch alles nur Provinzklischees. Es sind bestimmt Klischees, aber leider ist es oft auch die Wahrheit.

Das alles und noch viel mehr geht mir durch den Kopf, als ich im Auto Rio Reiser hörend Richtung Schlumpfloch fahre, um Laurin abzuholen.

Ich werde so schnell wie möglich mit meinem Vater sprechen, nehme ich mir vor. Heute allerdings nicht mehr. Ich werde Laurin zum Fußball bringen. Sie haben ein Nachholspiel gegen den Erzfeind aus Geiß-Nidda zu absolvieren. Lokalderby! Es wird sicher ein harter Kampf werden, zumindest unter uns Eltern. Beim letzten Mal hätte es beinahe eine Schlägerei gegeben. Ich freue mich jedenfalls darauf, gleich an der Seitenlinie zu stehen, ein Bier zu trinken, mit Gernot Heller über Eintracht Frankfurt zu philosophieren und mich dabei zu ärgern, dass Laurin erst viel zu spät eingewechselt wird.

Stunden später im trauten Heim verbringe ich wieder die halbe Nacht mit Sandra vor dem Notebook. Ich versuche, mehr von ihrem Leben zu erfahren, doch sie hält sich weiterhin sehr bedeckt. Von mir dagegen will sie anscheinend alles wissen. Ich frage mich unentwegt, warum. Nur, weil ich vor zwanzig Jahren bei einer Abiturfeier einen kecken Auftritt hingelegt habe? Schwer zu glauben. Und ich wundere mich, wie viel ich von mir preisgebe. Wahrscheinlich hole ich das nach, was in den letzten Jahren an Austausch mit Franziska gefehlt hat. Egal, ich nehme es so, wie es ist, und es ist nicht das Verkehrteste. Ich möchte es pilcheresk ausdrücken: Sie ist die geheimnisvolle Fremde, die mir ein Anker geworden ist.

Eben gerade schrieb ich ihr, wie sehr ich vor dem morgigen Gespräch mit meinem Vater die Hose voll hätte. Darauf erscheint auf meinem Notebook folgende Nachricht:

Wie alt bist du?

38, wieso?

Nicht 15?

???

Du bist doch ein erwachsener Mann. Du bist Hauptkommissar. Du bist kein Teeny, der mit schlechtem Gewissen zu spät von der Disco heimgekommen ist.

So fühle ich mich aber bei meinem Vater. Vor allem, wenn er über die Arbeit reden will.

Eigentlich fühle ich mich ständig so, denke ich mir, schreibe es aber nicht

Ich geb dir mal 'nen Tipp. Triff dich auf keinen Fall morgen mit ihm in deinem Elternhaus. Trefft euch an irgendeinem neutralen Ort. Da fällt es dir bestimmt leichter, Haltung zu bewahren.

Welche Haltung?

Memme!

Sag ich doch.

Gähn.

Bin gleich wieder da.

Ich gehe auf die Toilette, und während des Pinkelns merke ich, wie ich zugeben muss, dass Sandras Idee, meinem Vater morgen auf neutralem Boden zu begegnen, nicht die schlechteste ist. Nicht im Elternhaus und schon gar nicht in der Polizeidirektion. Auf dem Weg zurück zum Wohnzimmer blicke ich kurz in Laurins Kinderzimmer. Er liegt tief schlafend auf seinem Hochbett, das nun schon eine gute Woche lang trocken geblieben ist! Ich hebe seine Decke, die zu Boden gefallen ist, auf und decke ihn wieder zu, blicke auf die albernen Piratengesichter auf seinem Bettzeug und beschließe, dass es Zeit wird, ihm Eintracht-Frankfurt-Bettwäsche zu kaufen. Zumal er heute in der letzten Spielminute das entscheidende 5:4 gegen Geiß-Nidda geschossen hat. Er war der Held des Spiels und ich so stolz, dass es mir am

Ende fast peinlich war. Ich bin direkt nach dem Spiel zu den Geiß-Nidda-Eltern-Fans gerannt und habe mit dem Finger auf Laurin zeigend skandiert: «Das war mein Sohn! Das war mein Sohn!»

Ich wünsche ihm und mir, dass er später mal vor anstehenden Gesprächen mit seinem Vater anders empfinden wird als ich im Moment.

Als ich wieder zum Notebook gehe, ist Sandra offline. Ich lege mich ins Bett und vermisse Franziska.

«Du bist zu spät», begrüßt mich mein Vater. Er hat bereits im Café am Park zu Bad Salzhausen Platz genommen und einen Cappuccino mit Sprühsahne und Schokopulver vor sich stehen.

«Wir haben uns um elf Uhr verabredet, nicht wahr, und ich finde, da kann man nicht hergehen und um 11.12 Uhr auftauchen. Ich verbuche das als Respektlosigkeit, seinen Herrn Vater warten zu lassen.»

Ich murmle «Ja, sorry» und begrüße meinen Vater per Handschlag.

«Sorry, sorry, sorry», wiederholt er und schüttelt seinen Kopf. «Müsst ihr jungen Leute eigentlich immer als verenglischen? Du weißt, ich bin kein Freund dieser Anglizismen. Warum muss man hergehen und sorry sagen, wenn man auch Entschuldigung sagen kann? Verstehe ich nicht.»

Ich belasse es dabei und halte nach der drallen Kellnerin Ausschau, um mir einen Kaffee zu bestellen. Das Café am Park ist eine Zeitmaschine. Setzt man seinen Fuß in seine Räume, findet man sich sofort in den Siebzigern wieder. Es hat sich nichts verändert, seit vor 31 Jahren meine Oma hier Kaffee Hag trank und mir eine Kaba ausgab. Es hängen noch die gleichen weißen Gardinen an den Fenstern, der beigegelbe Teppich hat von seiner abgrundtiefen Hässlichkeit nichts eingebüßt, und auch das rosageblümte Geschirr hat die vergangenen Jahrzehnte unversehrt überstanden. Auf jedem Tisch steht jeweils eine rundliche, kleine Musikbox, aus der Jahr für Jahr ein Zug nach Nirgendwo fährt. Es könnte eine hippe Bar mit Retro-Konzept sein, ist es aber nicht.

Das Durchschnittsalter der Gäste ist gleichbleibend hoch. Durch meine Anwesenheit wird es am heutigen Vormittag auf geschätzte 76 gedrückt. Fast rutscht mir ein «Fräulein» heraus, als ich die Bedienung, die mir als Kind oft Smarties aus ihrer verschwitzten Hand in den Mund stopfte, zu unserem Tisch rufe. «Einen doppelten Espresso, bitte.»

Fräulein Kellnerin schaut mich mit großen Augen an.

«Jetzt muss isch dochemal nachfraache. Neulisch war aach schon mal einer da, wo so was bestellt hat. Dobbelte Exbresso ... was ist das einklisch genau?»

«Na ja, äh, doppelter Espresso halt», antworte ich. «Das Zweifache sozusagen.»

«Aha. Also dann mach ich statt einem Löffel zwo Löffel rin, oder wie?»

«Ja, so ... wohl.»

Mein Vater schüttelt unentwegt seinen Kopf.

«Also net dobbelt so stakk, sonnern doppelt so viel, gelle?»

«Ja.»

«Isch mein, ich mach unsern Kaffee eh immer dobbelt so stakk, wenn einer einen Exbresso habbe will. Wenn ich den dann noch stärker mache tät ... ui ui ui.»

Aaaaniiitaaaa, kommt es nun knarzig aus dem Tischlautsprecher herausgeknödelt.

«Wolle Sie das dann in einer Tass oder in zwo?»

«In einer», sage ich geduldig und bewundere dabei den

Impfpunkt, der auf ihrem fleischigen Oberarm so schön zur Geltung kommt. «Und schwarz, bitte.»

«Alles klar, also einmal schwazz dobbelt. Mit Milsch oder Sahne?»

Schachmatt durch die Dame im Spiel, trägt nun Roland Kaiser zu der Unterhaltung bei.

«Nein, bitte ohne Milch und ohne Sahne», sage ich. «Nicht wie Udo Jürgens ...»

«Ohne Milsch und ohne Sahne? Das wird dann aber stakk», sagt sie darauf, macht dann noch einmal «Ui ui ui ui ui» und verlässt unseren Tisch.

«Mein Herr Sohn muss wie immer Extrawünsche haben», sagt mein Vater, und ich bin äußerst erleichtert, dass ich mich heute in der Lage sehe, über Bemerkungen dieser Art milde schmunzeln zu können.

Ich sammle mich und beginne das Gespräch.

«Ich danke dir, dass du dir so kurzfristig Zeit genommen hast. Es gäbe da nämlich in Zusammenhang mit dem Drossmann-Mord ein paar Fragen an dich. Also ...»

«Ist dem Sohnemann dann doch noch ein Licht aufgegangen, dass es nicht unbedingt verkehrt sein muss, auf das kriminalistische Know-how seines Vaters zurückzugreifen?»

«Nee, es ist anders ...» Ich halte kurz inne und denke darüber nach, dass «Know-how» auch Englisch ist, entscheide mich aber, meinen Vater nicht darauf hinzuweisen.

«Nein, es ist anders», beginne ich noch einmal meinen Satz. «Die Fragen, die ich dir stelle, sind Teil der Ermittlungen. Ich suche also bei dir jetzt nicht nach Rat, sondern eher nach Antworten, die Klaus Drossmann betreffen.»

«Dann ist ja gut», sagt mein Vater, und ich bin nicht sicher, ob er mir zugehört hat. Gedankenverloren blickt er aus dem Fenster.

«Papa. Ich war gestern bei Hans-Erwin Möller in Schotten. Du weißt noch, wer das ist?»

«Na hör mal, du redest mit mir, als wäre ich ein seniler alter Mann. Natürlich weiß ich noch, wer das ist. Was ist mit ihm?»

«Mit ihm direkt ist nichts, er hat nur ...»

«Warum fragst du dann?»

«Weil ...»

Fräulein Kellnerin bringt mir eine Tasse mit schwarzer Flüssigkeit. Daneben stellt sie ein Fläschchen mit flüssigem Natreen-Süßstoff.

Ich setze wieder an. «Also, ich war gestern bei Hans-Erwin Möller und ...»

«Das sagtest du bereits. Was willst du über ihn von mir wissen?»

«Nichts. Ich will ...»

«Dann frage ich mich, warum du hergehst und mich nach ihm fragst.»

Ich schaffe es doch nicht, denke ich und spüre, wie sekündlich die Energie aus meinem Körper weicht. Ein letzter Versuch muss sein.

Ich suche den Blickkontakt zu meinem Vater und sage: «Bitte vergiss jetzt mal einen Moment, dass ich dein Sohn bin. Ich bin jetzt mal nur der Kriminalhauptkommissar Henning Bröhmann, o. k.? Lass dann bitte jetzt auch noch den Polizeipräsidenten a. D. raus aus der Sache. Du bist jetzt nur mal der ehemalige Präsident des Rudingshainer Karnevalsclubs. An den habe ich, der Hauptkommissar, nämlich ein paar Fragen. Und deswegen sitzen wir hier.»

Hat diese überraschend klare Ansage meinem Vater imponiert? Jedenfalls nickt er leicht und hält seinen Mund. Bevor sich die Sachlage ändert, mache ich schnell weiter.

«Es geht um Klaus Drossmann. Ich möchte wissen, was in Zusammenhang mit seiner Person 1989, kurz bevor er nach Mannheim wegzog, vorgefallen ist.»

Nun wird mein Vater nervös. Er denkt nach und fährt sich unsicher durch sein Resthaar.

«Ja, hmm, da war was. Es fällt mir schwer, mich genau zu erinnern.»

«Hans-Erwin Möller meinte, gerade du müsstest dich gut daran erinnern können. Ich kann dir dabei helfen. Es muss mit Videoaufnahmen zusammenhängen, die Drossmann gerne angefertigt hat», sage ich.

Mein Vater wird blass.

«Ich, äh, hatte diesen Vorfall wirklich vergessen. Jetzt erst fällt es mir wieder ein, sonst wäre ich natürlich hergegangen und hätte es dir schon viel früher erzählt. Du weißt, ich habe während meiner Polizeilaufbahn so viel erlebt. Da vermischt sich dann im Alter so einiges. Das verstehst du doch sicherlich, oder?»

Mein Vater schaut mich mit hilfesuchenden, unsicheren Augen an. Selten habe ich ihn so gesehen. Dann beginnt er, langsam und sachlich zu erzählen.

«Der Drossmann hat seit Mitte der achtziger Jahre die Filmaufnahmen bei unseren Prunksitzungen gemacht. Er war da offiziell von Möller beauftragt Er hat das gut gemacht, war ja auch sein Hobby, nicht wahr? Dann gab es da aber auch noch zusätzlich sozusagen inoffizielle Videobänder, die er speziellen Interessenten verkauft hat.»

«Inoffizielle Videobänder?», unterbreche ich ihn. «Was war da drauf?»

«Das kannst du dir doch denken. Ich will das mal als ‹schlüpfrig› umschreiben. In den Jahren vor 89 kann man noch hergehen und diese Aufnahmen als harmlose karnevalistische Herrenspäße bezeichnen. Man nimmt ja schließlich in den tollen Tagen nicht immer alles so ernst, nicht wahr?»

So hatte schon Hans-Erwin Möller argumentiert.

«Wem genau hat er die Videos verkauft oder angeboten?», frage ich, ganz bei der Sache.

«Das weiß ich nicht genau. Er hatte da so seine Leute im Dunstkreis des Elferrats», nuschelt mein Vater.

«Und was war nun 1989 los?», frage ich.

«Da hat er den Bogen überspannt.»

Nun schweigt mein Vater eine gefühlte Minute und starrt aus dem Fenster. Ich warte. Dann holt er kurz Luft, blickt zu Boden und feuert stakkatoartig die folgenden Worte ab:

«Er hatte die jungen Frauen von der Prinzengarde mehrmals nach ihren Proben im Umkleideraum der Turnhalle gefilmt. Er hatte sogar Aufnahmen vom Duschraum auf seinem Video. Er war hergegangen und hatte seine Kamera dort mehrmals versteckt.»

Mein Vater atmet durch.

«Und dann wurde er erwischt?», will ich wissen.

«Ja, also nein, na ja, nicht direkt. Er hatte die Bänder schon verkauft. Und dann hat das eine, äh, der Ehefrauen von einem Käufer entdeckt, und die wollte dagegen vorgehen. Mit Anzeige und so weiter ...»

Hier hält er inne. Er ruft die Bedienung und gibt ihr zu verstehen, dass er zu zahlen gedenke.

«Zu Recht ja wohl», sage ich. «Also, eine Anzeige ist doch auch mehr als gerechtfertigt, oder nicht?»

«Jaja», murmelt mein Vater.

«Warum wurde er denn dann nicht angezeigt?»

«Ich habe das dann sozusagen anders geregelt, zum Wohle aller. Ich bin hergegangen und habe ihm nahegelegt, dass er bei uns in der Kampagne nichts mehr zu suchen hätte. Und auch grundsätzlich sollte er ab nun unserem Einzugsgebiet besser fernbleiben. Er musste sich damals ohnehin beruflich umorientieren. Sein Geschäft ging ja in Konkurs. So kam sein Umzug nach Mannheim allen zupass, sozusagen. Er gab mir das Versprechen, nie wieder hier in der Gegend aufzutauchen. Punkt, aus.»

«Und daran hat er sich wohl auch gehalten, bis zu diesem Jahr», werfe ich ein.

«Bei einer Anzeige wäre das durch die Presse gegangen, und was hätte das für ein Licht auf unsere Karnevalsvereine geworfen. So weiß davon bis heute kaum jemand. Und manchmal ist das auch gut so. Es hätte ja auch niemand was davon gehabt.»

«Vor allem wären bei einer Anzeige die Namen der Käufer aufgeflogen. Das wolltet ihr verhindern. Darum ging's doch, oder etwa nicht? Ich fass es nicht.» Ich kann meine moralische Entrüstung, die mich sonst eher selten ereilt, kaum zügeln.

«Ich will jetzt gehen», sagt mein Vater knapp und bezahlt bei Miss Dobbelexbresso die Rechnung.

Nun schüttele ich meinen Kopf so, wie es sonst mein Vater zu tun pflegt.

«Henning, du musst wissen, die Käufer, das waren fast alles honorige Bürger. Da muss man halt auch mal hergehen und Fingerspitzengefühl zeigen.»

«Ich dachte, du kennst sie nicht, die Käufer?»

«Was? Na ja, einige schon natürlich. Wenn man das an die große Glocke genagelt hätte, äh gehängt, das hätte niemandem geholfen, hätte den Ruf der Leute verschlechtert, die Arbeit der Vereine diskreditiert und dem Drossmann eine Anzeige eingebracht.»

«Und nun ist er tot.»

«Du glaubst doch nicht im Ernst, dass das damit zu tun hat? Das war doch so eine Lappalie, dass ich es ja selber fast vergessen habe.»

Mein Vater lacht nervös und erhebt sich von seinem Platz. Wir verlassen das Café am Park und bewegen uns in Richtung des Parkplatzes.

Mir dröhnt der Kopf. Irgendetwas stimmt hier nicht. Irgendetwas verschweigt mein Herr Vater. Er war nie der Freigeist, der großmütig von Anzeigen absieht. Er war immer zu sehr Polizist, als dass er eine Drecksau wie Drossmann so davongelassen hätte. Oder habe ich ein falsches Bild von ihm? Vielleicht kenne ich ihn doch nicht so gut, wie ich selber glaube. Eine innere Eingebung lässt mich die entscheidende noch offene Frage stellen:

«Wessen Ehefrau hat denn das Spannervideo entdeckt?»

Dann sehe ich ihn erröten, und mir fällt es wie Schuppen von den Augen. Es war meine Mutter.

Nachdem der alte Vater mit seinem ebenfalls alten Passat weggefahren ist, setzt sich der nicht mehr ganz so junge Sohn auf eine Parkbank, raucht drei Zigaretten am Stück und fühlt sich befangen. Er wünscht sich mal wieder, in einer anonymen Großstadt zu leben, in einer Metropole, in der keiner den anderen kennt.

Vielleicht wäre jetzt die passende Gelegenheit, diesen Fall hinzuschmeißen. Ich bin wahrhaftig befangen. Ich weiß zwar, dass meine Eltern am besagten Faschingssonntag nicht mit der Eisenstange umhergeirrt sind, um dem Drossmann-Klaus eins über die Rübe zu ziehen – sie waren in dieser Zeit mit ihrer Wandergruppe im Hunsrück unterwegs –, doch ich habe überhaupt kein Interesse daran, im

Laufe der kommenden Ermittlungen weitere Gespräche wie dieses im Familienkreise führen zu müssen. Ich habe überhaupt keine Lust, nun nachzuforschen, wer sonst noch widerliche Schmuddelvideos bezogen hat und ob es in irgendeinem Zusammenhang mit diesem Mord steht. Soll Teichner doch in diesem Dreck herumwühlen. Er passt da besser hin, finde ich. Es ist mir auch wieder einmal grundsätzlich so was von egal, wer den Drossmann eliminiert hat. Dann wird mir kalt, und ich gehe.

19. KAPITEL
• • •

Am Montag fahre ich zum Präsidium, als wäre nichts gewesen. Ich habe am Wochenende beschlossen, zunächst niemandem im Team vom Gespräch mit meinem Vater zu erzählen. Ich werde also das Erbe meines Vaters fortführen und diese Geschichte weiter verschweigen. Der Grund ist, ich schäme mich für ihn. Es ist mir peinlich. Einerseits, dass er überhaupt diese Videos gekauft hat, andererseits, wie er alles unter den Teppich gekehrt hat. Irgendwie freut es mich aber auch ein bisschen, dass ein kleiner Zacken aus seiner moralinsauren Übervater-Polizeipräsidentenkrone gebrochen ist. Ich gebe zu, es hatte auch was, meinen Vater mal so kleinlaut erlebt zu haben. Eher unwahrscheinlich, dass diese Sache etwas mit dem Mord zu tun hat. Ich denke nicht, dass Klaus Drossmann das Thema nach so langer Zeit wieder hochkochen lassen wollte. Er selber war doch der Einzige, der sich strafbar gemacht hat. Er hat in einer Mädchendusche gefilmt. Die Burschen, die seine Videos gekauft haben, dürften vielleicht auch nach 21 Jahren noch heiße Ohren bekommen, so wie mein Vater eben, mehr aber auch nicht. Es ist peinlich, diese Videos bezogen zu haben, aber nicht strafbar. Und es ist mit Sicherheit nicht so peinlich, dass man dafür einen Mord begehen würde. Und doch bin ich froh, dass mein Vater ein Alibi hat.

Es muss einen anderen Grund geben, dass Drossmann den Weg zurück nach Schotten gesucht hat. Wir sollten uns intensiver um Herr Bärt kümmern, der unter Druck zu stehen scheint, und um den seltsamen Drossmann-Sohn. Nur wie? Und welche Schritte wären jetzt die richtigen? Wenn ich das wüsste, dann wäre ich ein guter Hauptkommissar.

Mit diesen Gedanken im Kopf betrete ich das Gebäude des Polizeipräsidiums.

Als ich Miriam Meisler sehe, wie sie sich aus unserem Kaffeeautomaten einen Cappuccino zieht, habe ich das erste Mal seit unserem Techtelmechtel vor einer Woche ansatzweise Lust auf eine Wiederholung. Das wäre die Art Unternehmung, die mir nun in den Kram passte. Stattdessen redet Teichner auf mich ein. Ich höre nicht zu.

«Ja, was denn nun?», fragt er plötzlich.

«Hmm, wie?», schrecke ich aus meinen Gedanken hoch, die sich gerade um Miriam drehten und zwar darum, dass eine gepflegte Knutscherei auch genügen würde, mir sogar besser gefiele. Dann wieder das Gegenprogramm: Teichner.

«Sollten wir nicht mal hinfahren?», fragt er.

«Wohin?»

Teichner verdreht die Augen. «Zu Frank Drossmann. Er ist am Freitag und heute nicht bei seiner Arbeit im Finanzamt erschienen. Hat sich nicht krankgemeldet und ist zu Hause nicht erreichbar.»

«Aha», sage ich. «Das ist wirklich seltsam.»

«So to say.»

«Bitte?»

«Will meinen: sozusagen.»

«Ach so, ja.»

Meine Güte, wie stark Teichner heute Morgen wieder riecht! Ich glaube, ich muss es ihm mal sagen. Jeder hat das Recht, auch mal unschön zu duften, finde ich. Aber immer und jeden Tag? Da sollte man ihn doch einmal höflich auf die segensreiche Erfindung des Deodorants hinweisen. Er selbst scheint überhaupt nicht zu merken, wie er den Grundgeruch unseres Büros prägt. Im Gegenteil, er beschwert sich unentwegt über die Fürze Berlusconis, die wiederum ich kaum mehr wahrnehme.

«O.k.», sage ich dann. «Miriam und ich fahren gleich mal zu Klaus Drossmann nach Gießen. Du, äh, bist hier wichtig, Teichner. Wäre super, wenn du hier die Stellung hältst und ...»

Tja, und ... Nichts und. Wenn mir nur einfiele, was er nur Sinnvolles machen könnte. Ich lasse ihn stehen und sage einfach: «Danke.»

Besser als gar nichts.

Knapp eine Stunde später bin ich mit Miriam Meisler auf dem Weg nach Gießen. Wir hören im Auto grungige Musik über Miriams MP3-Player. Ich tue so, als gefiele mir das, und fühle mich dadurch jünger.

«Wenn der Drossmann jetzt nicht da ist», sagt Miriam, «dürfen wir dann in seine Wohnung einbrechen und uns dort umsehen?»

«Ich denke, ja.»

«Haben wir denn diesen Durchsuchungsdings?»

«Nee, aber man kann es so sehen, dass Drossmann vermisst wird. Auch wenn ihn, außer in seinem Finanzamt, nicht wirklich jemand vermisst. Zusätzlich ist es immer noch denkbar, dass er etwas mit dem Mord an seinem Vater zu tun hat. Oder dass er jedenfalls etwas weiß, was wir nicht wissen, aber wissen sollten. Was denkst du über ihn?»

Miriam dreht die Musik leiser. «Ich glaube, dass er unter seinem Alten gelitten hat. Ich glaube auch, dass er deswegen einen Sprung in der Schüssel hat, jedenfalls ist er sozial etwas unterbelichtet. Ich frage mich, warum er nicht mit uns zusammenarbeitet. Er räumt den Probenraum seines Vaters aus, nimmt das alles mit zu sich nach Hause, sucht nach der fehlenden Digitalkamera, obwohl er genau weiß, dass wir auch auf der Suche sind. Warum macht er diese Alleingänge? Warum ruft er bei der Mörtelspecht in der Agentur an und will wie sein Vater mit Herr Bärt sprechen? Warum überlässt er uns das nicht? Warum vertraut er uns nicht?»

«Tja», sage ich.

Wir erreichen Gießen. Gießen ist für Vogelsberger und Wetterauer die Topmetropole. Hier fährt man an verkaufsoffenen Sonntagen ins Industriegebiet zum Einkaufen und hat nachher das Gefühl, mal richtig was erlebt zu haben. Am nördlichen Stadtrand, direkt an der vielbefahrenen Marburger Straße, wohnt Frank Drossmann in einem achtstöckigen Mehrfamilienhaus. Man kann hübscher wohnen, denke ich mir, nachdem ich das Auto am Seitenstreifen geparkt habe. Miriam und ich warten geschätzte zehn Minuten, bis wir eine Chance sehen, die Straße zu überqueren.

Die Haustür des Wohnklotzes ist angelehnt. Wir benutzen den kleinen Aufzug, der vermutlich kurz nach dem Krieg eingebaut wurde und bedenklich rattert. Jedes Mal, wenn ich Aufzug fahre, stelle ich mir vor, wie es wäre, in diesem Moment stecken zu bleiben. Ich schaue mir die Menschen an, mit denen ich dann die nächsten Stunden auf engstem Raum zu verbringen habe, und überlege, wer dann den Götz George gibt, durch Deckenplatten klettert, sich mit verschwitzten Muskeln an Drahtseile hängt und am Ende alle rettet. Da wir nur zu zweit fahren, müsste diesmal Miriam diese Rolle übernehmen. Zum Glück öffnet sich im von uns angewählten 6. Stock die Tür ohne Probleme.

Wir klingeln an Frank Drossmanns Wohnungstür. Wie erwartet, ist er nicht da. Jedenfalls öffnet er nicht die Tür. Ich wähle seine Telefonnummer. Es klingelt drinnen. Keiner hebt ab.

Nun kommt der Moment, auf den ich so gewartet habe. Ich werde zum ersten Mal eine Tür eintreten. Jawohl. Das lasse ich mir nicht nehmen. Ich habe das vorher noch nie getan. Selbst als Streifenpolizist während meiner Ausbildungszeit in Frankfurt habe ich immer den Kollegen den Vortritt gelassen. Jetzt ziehe ich das durch, auch wenn Miriam irgendetwas von «Hausverwaltung anrufen» faselt. «Ach was», sage ich und trete mit Karacho gegen die Wohnungstür. Nichts tut sich. Miriam grinst mal wieder. Ich trete noch einmal. Wieder tut sich nichts. Nur mein Knie tut weh. O. k., denke ich mir, ich kann auch anders. Dann renne ich mit vollem Anlauf Schulter voraus gegen die Tür. Und pralle ab. Wie ein Medizinball, den man gegen eine Gummiwand wirft.

Ich lande. Unsanft. Unsexy. Unmännlich.

Ich sitze auf dem Hintern und tu so, als würde mein Oberarm nicht schmerzen. Miriam schiebt derweil ihre EC-Karte in den Türrahmen und öffnet die Tür. Ich lasse mir von ihr nicht auf die Beine helfen und folge ihr betont nicht humpelnd in die Wohnung. Dann höre ich Miriams Stimme aus der Küche. «Oh Scheiße, Henning, komm mal.»

Ein Vatermord also

Ja, sieht sehr danach aus, und ich bin auch noch in gewisser Weise froh darüber. Muss man sich dafür schämen?

Wieso bist du darüber froh?

Na ja, ich bin erleichtert, dass wohl nun alles vorbei ist. Dass ich keinen Mörder mehr finden muss. So ist das Ding nun geklärt. Zwar nicht von mir, sondern durch den Lauf der Dinge selbst. Aber egal. Ein Glück, so zynisch das klingt. Es bleibt einfach dabei: Ich bin als Polizist in Leitungsfunktion völlig deplatziert ... obwohl ich mir diesmal wirklich Mühe gegeben habe.

Ich verstehe nicht, warum du Hauptkommissar bist, wenn es dir so gegen den Strich geht.

Mir ist nichts Besseres eingefallen. Es war damals der einfachste Weg.

Und jetzt ist es das aber wohl nicht mehr. Was würdest du denn stattdessen gerne machen?

Wenn ich das wüsste.

Wäre aber nicht das Dümmste, darüber mal nachzudenken, oder?

Ich bin fast 40.

Na und?

Außerdem, was soll das hier jetzt? Bist du meine Therapeutin, oder was?

Zehn Minuten warte ich nun schon vergeblich auf die nächste Nachricht. Ich fürchte ein wenig, Sandra könnte beleidigt sein. Dann aber:

Was ist mit deiner Frau? Möchtest du überhaupt noch, dass sie wiederkommt?

Diesmal warte ich zehn Minuten.

Ja und nein. Wenn ich ehrlich bin, wünsche ich mir, dass sie wiederkommt. Nur sollte sie dann irgendwie anders drauf sein, als zuletzt jedenfalls. Oder so, wie sie früher einmal war.

Wie war sie denn?

Nicht so negativ jedenfalls.

Und du? Du bist nicht negativ?

O. k. Punkt jetzt mal. Was ist mit dir?

Was soll mit mir sein?

Du bist jetzt dran. Was ist mit dir? Schreib mir was von deinem Leben! Warum so ein Rückzug? Jetzt erzählst du zur Abwechslung mal, und ich mache schlaue Kommentare.

Bin ich dir zu nahegetreten, oder was?

Nein … na ja, weiß nicht, keine Ahnung. Eigentlich mag ich das, wenn du mir zu nahetrittst … Aber ich will einfach auch mal etwas von dir erfahren.

Ich konnte so, wie ich damals lebte, nicht weiterleben. Daher musste ich weggehen und das tun, was ich hier oben mache.

Wie hast du denn vorher gelebt? Wieso konntest du so nicht weiterleben?

Das kann ich dir nicht sagen. Jedenfalls nicht jetzt.

Warum nicht?

Weil du ein Bulle bist!

Ich? Na ja, vielleicht nach außen. Innerlich bin ich alles andere als ein Polizist.
Los, schieß jetzt los, was hast du verbrochen?

Henning, es geht wirklich nicht. Außerdem vertraue ich Facebook nicht und weiß nicht, wer das hier alles mitliest.

Es gibt auch andere Wege. Ich habe eine Mailadresse oder eine Handynummer.

Ich möchte nicht. Ich meine es ernst.

O. k. Aber dann ...

«Echt, er hier, voll der Suchti», höre ich urplötzlich aus dem Hinterhalt eine höhnische Mädchenstimme.
Meine Tochter steht in der offenen Tür meines Arbeitszimmers. Blitzschnell logge ich mich aus.
«Wie, was?», antworte ich.

«Du hängst ja nur noch am Compi. Super Vorbild, Alter. Bei mir wird immer gemotzt.»

«Na ja, äh, ich muss halt arbeiten. Das ist was anderes, außerdem bin ich ja wohl auch erwachsen.»

«Joohhh, klar, in Facebook chatten, geile Arbeit, muss ich sagen. Mach ich später auch mal, ich schwör …»

Ein leises Gefühl der Peinlichkeit übermannt mich.

«Wie lange stehst du denn da schon?», frage ich vorsichtig.

«Keine Ahnung. Zwei Stunden?»

Dann giggelt sie und geht ins Wohnzimmer, in dem sich Laurin via Fernsehen von hysterischen Zeichentrickserien nervös machen lässt. Er ist zwar erst fünf, findet die «Kinder von Bullerbü», die ich für ihn auf DVD gekauft habe, aber trotzdem langweilig. Ich folge Melina ins Wohnzimmer, stelle mich seitlich neben den Fernseher und verkünde in euphorischem Tonfall:

«Hey, Kinder. Nun wird alles besser. Ich habe jetzt wieder mehr Zeit für euch.»

Ich weiß nicht, welche Reaktion ich genau erhofft hatte. Ich ernte jedenfalls gar keine. Laurin befindet sich mit starren Augen und offenem Mund in Super-RTL-Trance, die bezweifeln lässt, dass er momentan eine Atombombenexplosion beim Nachbarn wahrnähme, und Melina macht «Hmm».

Ich versuche es trotzdem weiter: «Tja, ihr Lieben, euer Vater hat den Mordfall gelöst, nun ist der Stress erst mal vorbei, und ich werde mehr zu Hause sein können. Super, ne?»

Wieder schwappt mir nicht unbedingt eine Welle der Begeisterung entgegen. Stattdessen verzieht meine Tochter leicht mürrisch das Gesicht und murmelt: «Echt?»

«Ja … echt», sage ich, zwänge mich mit der linken Arschbacke auf die neben den herumlümmelnden Kindern verbliebene Sofaecke und schaue mit ihnen an, wie Johannes B. Kerner mit seiner sportlichen Frau im Werbefernsehen Fahrrad fährt und von gesunder Wurst erzählt.

Nach ein paar Minuten erwäge ich die Frage, ob wir nicht einmal ein Spiel spielen wollen, so wie früher. Da ich mir allerdings die Antwort ausmalen kann und mir zudem einfällt, dass ich Gesellschaftsspiele hasse, lasse ich es. Stattdessen hole ich Cola, Schokolade und Chips. Da beginnt auch Laurin sich wieder aus seiner Fernsehstarre herauszubewegen. Ich bin erleichtert, dass er lebt.

Irgendwann nuschelt Melina, ohne mich anzusehen, in den Raum:

«Werwarsn?»

«Was?»

«Ei, wer's wahar?»

«Ach so. Es war der Sohn. Er hat seinen Vater erschlagen und sich gestern deswegen umgebracht.»

«Waruuum?», schaltet sich plötzlich Laurin ein. Ich mache den Fernseher leiser und antworte: «Weil es ihm dann wohl doch leidtat, was er da gemacht hat. Und mit so viel Schuldgefühlen wollte er nicht weiterleben.»

«Hat er sich in den Kopf geschossen?», hakt mein Sohn nach, hält sich dabei einen Korkenzieher an die Schläfe, macht «Bommm» und schmeißt sich vom Sofa.

«Nein, er hat Gift getrunken.»

«Krass», sagt Melina. «Und warum hat er seinen Vater umgebracht?»

Gute Frage.

«So genau wissen wir das auch nicht. Er muss seinen Vater sehr gehasst haben. Vermutlich hat er sehr unter ihm gelitten. Schon als Kind.»

«Krass», sagt Melina wieder.

«Mamawiedalauta», kommt es aus Laurins Ecke.

Ich merke plötzlich, wie sehr mir der Anblick des toten jungen Drossmann in den Kleidern hängt. Wie er so dasaß, mit verzerrtem Gesicht und mit Kopf auf dem Küchentisch. Ich muss an den Zettel denken, der neben ihm lag. Die Worte haben sich mir eingebrannt:

«Mein Vater hat es verdient und ich auch.»

Mehr nicht. Was für eine Tragik. Pflanzenschutzmittel mit Bier. Prost!

Und doch ist es eine Befreiung, dass der Fall sich so aufgeklärt hat. Natürlich wird noch überprüft, ob es tatsächlich ein Selbstmord war. Alles deutete am Tatort darauf hin. Es gab keine Einbruchsspuren, keine Anzeichen von Gewalt an Drossmanns Körper. Ich gebe zu, natürlich hoffe ich sehr, dass es so bleibt. Dass weder die Spusi, wie wir Profis sagen, also die Spurensicherung, noch die Gerichtsmedizin irgendetwas findet, das einen Selbstmord zweifelhaft macht. Ich verdränge die immer wieder aufkeimenden Gedanken, warum wohl Frank Drossmann unbedingt herausbekommen wollte, was sein Vater mit Herr Bärt zu tun hatte. Und eigentlich ist auch gar nicht erwiesen, ob der Junior überhaupt auf dem Umzug war. Und wenn ja, warum erschlägt er ihn dann bei so einer Veranstaltung? Da kann es doch nur einen Streit gegeben haben. Das kann nicht geplant gewesen sein. Es muss aus dem Affekt heraus passiert sein. Hmm. Wie dem auch sei, ich will, dass es Selbstmord war. So bitter das alles ist.

Dann ist immer noch völlig unklar, wo sich Klaus Drossmanns Videokamera befindet. Wir haben sie nicht gefunden. Frank Drossmann hat sie auch gesucht, sagte er jedenfalls. Und nicht nur das, er hat nach mehr gesucht. Er hat Computer, Videos und Akten aus dem Probenraum seines

Vaters mitgehen lassen. Vermutlich hat er Hinweise auf sein Mordmotiv vernichtet.

Ich bin mir eigentlich sicher, dass ich ohne die Beantwortung dieser offenen Fragen gut weiterleben kann.

Und doch schlafe ich in dieser Nacht äußerst schlecht.

«Ich bin der Meinung, wir sollten den Fall abschließen», sage ich am nächsten Morgen im Präsidium in die Runde meiner Kollegen.

Miriam schaut skeptisch. Onkel Ludwig Körber blättert in den Berichten zum Drossmann-Suizid. Dann sagt er:

«Jedenfalls können wir das mal so an die Presse weitergeben. Damit mal Ruhe ist. Auch von oben.»

Ich weiß, dass er Druck vom Polizeipräsidenten bekommen hat.

«Ich finde es trotzdem komisch, dass Frank Drossmann seinen Abschiedsbrief, wenn man das so nennen will, mit dem Computer ausgedruckt hat», sagt Miriam. «Er hat nur einen Satz geschrieben. Da wäre es doch normaler, den mit der Hand zu schreiben.»

«Ja, schon», entgegne ich. «Aber was war schon an Frank Drossmann normal?»

«Mein Vater hat es verdient und ich auch», wiederholt Ludwig Körber nachdenklich den Wortlaut.

«Ich finde, wir sollten konsequent alle Nachbarn fragen, ob sie nicht vielleicht doch irgendetwas gehört haben. Vielleicht hat er Besuch bekommen. Vielleicht hat jemand bei seinem Mixgetränk nachgeholfen», legt Miriam nach.

Ihr Eifer geht mir auf die Nerven. Teichner schweigt laut.

«Ja, machen Sie mal ruhig», nickt Körber Miriam zu. «Aber nach außen ist die Geschichte erst mal erledigt. Sollten wir auf Hinweise stoßen, die auf einen Mord hindeuten können, dann gehen wir denen selbstverständlich nach.»

Wir alle nicken.

«Und noch etwas: Ich habe heute mit Markus Meirich telefoniert.»

Ich zucke zusammen.

«Er steigt ab Mittwoch wieder ein. Auf eigenen Wunsch.»

«Ist seine Tochter wieder gesund?», fragt Miriam.

«Ich weiß es nicht. Dass Leukämie so schnell heilbar ist, glaube ich eigentlich nicht. Jedenfalls ist die Situation so, dass er wieder arbeiten kann und will. Frau Meisler, Sie bleiben natürlich so lange im Team, bis wir auch intern den Drossmann-Fall endgültig zu den Akten legen. Über alles Weitere sprechen wir dann. Einen schönen Tag noch.»

Onkel Ludwig Körber leert im Aufstehen seine Kaffeetasse und verlässt den Konferenztisch. Berlusconi liegt direkt vor der Tür und bewegt sich keinen Zentimeter von der Stelle, als Körber vor ihm steht.

«Muss das immer sein, mit diesem Hund, Henning», nörgelt er in meine Richtung. Just in dem Moment, in dem ich den Hund zu mir rufe, ist Onkel Ludwig leider schon im Begriff, über Berlusconi zu steigen. Berlusconi springt ruckartig auf und verfängt sich unglücklich in den Beinen des dicklichen Onkels. Kriminaloberrat Ludwig Körber rudert, halb auf Berlusconi sitzend, wie ein Cowboy-Bullrider hilflos mit den Armen herum und wird gleich darauf ebenfalls im Bullrider-Stil unsanft abgeworfen.

«Oh, Scheiße», sage ich und eile ihm zu Hilfe. Der Onkel verweigert meine helfende Hand und steht umständlich auf.

«Ja, genau, Scheiße!», ächzt er in meine Richtung und verlässt beleidigt den Raum.

Kaum ist er außer Hörweite, bricht es aus Miriam heraus. Auch ich lache die Anspannung der letzten Wochen weg. Teichner, zu dessen Lieblingssendungen «Ups, die Pannenshow» zählt, hat ebenfalls viel Freude an der Situation.

Später im Büro fällt mir ein, dass ich Melina versprochen habe, eines der Drossmann-Keyboards, die im Polizeilager herumstehen, leihweise mitzunehmen. Schwer zu sagen, wem diese Geräte nun eigentlich zustehen. Der Erbnehmer ist ja nun auch verschieden. Egal, ich nehme nachher eins mit, damit Melina ein wenig herumexperimentieren kann. Hinterher bringe ich es selbstverständlich wieder zurück. Wahrscheinlich, zumindest.

Dann muss ich an Markus denken. Wie oft wollte ich in den vergangenen Tagen Kontakt zu ihm aufnehmen, und ich habe es nicht getan. Ich greife spontan zum Handy, tippe in Windeseile: «Hallo, Markus, Lust auf einen Kaffee? Gruß Henning» und drücke sofort auf Senden, ehe ich es mir noch anders überlege.

Es dauert keine Minute, da erreicht mich schon eine Antwort: «Sehr gerne, wann?»

Wir verabreden uns für sofort im Alsfelder Café Extra.

Meine Nervosität, begründet durch mein schlechtes Gewissen und die Angst, nicht die richtigen Worte finden zu können, überlagert die Vorfreude, als ich mit Berlusconi an der Leine das Café in der Alsfelder Innenstadt betrete. An einem Fensterplatz sehe ich Markus sitzen.

«Hallo», hechle ich ihm entgehen. Markus erhebt sich; ich hatte vergessen, wie groß er ist, der Ex-Volleyballer. Ich reiche ihm die Hand, er ergreift sie, zieht mich an sich und drückt mich.

«Henning, du Pfeife, ich freu mich sehr, dich zu sehen. Du wirst es nicht glauben, ich habe dich sogar vermisst.»

«Was? Dann muss es dir aber wirklich schlecht gegangen sein», rutscht es mir heraus. Scheiße. Was sage ich denn da? Markus' Augen fixieren mich. Jetzt haut er mir auf die Fresse, denke ich, doch er lacht nur.

«Vor allem dein Humor», sagt er.

Dann setze ich mich und stammele los: «Also, pass auf, Markus, ich will mich erst mal entschuldigen, für mein ignorantes Verhalten damals beim Italiener und am Telefon und dass ich mich nie bei dir gemeldet habe und so. Ich wollte die ganze Zeit, aber, weißt du, die Arbeit und das alles ... ach was, es ist so: Ich hatte einfach Schiss, und ich freue mich sehr, dass ich dich jetzt treffe.»

Ich halte inne. Markus grinst und sagt: «Passt schon.»

«Wie geht's deiner Kleinen?», frage ich und füge unsicher hinzu: «Also nur, wenn du darüber, äh, reden willst. Wenn nicht, ist auch ...»

Doch dann erzählt er mir in ruhigem sachlichen Ton: Dass seine Tochter Laura schon über den Berg sei, könne man noch nicht sagen, die Heilungschancen lägen inzwischen allerdings bei achtzig Prozent. Die Chemotherapie habe sie gut verkraftet; nun müsse man sich auf eine zweijährige Behandlungszeit einstellen. Er erzählt mir von guten Ärzten und doofen Schwestern und von doofen Ärzten und guten Schwestern. Er sei sich sicher, dass Laura das schafft. Das spüre er.

Er redet so, als sei ich sein Freund.

«Ich habe schon ernsthaft durchgehangen. Diese alberne Frage, warum gerade Laura, stelle ich mir auch immer wieder. Aber es muss ja jetzt irgendwie weitergehen. Ein bisschen Normalität soll nun wieder rein ins Leben», sagt Markus. «Das haben uns auch die Ärzte geraten.»

«Deswegen willst du auch wieder arbeiten?», frage ich.

«Ja. Ich brauche mal wieder andere Themen. Ich muss wieder die Fürze von deinem Köter riechen und mich über Teichner aufregen. Und auch Nadja und ich brauchen Abstand. Wir lassen viel von dem Scheiß, den wir durchmachen, derzeit an uns aus. Und das ist auf die Dauer nicht wirklich gesund.»

«Ja, kann ich mir denken», stimme ich zu.

«Vor allem will ich auch mal über etwas anderes reden. Also Schluss jetzt mit dem Thema. Erzähl mal, was ging bei euch Bullen in den letzten drei Wochen ab? Was macht die Drossmann-Geschichte?»

«Na ja, es wäre gelogen, wenn ich sagen würde, dass du nicht an allen Ecken und Enden gefehlt hast. Miriam macht das super, aber ...»

«Ganz kurz», unterbricht mich Markus, «bist du im Dienst?»

«Nö, eigentlich nicht, wieso?»

Es ist 15.30 Uhr, und Markus Meirich bestellt die ersten beiden Gläser Weizenbier, und es werden bis zum frühen Abend nicht die letzten sein.

Ich berichte zunächst mehr, später weniger nüchtern über unsere Ermittlungen. Er will alles wissen. Nicht einmal meinen Vater lasse ich aus. Während meiner Erzählungen und seiner Nachfragen merke ich, dass die Ansätze unserer Ermittlungen nicht ganz so übel waren, wie es mir immer vorkam. Wir sind nur zu selten in die Tiefe gegangen und hätten beispielsweise noch mehr die Umfelder der beiden toten Drossmänner durchforsten müssen. Vielleicht hätte der Suizid von Frank Drossmann sogar vermieden werden können. Das allerdings glaubt Markus nicht. Er sagt es zwar nicht, aber ich spüre, dass er sich schwertut, an Selbstmord zu glauben. Wie zu befürchten war. Ab morgen wird er zweifellos mit der ihm eigenen Beharrlichkeit bei der Spurensicherung und in der Gerichtsmedizin dieser Frage nachgehen.

Im Überschwang alkoholisierter Brüderlichkeit hätte ich Markus fast die Vögel-Geschichte mit Miriam erzählt. Doch ich beherrsche mich. Auch das Thema Franziska lasse ich trotz Nachfragen außen vor. Meine Probleme sind einfach zu klein, wenn ich an seine Laura denke. Als ich ihm gerade erzähle, wie ich Teichner dabei erwischt habe, wie er mit einem Bleistift seinen Nabel säuberte, piept mein Handy. Eine SMS von Melina:

«Mom hat angerufen. Krass. LG Mel»

Wenig später verabschieden wir uns herzlich. Ich fahre äußerst fahruntüchtig nach Hause und schwöre mir, so etwas nie wieder zu tun.

Ich habe es nicht mehr ausgehalten. Ich musste ihre Stimmen hören. Ich musste ihnen sagen, dass es mich noch gibt, dass ich an sie denke und dass sie mich wiederhaben werden, irgendwann. Vielleicht war es gut, dass Henning nicht da war. Ich hatte es gehofft. Ich hatte Angst, vor allem vor Melina. Angst, dass sie sofort auflegt oder mich beschimpft. Doch es war ganz anders. Eigentlich haben wir gar nicht viel geredet. Ich wollte nicht so viel lügen. Sie wollte wissen, wie es in der Klinik in Borkum wäre, was ich hier machen würde und Ähnliches.

Da habe ich herumgedruckst und mich dabei mal wieder so derartig schuldig gefühlt.

Es war klar, dass ich wegmusste. Waren auch noch die ganzen Lügen nötig? Wäre es nicht besser gewesen, wirklich eine Kur zu machen, mir wirklich helfen zu lassen, statt wochenlang alleine zu sein? Aber es musste doch alles so schnell gehen. Wie hätte ich denn so kurzfristig einen Platz bekommen sollen? Ach, ich hadere wieder. Alles dreht sich im Kreis. Ich muss bald zurück. Antworten finden.

Melina wirkte am Telefon so erwachsen. Ich habe mir Mühe gegeben, nicht nach der Schule zu fragen. Das war wohl auch gut so. Mir kommt es vor, als wäre ich ein Jahr weg, und nicht einen Monat. Sie hat mir erzählt, dass sie Keyboard spielen will, dass sie eine Mädchenband gründen. Ich habe ihr gesagt, wie sehr mich das freut. Ich war so unsicher. Zu Hause habe ich immer alles dafür getan, nie unsicher zu sein. Gerade bei den Streitereien in der letzten Zeit habe ich hart darum gekämpft, ihr immer mit einer klaren Ansage entgegenwirken zu können. Wie man das so machen soll, bei Pubertierenden. Habe ich ja auch gelernt, im Studium. Doch meistens war ich im Umgang mit ihr eben überhaupt nicht selbstsicher. Ich wusste nicht mehr, was ich will, was ich nicht will, was ich ihr erlaube, was nicht, und in welcher Art und Weise ich auf sie reagieren soll. Ich habe das Gefühl, viel zu oft eine Rolle gespielt zu haben. Ich hab die Art Mutter dargestellt, die ich glaubte sein zu müssen, die ich aber einfach nicht bin. Melina hat das durchschaut, unbewusst, da bin ich mir sicher. Sie hat mich immer mehr schachmatt gesetzt. Sie hat meine Schwachstellen bemerkt und sie ausgenutzt. So sind wir immer mehr aneinandergeraten. Am Ende fast jeden Tag; wir haben uns ja nur noch angebrüllt. Und Henning hat mich immer mehr damit alleingelassen, was mich dann noch wütender gemacht hat.

Laurin hat am Telefon kaum geredet. Er hat mir von einem wichtigen Fußballtor erzählt. Ich habe ihn dann alles Mögliche gefragt. Nach Kindergarten, Freunden, Gameboy usw. Und er hat immer nur «Ja», «Nein» oder «Gut» geantwortet.

Ich glaube, er war mit der Situation überfordert. Wie ich auch. Wie wir alle.

Petra habe ich gemailt, dass ich in den nächsten vierzehn Tagen meine Zelte hier in der Hütte abbrechen möchte. Vermutlich wird sie auch erleichtert sein, dass diese Geheimniskrämerei dann ein Ende hat.

Ich weiß nicht, wie und ob das mit Henning weitergehen kann und soll. Vielleicht muss einer von uns beiden ausziehen. Vielleicht muss auch das Haus verkauft werden, wenn ich als Lehrerin aufhöre. Alles ist offen. Nur eins ist klar: So bleiben, wie es vorher war, kann es auf keinen Fall.

20. KAPITEL
• • •

Der allmorgendliche Hundespaziergang ist wie ein Mantra für mich. Ich gehe jeden Tag die gleiche Strecke. Alternativen zu überlegen würde mich derzeit überfordern. In den letzten Wochen hat sich in meinem Leben so viel geändert, da beruhigt es, Morgen für Morgen den gleichen Weg zu laufen. Eine Konstante. So bleibt es nicht aus, dass ich immer auf die gleichen Menschen treffe. Intensiv werden diese Begegnungen auf einer großen Wiese, die zwischen Park und Waldrand gelegen ist. Dieses Feld wurde vor einigen Jahren von der Partei der Hundebesitzer okkupiert. Hier laufen nämlich die Hunde frei, und wehe dem, der ohne Tier dieses Areal betritt. Der muss schauen, wo er bleibt. Es soll Jogger gegeben haben, die so naiv gewesen sind, unbehundet das Feld durchqueren zu wollen. Was aus ihnen wurde? Man weiß es nicht. In der Stunde zwischen acht und neun steht an jedem Morgen in der Mitte der Wiese das Zentralorgan. Der unumstrittene Herrscher dieses Reviers. Das Oberste Herrchen. Es ist Egon. Egon steht hier seit Jahren und lenkt und kontrolliert die Geschicke, gemeinsam mit seinem Schäferhund Nero. Wenn man seinen Hund hier ausführen möchte, muss man mit Egon klarkommen, und das Tier muss mit Nero klarkommen. Sonst wird es schwierig. Auch Berlusconi hat seine Lektion gelernt, wurde als junger Hund fast aufgefressen und geht nun einer direkten Kommunikation mit Nero aus dem Weg. Ich versuche dasselbe mit Egon, was allerdings nicht immer gelingt. Mein Scherz damals, dass Berlusconi ja so etwas wie der legitime Nachfolger von Kaiser Nero sei, wurde von Egon nicht als solcher aufgefasst, sondern als Drohung. Dabei läge mir nichts ferner als Revierstreitigkeiten.

Um Egon herum steht eine Gruppe von weiteren Hundebesitzern, die seinen Ausführungen über das Wetter und die «da oben» folgen. Mein Weg führt jeden Morgen an dieser Gruppe vorbei, weil ich hoffe, dass Berlusconi einen anderen Hund findet, mit dem er nach dem obligatorischen Popolochriechen Jagdspiele machen kann. Dann nämlich ist er schneller müde, und ich habe den Tag über mehr Ruhe. Kommt es dazu, bleibe ich wohl oder übel in der Nähe dieser Hundegruppe stehen, tu so, als müsste ich auf dem Handy etwas eintippen, und hoffe, nicht angesprochen zu werden.

Die Hundehaltergruppe unterhält sich oft sehr angeregt, sodass es durchaus vorkommt, dass sich der eine oder andere Hund unbeachtet fortschleicht und auf Hasen- oder Radfahrerjagd geht.

«Die fahren hier auch immer so schnell», regt sich dann eine Astrid auf. Sie meint die Radler, nicht die Hasen. Man duzt sich hier. Man ist eine verschworene Gemeinschaft.

Auch Elke, die hobbymäßig eine Hundeschule betreibt, ist oft da. Sie hat fünf misshandelte Hundebabys aus Aserbaidschan adoptiert.

«Bummo mag keine großen Männer», sagt sie immer vorwurfsvoll zu mir, wenn mich Bummo anknurrt. Elke engagiert sich engagiert im Auslandstierschutz und schickt per Mail alle zwei Wochen Horrorfotos von verunstalteten Hunden mit drei Beinen und ohne Ohr und wirbt auf diese subtile Weise Spenden ein. Wenn ich Pech habe, trainiert sie schon in der Frühe mit ihren aserbaidschanischen Nichtimmervierbeinern und kreischt «Hiiiiiiiiiiiiiiiiiieeer» und dann «Feiiiiiiiiiiiiiiiiiiiiiiiiin» in einer Lautstärke und Tonhöhe, die für mich nicht zum Morgen passen.

«Die tun doch nur schwätzen», höre ich Egon sagen. Ich spüre, wie er zu mir blickt, gebe aber vor, es nicht zu bemerken.

«Die tun doch nur schwätzen», sagt er noch einmal. Wer eigentlich, frage ich mich still, die Labradors? Dann kommt die Präzisierung: «Die Politiker.» Ach, die wieder, denke ich.

«Aber passieren tut nix. Alle in einen Sack gepackt und druffgekloppt, dann trifft's immer den Richtigen.»

Alle lachen und nicken zustimmend.

Egon hat übrigens «die Schnauze voll». Das steht in Form eines Aufklebers der Bild-Zeitung auf seinem Geländejeep, mit dem er nie im Gelände fährt.

«Der einfache Bürger auf der Straße, der wird ja nicht gefragt.»

Zum Glück, denke ich, während Berlusconi einer Dalmatinerin nachsteigt.

Wäre dies so, hätten wir in Deutschland vermutlich bald wieder die Todesstrafe. Vollzogen durch Hundebiss.

«Der kleine Mann, der darf es dann wieder mal ausbaden. Verbrecherpack. Korrupt, wo man hinguckt. Einer wie der andere.»

Ich gehe weiter. Verabschiede mich noch höflich, rufe meinen Hund, der nicht hört, mir erst dann folgt, wenn ich aus seinem Sichtfeld heraus um die Ecke biege, und laufe an der Nidda entlang zurück nach Hause.

Eine Stunde später im Präsidium erwarten mich neben dem Comeback von Markus Meirich einige Berichte rund um den Tod von Frank Drossmann.

Teichner trägt vor, dass in Drossmanns Körper das Gift Parathion, oder so ähnlich, nachgewiesen wurde, welches früher auch im legendären E 605 und heute in diversen

Nachfolgeprodukten enthalten sei. Weitere Details interessieren mich nicht, und ich höre auch nur halbherzig zu. Das Gift habe er in Verbindung mit Bier zu sich genommen. Frank Drossmann hatte keine lange Leidenszeit. Der Tod sei vermutlich sehr schnell eingetreten, am Sonntagabend zwischen zehn und elf.

Miriam berichtet, dass aus ihren Befragungen im Gießener Wohnhaus nicht allzu viel Voranbringendes abzuleiten sei. Einige hätten um die gefragte Uhrzeit Schritte im Treppenhaus gehört. Andere nicht. Definitiv sei zudem sicher, dass der «Abschiedsbrief» mit den kargen Worten «Mein Vater hat es verdient und ich auch» von Drossmanns Computer aus ausgedruckt wurde.

Markus Meirich stürzt sich wie ein Besessener in die Arbeit und ackert alle Berichte rund um die Drossmänner durch. Ich verbringe den Vormittag in der Hoffnung, dass ihm nicht allzu viele Unzulänglichkeiten an meiner Ermittlungsführung auffallen. Miriam musste den Platz an seinem Schreibtisch räumen und sitzt nun mit ihrem Notebook an der Ecke meines Schreibtischs. Manchmal schnipse ich ihr Papierkügelchen zu. Das finde ich witzig. Sie nicht. So vergeht auch dieser Arbeitstag.

«Ja, ich weiß, das Ding ist schon ziemlich Asbach», sage ich, nachdem ich am späten Nachmittag das alte Klaus-Drossmann-Keyboard in Melinas Zimmer aufgebaut habe.

«Was ist das?», fragt meine Tochter mit angewidertem Gesicht.

«Na, das Keyboard, das ich versprochen hatte, dir mitzubringen. So zum Ausprobieren», antworte ich.

«Nee, ich mein, das Wort, das du eben gesagt hast. Atzbach ... oder so.»

«Ach so, na ja, ich sagte, dass das Teil ziemlich Asbach ist. Fast 25 Jahre.»

«Häh?»

«Na ja, alt, meine ich. Sagt man das nicht mehr so? Als wir jung waren, haben wir immer ‹Asbach› gesagt, wenn wir meinten, dass etwas richtig alt ist. Weißt du, da gab es mal eine Werbung, die kennt ihr wahrscheinlich gar nicht mehr, da ging es um einen Weinbrand ... äh, Melina?»

«Ja, hi, hier ist Melina, kann ich ma die Joey?»

Sie telefoniert, während ich ihr von meiner Jugend erzähle.

«O. k., Jamann. Bin gleich da.»

Dann legt sie auf. Das Interesse an spannenden Geschichten von früher ist ähnlich groß wie die Begeisterung für das Keyboard, das ich extra und illegal für sie aus dem Polizeilager mitgebracht habe. Liegt es an ihrer altersgemäßen Launenhaftigkeit oder doch eher daran, dass das japanische Tastengerät mindestens so alt aussieht, wie es tatsächlich ist?

«Dad, ich bin jetzt Stadt!», höre ich sie noch sagen, ehe sie durch die Haustür verschwindet.

Aha. Sie ist jetzt Stadt.

«Um sieben bist du spätestens wieder hier», rufe ich ins Nichts.

Da Laurin bei einer Freundin zum Spielen ist, habe ich etwas Zeit für mich. Ich setze mich an das Notebook und schaue, ob Sandra online ist. Ist sie nicht. Dann bringe ich mich auf eintracht.de über meine Lieblingsmannschaft auf den neuesten Stand und diskutiere im Forum darüber, ob der brasilianische Mittelfeldspieler Caio doch noch den Durchbruch schafft oder nicht. Sandra ist immer noch off, wie man sagt.

Wer ist sie? Bis heute weiß ich weder, wie sie aussieht, noch, wie sie mit Nachnamen heißt. Habe ich sie überhaupt schon danach gefragt? Ich glaube, nein. Jedenfalls kann ich mich weiterhin nicht daran erinnern, eine Sandra aus meiner Schule gekannt zu haben, die drei Jahre jünger gewesen sein soll. Nachdem mir bisher genau diese Anonymität gefiel, entwickle ich momentan immer stärker das Bedürfnis, mehr über sie zu erfahren.

Ich gehe auf die Homepage meiner alten Schule und finde dort eine Ehemaligendatenbank. Dort können sich Exschüler und -schülerinnen zum passenden Abgangsjahr eintragen und ihre E-Mail-Adresse hinterlegen. Ich durchforste den Jahrgang 1994 und suche nach den Sandras. Ich finde zwei. Eine Sandra Bergmann und eine Sandra Salbach. Dann google ich beide Namen. Zu Sandra Bergmann bekomme ich 423 000 Einträge. Zudem weiß ich ja gar nicht, ob Sandra nach ihrer Heirat den Mädchennamen überhaupt behalten hat. Ich klicke dann auf «Bilder», in der Hoffnung, vielleicht ein Gesicht wiederzuerkennen. Dies ist bei Sandra Bergmann ebenso wenig der Fall wie bei Sandra Salbach.

Danach besuche ich die Homepage einer Rehaklinik auf der Insel Borkum. Hier müsste Franziska sein, denke ich. Nicht einmal das weiß ich genau. Angerufen hat sie ja. Die Kinder haben mit ihr gesprochen. Ich hätte nicht gewusst, was ich hätte sagen sollen. Beim Blick auf die Fotos dieser Klinik fühle ich mich ihr nahe, obwohl ich das Gefühl habe, sie von Tag zu Tag immer mehr zu verlieren. Ich schaue auf die Uhr. Laurin muss abgeholt werden. Ich steige ins Auto und denke mir, das läuft doch inzwischen einigermaßen, das mit den Kindern und mir.

Ich lobe Melina überschwänglich dafür, dass sie diesmal lediglich zwölf Minuten zu spät nach Hause gekommen ist.

«Und wie war's in der Stadt?», frage ich sie, während wir zu dritt am Tisch sitzen und Pizza essen. Ich habe den Wunsch meiner Kinder befolgt und zum dritten Mal in fünf Tagen beim Lieferdienst Pizza bestellt.

An den beiden anderen Tagen waren wir beim Türken Döner essen.

«Türken essen, Türken essen», skandierte Laurin vorgestern auf dem Weg dorthin durch Niddas Fußgängerzone. Es dauerte ein paar böse Blicke der Einheimischen, bis ich kapiert hatte, meinen Sohn auf die Seite nahm und ihm erklärte, dass wir keine Türken essen, sondern *beim* Türken essen möchten.

«Und wie war's in der Stadt?», frage ich nun Melina in unserer Küche ein zweites Mal, da auf meine erste Frage keine Antwort erfolgte.

«Gut», ist die knappe Antwort. Nicht mehr, nicht weniger. Wenn ich etwas aus dem Leben meiner Tochter erfahren möchte, das über Mängelbriefe aus der Schule hinausgeht, dann darf ich sie auf keinen Fall danach fragen. Ich muss ausharren, bis sie bereit ist, freiwillig zu erzählen. Dann muss allerdings auch alles stehen und liegen gelassen und Gewehr bei Fuß gestanden werden. Wenn ich sie direkt frage, ist sie genervt. Wenn ich sie allerdings nicht frage, ist sie auch genervt.

«Du interessierst dich doch einen Scheiß für mich», sagt sie dann. So habe ich mich entschieden, doch immer wieder aufs Neue zu fragen.

Laurin redet wieder viel mehr als in der ersten Zeit nach Franziskas Weggang. Ich bin froh, dass er mich endlich wieder häufiger mit Endlosgelaber nervt. Heute erzählt er, dass er ein Nadeltattoo haben möchte. Die neue Praktikantin im Kindergarten habe eins, am Po, das müsste ich unbedingt mal angucken, denn er möchte bitte genau das gleiche haben. Ich vermittle ihm, dass ich das eher schwirig finde. Beides, sowohl meinem Sohn zu gestatten, sich irreparabel beschmieren zu lassen, als auch den nackten Popo der Praktikantin zu begutachten.

«Dann will ich wenigstens eine Zahnspange», sagt Laurin. «Aber so 'ne feste, die nicht rausgeht, die ist auch cool.»

«Ah ja.»

Nachdem wir alle unsere Pizzas, Pizzen, Pizze, Pizzae oder wie auch immer gegessen haben und Melina sich ein paar Euro für das Einräumen der Geschirrspülmaschine verdient hat, drücken wir zu dritt wirr auf den Tasten des Keyboards herum. So richtig verstehen wir das Gerät nicht. Manchmal spielt es von alleine. Manchmal gar nicht. Plötzlich erzeugt man auf der linken Seite der Tastatur grauenhafte Modern-Talking-Sounds und auf der rechten nur dumpfe Basstöne. Melinas Interesse ist nahezu erloschen. Sie telefoniert wieder. Vielleicht hätte ich doch das neuere Gerät mitnehmen sollen. Dieses Keyboard hier war vermutlich auch bei Klaus Drossmann seit Jahrzehnten nicht im Einsatz. Als wir seinen Probenraum aufsuchten, stand es staubig und in Folien verpackt in der Ecke.

Um neun schicke ich Laurin ins Bett, widme mich der Live-Übertragung eines Champions-League-Spiels und hoffe wie immer, dass Bayern München verliert. Es ist ein langweiliges Spiel. Immer wieder fallen mir die Augen zu. Dann schrecke ich hoch. Aus Melinas Zimmer höre ich eine ebenso vertraute wie unangenehme Melodie. Sie dudelt aus dem Drossmann-Keyboard. Was ist das, denke ich? Das ist doch ...

«Melina», rufe ich herüber. «Spielst du das? Das kenne ich doch.»

«Nähh, das Schrottding spielt wieder alleine.»

Dann erkenne ich es. Es ist die Melodie von «Lass uns fummeln, Pummel».

Wie kommt denn bitte dieses Lied in das Keyboard?

Ich gehe in Melinas Zimmer. Sie steht mit verschränkten Armen vor Drossmanns Keyboard, das immer noch penetrant vor sich hin klimpert.

«Das ist da drauf gewesen. Das spielt das von alleine. Das ist doch dieser Herr-Bärt-Fuck, oder?»

«Ja», antworte ich. Nach einer Weile habe ich herausgefunden, dass dieser Song über den «REC-Modus» eingespielt wurde. In verschiedenen Spuren. Ich kann die Bass-Spur hören, die Melodiestimme, eine Akkordbegleitung und einen Streicherteppich. Klaus Drossmann hat diesen Song in sein Keyboard eingespielt und darauf gespeichert. Das Stück ist doch viel zu neu, denke ich. Dann hat Klaus Drossmann diesen Song vermutlich in seiner Mannheimer Musikantengruppe gespielt. Auf diesem uralten Keyboard? In seinem Raum waren zwei neuere Modelle aufgebaut. Dieses Gerät schien länger nicht mehr im Einsatz gewesen zu sein. Plötzlich habe ich eine Ahnung.

«Melina, ich muss nochmal ins Präsidium.»

«Was geht'n jetzt ab? Biste jetzt plötzlich der Superbulle, oder was?»

«Ja, nein ... also, ich muss jetzt los.»

Ich schlüpfe in meine Jacke und fahre zum Präsidium. Auch ich erkenne mich selbst nicht wieder. Ein Kommissar, der nachts noch ins Büro fährt, weil es ihn dort hintreibt. Meine Fresse!

Im Präsidium angekommen, suche ich in den Ermittlungsakten die Telefonnummer des Mannheimer Bandleaders, mit dem Klaus Drossmann die letzten Jahre musizierte. Ich finde sie. Ich blicke auf die Uhr. Es ist kurz vor zehn. Ich rufe trotzdem bei Jürgen Tinnig an. Es meldet sich eine Frau Tinnig. Ja, ihr Mann sei zu Hause. Im Hintergrund höre ich das Fußballspiel im Fernsehen laufen.

«Jürgen Tinnig, ja bitte?»

Ich entschuldige mich für die späte Störung, stelle mich vor und frage dann:

«Sagen Sie, haben Sie in Ihrem Repertoire, das Sie mit Klaus Drossmann gespielt haben, auch ‹Lass uns fummeln, Pummel› mit dabeigehabt?»

«Nein, nie», antwortet Jürgen Tinnig und lacht verächtlich. «Wir spielen zwar viel Scheiße, aber so tief sind selbst wir nicht gesunken.»

Ich muss auch lachen.

«Also nie?», hake ich nach. «Auch nicht geprobt?»

«Nein.»

«Mit welchen Keyboards hat er ...»

«Scheiße!», unterbricht er mich. «2:1 für Arsenal!»

Ich freue mich und nehme den Faden wieder auf.

«Was ich noch fragen wollte – mit welchen Keyboards hat Drossmann in Ihrer Band gespielt?»

«Mir gar keinem. Er hat E-Piano gespielt. Keyboard hat der Günni gespielt.»

Günni! Warum eigentlich müssen Feierabendmusiker immer solche Namen haben? Feierabendmusiker und Lastkraftfahrer!

«Kein Keyboard? Auch nicht so ein uraltes Yamaha-Ding?», bohre ich.

«Nein. Er hat immer nur Piano gespielt.»

«Herzlichen Dank, Herr Tinnig. Dann entschuldigen Sie noch einmal die späte Störung, und dann wollen wir doch mal hoffen, dass die Bayern das Ding noch drehen», heuchle ich und lege auf.

Mit einer mir sonst eher fremden Zielstrebigkeit, ja nahezu Verbissenheit gehe ich nun im Stechschritt zum Lager. Bei der Durchsuchung von Klaus Drossmanns Video- und Audiomaterial fehlte eine einzige Tonkassette. Dies fiel uns auf, da ja alle Bänder durchnummeriert waren. Eine Kassette aus dem Jahre 1988 mit der Nummer 167 war nicht aufzufinden. Ich suche mir die Kassetten 166 und 168 heraus, kehre zum Büro zurück und lege Nr. 166 in den Recorder der Belegschaftsküche. Roland Kaiser. Ich spule vor und höre einen Song, den ich bisher zum Glück nicht kannte. Ich spule weiter vor. «Rockin' All Over The World» von Status Quo. Enttäuscht nehme ich Kassette 166 heraus und lege Nr. 168 hinein. Wieder spule ich stichprobenartig herum. Dann höre ich das, was ich hören will. Es folgen offensichtlich selbst eingespielte Keyboard-Demos. Die Sounds erinnern eindeutig an die des Klaus-Drossmann-Keyboards. Ich spule wieder vor. Nun singt er auch. So wie es klingt, sind es eigene Songs.

Ich kann es nicht beweisen, aber ich bin sicher, dass es so ist. Wie es aussieht, habe ich die Verbindung zwischen Klaus Drossmann und Herr Bärt gefunden.

Ich versuche Markus Meirich zu erreichen. Sein Handy ist aber ausgeschaltet. Auf Festnetz zu Hause möchte ich ihn lieber nicht anrufen. Bei Miriam habe ich mehr Glück.

«Miriam, ich bin gerade im Büro und meine, etwas Wichtiges herausgefunden zu haben», verkünde ich ihr.

«Oha.»

«Hast du kurz Zeit für ein Gespräch?»

«Ja, habe ich, Herr Chef. Dann komm doch vorbei, ich bin zu Hause. Habe mir eh gerade eine Flasche Wein aufgemacht.»

Du liebe Güte, denke ich, wie das enden kann, weiß man ja. Egal.

«Wo wohnst du?», frage ich.

«In der Maurergasse 9», antwortet sie.

«Bin gleich da.»

Dann rufe ich zu Hause bei Melina an. Es ist fast halb elf. Ich erkläre ihr, dass ich wohl erst spät in der Nacht zurückkommen werde, und bitte sie, jetzt ins Bett zu gehen, da morgen Schule sei.

«Ja ja», sagt sie, obwohl sie natürlich «nein, nein» meint.

Eine Viertelstunde später stehe ich vor Miriam Meislers Wohnungstür.

«Meisler/Groß» steht auf dem Klingelschild. Aha. Ich klingle. Eine großgewachsene Frau um die dreißig mit grünem Brillengestell öffnet mir die Tür. Vermutlich Frau Groß. Du liebe Güte, fährt es mir durch das Hirn, diese Dame wird doch hoffentlich nicht eine von Monogamie überzeugte Lebensabschnittsgefährtin von Miriam sein. Nicht, dass ich jetzt noch zu allem Überfluss von einer militant übermotivierten lesbischen Feministin aus Eifersucht erschossen werde. Ich habe überhaupt gar nichts gegen lesbische Feministinnen, nur erschossen werden, das finde ich doof.

Doch da kommt mir schon Miriam in Jogginghose und Kapuzenpullover zu Hilfe. Wir gehen in die sogenannte Wohnküche.

Ich erzähle ihr vom Herr-Bärt-Gepummel in Klaus

Drossmanns Keyboard und von meinem Gespräch mit dem Mannheimer Musiker.

«Und was schließt du daraus?», fragt sie und gießt mir Weißwein in ein Ikeaglas.

«Mein Verdacht ist, dass Klaus Drossmann den Song ‹Lass uns fummeln, Pummel› vor über zwanzig Jahren geschrieben hat, zumindest beteiligt war. Warum sonst soll er auf diesem Keyboard sein?»

Miriam schaut skeptisch. Eine Geschirrspülmaschine der vermutlich ersten Generation rattert. Etwas lauter rede ich weiter:

«Ich bin mir sicher, dass das Demo zu diesem Song noch auf der fehlenden Tonkassette zu hören ist. Alle Kassetten sind vollzählig, nur diese eine fehlt.»

Miriam zieht die Brauen hoch. Ich fahre fort:

«Die fehlende Kassette stammt aus dem Jahr 1988. Das Keyboard ist ebenfalls aus dieser Zeit. 1988 hat Klaus Drossmann mit Herr Bärt zusammen musiziert. Zwanzig Jahre später bringt Herr Bärt dann den Song raus, hat diesen riesigen Erfolg und steckt sich dreist alle Tantiemen in die eigene Tasche, obwohl Drossmann das Ding geschrieben oder jedenfalls komponiert hat.»

«Aber es kann doch genauso gut sein», hakt Miriam ein, «dass Herr Bärt diesen Pummelfummel-Mist Ende der Achtziger geschrieben hat und Drossmann es nur eingespielt hat.»

«Natürlich kann das sein. Ich glaube es aber nicht.»

Meine Stimme wird noch lauter. Ich beginne mit den Händen herumzufuchteln wie Michel Friedmann oder Fritz von Thurn und Taxis und rede mich in eine Mischung aus hektischer Euphorie und euphorischer Hektik.

«Vater und Sohn versuchten beide hartnäckig Kontakt zu

Herr Bärt aufzunehmen. Warum wohl? Ich denke, sie wollten Geld. Klaus Drossmann hätten sämtliche GEMA-Einnahmen, zumindest für die Musikkomposition, zugestanden. Vermutlich wäre er Millionär geworden. Doch dagegen hatte Herr Bärt entschieden etwas. Er hat ihn darum auf dem Umzug erschlagen. Vermutlich hat Herr Bärt aber nicht damit gerechnet, dass der Sohn auch von der Komposition seines Vaters wusste.»

Miriam Meisler blickt mich aus leicht zusammengekniffenen Augen an. Dann steht sie auf, stellt sich vor das Küchenfenster, fährt sich mit der Hand durch ihr kurzes Haar und sagt:

«Wenn du recht hast, könnte es so gewesen sein, dass Herr Bärt vom jungen Drossmann erpresst wurde. Mensch Alter, natürlich, diese Lebensgefährtin von Herr Bärt, diese Jenny Siegl, die hat doch davon gesprochen, dass sie ein Telefongespräch belauscht hat, in dem es um 100 000 Euro ging, die Herr Bärt bezahlen soll, dass er die Kohle aber nicht hätte und er deswegen so unter Druck stand und aggressiv war und so.»

«Der junge Drossmann muss die fehlende Kassette gehabt haben», sage ich. «Die hat er uns vorenthalten, er hat sie versteckt und damit dann den Bärt erpresst. Und Herr Bärt hat sich des Problems entledigt, indem er Frank Drossmann Pflanzenschutzmittel hat trinken lassen. Nichts Selbstmord ... meine Fresse.»

Alles wirkt so schlüssig. Doch was nun? Miriam und ich scheinen denselben Gedanken zu haben.

«Können wir irgendetwas beweisen? Nicht wirklich, oder?», fragt sie und setzt sich im yogaesken Schneidersitz wieder auf ihren Stuhl.

«Nee, wohl nicht.»

Ich denke eine Weile nach.

«Wir können weder beweisen, dass Klaus Drossmann wirklich der Komponist ist, noch dass Herr Bärt beide Morde begangen hat», sage ich.

Miriam nickt.

«Aber wir haben eine neue Spur, eine Idee», sage ich leicht trotzig. «Einen klaren Verdacht, dem wir nachgehen können. Und wir haben Markus wieder im Team.»

Unruhig rutsche ich auf dem von mir besetzten Holzküchenstuhl herum. Mein Rücken schmerzt leicht, und ich frage mich, ob es am Alter oder am Küchenstuhl liegt. Vermutlich an beidem.

«Traust du dieser Pappnase Herr Bärt wirklich zwei so kaltblütige Morde zu?», fragt Miriam. «Ich kann mir eigentlich auch nicht vorstellen, dass der Mord auf dem Faschingsumzug geplant war. Wenn man so etwas vorhat, sucht man sich doch eine andere Location aus, oder? Und die Eisenstange spricht auch eher dafür, dass es im Affekt passiert ist.»

«Es kann doch sein, dass Drossmann und Herr Bärt sich hinter dem Feuerwehrhaus gestritten haben, dann lag da die Eisenstange rum, und dann ist es passiert. Ist doch egal, ob geplant oder nicht.»

Plötzlich steigen in mir wie aus dem Nichts wieder Zweifel auf. Die Sicherheit, dass es so gewesen sein muss, weicht. Der Schwung ist dahin. Auch die Geschirrspülmaschine rattert nicht mehr. Was, wenn das alles mit den Morden nichts zu tun hat, wenn ich mich in einer fixen Idee verrenne? Werde ich übermütig, nur weil ich gegen meine sonstigen Gepflogenheiten so etwas wie kriminalistischen Spürsinn entwickelt habe? Weil ich eine Idee habe? Ich traue mir nicht.

«Alles klar?», fragt Miriam.

«Was?» Ich schrecke aus meinen Gedanken hoch. «Ja, klar.»

«Noch 'n Wein?»

Ich lasse mir noch ein halbes Glas eingießen.

Die große Frau Groß betritt, diesmal ohne grüne Brille, die Küche, sagt «Sorry», holt sich einen Joghurt aus dem Kühlschrank, ersticht mich nicht mit dem Küchenmesser und verschwindet wieder. Ich blicke ihr nach. Ich bin neugierig, traue mich aber nicht, Miriam zu fragen, in welchem Verhältnis sie zu Frau Groß steht. Stattdessen sage ich:

«Ich will mich dafür einsetzen, dass du bei uns im Team bleiben kannst. Auch wenn Markus jetzt wieder da ist. Ich finde, du bist ein Gewinn für uns.»

Miriam lächelt. «Das ist nett von dir, aber ...»

Sie hält inne und nippt an ihrem Glas.

«Ja? Was aber?»

«Ich werde hier weggehen.»

Ich spüre einen kleinen Stich.

«Ich gehe nach Berlin», sagt sie. «Ich habe dort die Möglichkeit, eine Ausbildung zur Hauptkommissarin zu machen. In Kreuzberg. Vorgestern habe ich die Zusage bekommen. Auf diese Erfahrung will ich nicht verzichten. Im September fange ich an.»

Mir fällt kein Blick zu dem, was sie sagt, ein.

«Berlin ... verstehe ich nicht», sage ich. «Was hat Berlin, was der Vogelsberg nicht hat?», flüchte ich mich in Sarkasmus.

Miriam antwortet nicht. Niemand kann so gut schweigen wie sie. Ich will nicht, dass sie geht, und würde es ihr am liebsten sagen.

«Die Zeit hier war schon o.k.», sagt sie dann und rückt näher zu mir.

«Und so'n Typ wie dich gibt's in ganz Berlin bestimmt auch nicht, aber irgendwie muss ich da jetzt hin.»

Ich fühle mich schon wieder verlassen, auch wenn dieser Gedanke sehr unangemessen daherkommt. Und noch unangemessener empfinde ich die Tränen, die sich plötzlich in meinen Augenwinkeln sammeln. Miriam umarmt mich und riecht gut. Ich beginne, scheu herumzuweinen, und wundere mich, wie wenig peinlich es mir ist.

Hey, Sandra, du bist ja noch wach?

Hallo, Henning. Ja, kann nicht schlafen.

Warum?

Muss zu viel denken.

Woran?

An alles und nichts.

So genau wollte ich's nicht wissen.

Dann tut's mir leid.

Was ist denn los?

Ach, ich weiß nicht. Manche Sachen kann man nicht einfach locker-flockig in eine Tastatur tippen.

Klar.

Wie isses bei dir? Habt ihr den Fall abgeschlossen? Selbstmord?

Im Moment läuft das in eine andere Richtung.

Wie?

Willst du das jetzt wirklich wissen? Nicht lieber schlafen?

Nee. Erzähl!

Ich überlege kurz, ob ich das Fass aufmachen will. Doch da ich eh an nichts anderes denken kann, entschließe ich mich, Sandra meine Gedanken und Ideen zu Bärt, dem Fummel-Song, dem Keyboard, der Kassette und den toten Drossmännern mitzuteilen.

Wieder wundert es mich, warum sie sich so sehr für diesen Fall und noch mehr für mich interessiert. So schreibe ich ihr auch noch, dass Miriam Meisler die Kripo verlassen wird.

Du magst sie sehr, oder?

Ja, schon. Es kotzt mich an, dass sie geht. Sie hat etwas, was eigentlich überhaupt nicht in diesen Polizeistyle passt. Das wird mir sehr fehlen. Mit niemandem kann ich so gut lästern. Und sie hat mit Mitte 20 eine innere Ruhe und Klarheit, die ich mit 104 nicht haben werde.

Es folgt wieder eine der inzwischen schon legendären «Gesprächspausen».

Ich blicke auf die Uhr. Es ist 1.46 Uhr. Um 1.47 Uhr meldet sich Sandra wieder.

Hast du dich in sie verliebt?

Nun muss ich mir eine Pause nehmen. Ich denke nach, dann schreibe ich:
Nein. Habe ich nicht. Es ist was anderes, was ich für sie empfinde.

Es ist, was es ist.

Genau. Ist das nicht ein Gedicht von Erich Fromm?

Freud.

Freud?

Fried, mein ich natürlich. Hab mich vertippt ...

Fried, richtig. Siegmund Fried hieß der ...

Blödmann!

Franziska mochte Erich Fried. Mochte. Jetzt schreibe ich schon so, als wäre sie tot. Sie hat übrigens hier angerufen.

Oh. Und hast du mit ihr gesprochen?

Nein. Ich war nicht da. Aber die Kinder.

Und, hättest du gerne?

Jetzt geht das einseitige Frage-Antwort-Spiel wieder los, oder was?

Genau. Also? Hättest du gerne?

Ja. Hätte ich.

Gute Nacht.

Gute Nacht.

Ich bin müde. Doch an Schlaf ist nicht zu denken.

Ich lege eine DVD mit der französischen Pianistin Hélène Grimaud ein. Sie spielt dort äußerst dramatisch Tschaikowsky. Es geht mir dabei aber nicht um Tschaikowsky. Es geht nicht darum, was, sondern wie sie spielt. Manchmal sieht sie dabei aus wie Franziska. Deswegen gucke ich das.

21. KAPITEL
• • •

Als ich am nächsten Morgen nach schlappen vier Stunden Schlaf das Präsidium betrete, kommt mir Miriam bereits im Flur aufgeregt entgegengestürmt.

«Henning, komm schnell, das ist der Hammer. Es sieht aus, als hättest du wirklich recht. Wir haben jetzt etwas gegen den Bärtarsch in der Hand.»

Es fällt mir schwer, sowohl ihrem Laufschritt als auch ihren Worten zu folgen.

«Wie, was?», hechle ich ihr mit Berlusconi an der Leine hinterher, da sind wir schon im Büro. Markus Meirich und Teichner stehen um meinen Schreibtisch herum.

«Was ist das?», frage ich, während ich auf einen Pappkarton blicke.

«Ein Geschenk vom Finanzamt», antwortet Teichner.

«Das Gießener Finanzamt hat Frank Drossmanns Schreibtisch geräumt und uns gebeten, seine persönlichen Sachen abzuholen», erläutert Markus.

«Und hier sind sie», trällert Miriam. «Na, mach schon auf.»

Ein wenig komme ich mir vor, als wär ich elf und es ist Heiligabend.

Ich nehme den Deckel ab. In der Kiste liegen eine Kassette und zwei Blatt Papier. Schnell ist mir klar, dass es die fehlende Kassette Nr. 167 ist. Auf einem der Zettel lese ich:

Herbert!
Da ich dich telefonisch wohl nicht erreichen soll und du dich ständig verleugnest – dann halt auf diesem Weg: per Brief.

Du weißt genau, ich hab den Pummel-Song geschrieben! Und ich kann es auch beweisen. Ich habe noch die Aufnahme von 1988 und auch einen handgeschriebenen Text. Du hast ihn ja kaum verändert. Es ist unglaublich dreist! Vor 20 Jahre als ich ihn dir vorgespielt habe, fandest du ihn scheiße und wolltest ihn auf gar keinen Fall aufführen. Und dann bringst du ihn auf deinen Namen raus. Betrüger!!!

Jetzt will ich das, wo mir zusteht. Ich biete dir folgendes an: entweder du überweist mir pauschal einen Betrag von 800 000 Euro oder ich mache alles öffentlich. Dann ist deine Kariere am Ende und es wird bestimmt noch teurer für dich. Lass uns das so lösen, ohne Öffentlichkeit. Das ist für uns beide besser. Aber zur Not lass ich mich auch anzeigen. Dann werd ich aber auch erzählen, wie viel Videos du von mir gekauft hast. Also, du merkst, ich mein es ernst. Ruf mich an. Meine Nummer steht auf der Rückseite.

KD

«Und das lag im Finanzamt einfach so rum?», frage ich.

«Na ja, die Box steckte in einer abgeschlossenen Schublade», antwortet Teichner.

«Den Brief hat Sohn Drossmann wahrscheinlich im PC seines Vaters entdeckt. Er hat die Datei dann wohl gelöscht, und es ist davon auszugehen, dass er dann auch Herr Bärt erpresst hat», sagt Markus.

«Und auf der Kassette ...?»

«... sind mehrere Versionen des Liedes drauf. Mit und ohne Gesang», sagt Miriam. Sie boxt mir jovial gegen die Schulter.

«Henning, du Wunderbulle. Du hast richtiggelegen.»

Ich kann meinen Stolz nur schwer unterdrücken, lächle unsicher vor mich hin, lasse mich auf meinen Schreibtischstuhl sinken und atme tief durch.

Ich nehme den zweiten Zettel. Dort steht handgeschrieben das ganze Elend in Form des kompletten Textes von «Lass uns fummeln, Pummel». Dafür sind Menschen gestorben?

«Jetzt haben wir den Herr Ernie am Sack», grunzt Teichner.

«Wen haben wir?», fragt Miriam.

«Ei, den Herr Bärt natürlich. Ernie – Bärt? Verstehste? Klingelt's? Na?»

Dann lacht er über seinen eigenen Scherz. Ebenso ausgiebig wie alleine.

Wir diskutieren noch eine Weile, wie wir weiter vorgehen wollen. Uns ist klar, dass wir nun ausgezeichnete Indizien für ein Mordmotiv von Herr Bärt haben. Aber Beweise, dass er die Morde begangen hat, haben wir nicht. Wir beschließen, uns noch nicht um einen Haftbefehl zu kümmern, sondern weiter zu ermitteln und Herr Bärt so schnell wie möglich in seinem Domizil in Bad Homburg zu besuchen. Außerdem wollen wir mit Carola Mörtelspecht von der Künstleragentur und mit Piepmaus Jennifer Siegl sprechen. Etwas unsicher sind wir bei der Frage, wie groß die Fluchtgefahr ist, wenn der Stimmungsmusikbarde sich nun mehr und mehr unter Druck gesetzt fühlen sollte. Da werden wir aufpassen müssen. Meine Güte, es läuft mal aber so richtig rund bei der Kriminalpolizei Oberhessen. Und das Verblüffendste dabei: Ich bin mittendrin.

Keine Stunde später steht der Gesprächstermin mit Herr Bärt. Markus Meirich hat ihn auf dem Handy erreicht und sich für 15 Uhr in Bad Homburg angekündigt.

«Wie hast du das geschafft?», frage ich. «Der redet doch nur noch über seinen Anwalt mit uns.»

«Ich habe mich so unterwürfig gegeben, dass er mir eine Audienz gewährt hat», antwortet Markus. «Außerdem habe ich gesagt, dass ich eh in der Nähe sei und nur ein paar kleine, kurze Fragen hätte, um die Fälle Drossmann abzuschließen. Ich denke, wenn wir zunächst keinen Druck aufbauen, wenn er sich sicher fühlt, dann könnte er ins Plaudern kommen. Vielleicht macht er dann wirklich einen Fehler.»

Wie recht er hat, denke ich. Es ist exakt nicht so, wie wir damals in Regensburg aufgetreten sind.

«Kommst du mit?», fragt mich Markus.

Nachdem ich in den letzten Tagen und Wochen Laurin im Schlumpfloch immer seltener abholen konnte und er immer wieder mit seinem besten Freund Lucas mitgegangen ist, stecke ich heute in der Alleinerzieher-Zwickmühle. Cornelia, die Mutter von Lucas, hat mich schon in der letzten Woche gebeten, am heutigen Tag ihren Sohn mit zu uns zu nehmen, da sie einen wichtigen Termin habe.

«Ich würde sehr gerne», antworte ich Markus und meine es auch so. «Aber ich habe heute wirklich einen Engpass mit den Kindern.»

Es muss hundert Jahre her sein, dass ich das letzte Mal eifersüchtig war. Was ist mit dieser Miriam? Irgendwas hat er doch mit der. Das spüre ich, ich bin doch nicht blöd. Und dann ist die auch noch so jung. Ich bin wirklich eifersüchtig. Und es fühlt sich richtig gut an.

Um 13.30 Uhr sitze ich neben Markus Meirich im Polizeidienstwagen; wir fahren nach Bad Homburg. Auf der Rückbank haben Laurin und Lucas Platz genommen. Laurin und Lucas kennen sich bereits seit vor ihrer Geburt. Ihre Mütter haben gemeinsam einen Geburtsvorbereitungskurs belegt. Franziska hatte sich damals entschieden, nach neun Jahren Gebärpause noch einmal einen solchen zu besuchen. Es hätte ja sein können, dass Geburt nun anders geht. Ich hatte mich dagegen entschieden, aus Solidarität erneut in den Beckenboden zu atmen. Da sich beide Mütter damals äußerst gut verstanden, blieb den Jungs nicht anderes übrig, als sich anzufreunden. Die Freundschaft hält bis heute, die der Mütter hat sich eher zu einer Zweckgemeinschaft rückgebildet. Als Eltern kleiner Kinder knüpft man ohnehin nicht unbedingt Freundschaften zu denen, die man sympathisch findet, sondern eher zu solchen, die passende Kinder im Angebot haben. Man findet sich dann zu Notgemeinschaften zusammen. Ich erinnere mich an diverse Silvesterpartys, auf denen wir mit all den Eltern der Kleinstadt «feierten», die auch keinen Babysitter gefunden hatten. Meist waren das Bekannte von Bekannten der eigenen Bekannten, die selbst wiederum ganz kurzfristig absagen mussten. So kam es vor, dass man zum Jahresende ausschließlich mit Menschen zusammensaß, die man weder kannte noch mochte. Spätestens ab halb zehn waren dann alle Gespräche eingefroren, jegliches Blei vergossen und das Fondue verspeist. Von da an saß man die Zeit ab und war ausschließlich damit beschäftigt, alle drei Minuten die Frage der übermüdeten Kinder zu beantworten, wie lange es denn noch dauere, bis endlich Mitternacht sei.

Laurin und Lucas verhalten sich oft wie Brüder. Sie vergleichen sich ständig. Wer kann besser lesen, fester schießen, länger Computer spielen, länger aufbleiben, kürzer schlafen, schneller laufen, wohnt im größeren Haus, hat das schnellere Auto, den stärkeren Papa oder die dickere Mama? Diese Fragen werden unentwegt gestellt, und die Suche nach den Antworten gestaltet sich recht häufig nicht ganz konfliktfrei. Ich bin Markus sehr dankbar, dass er ohne Protest diesen Betreuungsengpass mitträgt und mich sogar noch darin bestärkt hat, die Jungs einzupacken.

Die Stimmung ist schlecht. Nicht bei Markus und mir, sondern bei Laurin und Lucas. Sie streiten. Ich bitte sie mehrmals, den Konflikt in einer minderen Lautstärke auszutragen. Das scheint nicht möglich, was mich ärgert. Ich beginne zu bereuen, dass ich sie mitgenommen habe. Vielleicht hätte ich doch darauf verzichten müssen. Ich hatte Cornelia zwar gefragt, ob es in Ordnung gehe, dass ihr Sohn einen Ausflug nach Bad Homburg mitmacht, habe allerdings unterschlagen, dass wir einen mutmaßlichen Doppelmörder besuchen. Natürlich werden die Kinder im Auto warten. Ich habe mein Notebook dabei und ihnen versprochen, sie dürften in der Zeit, in der Markus und ich Herr Bärt verhören, im Auto eine DVD schauen.

Trotzdem, so ganz wohl ist mir bei der Sache nicht. Was, wenn Herr Bärt durchdreht?

Kurz hinter der Ausfahrt Bad Nauheim-Süd, blökt Laurin:

«Du bist nicht mehr mein Freund!»

«Du auch nicht», schreit Lucas zurück.

Der seit vierzig Minuten schwelende Streit hat somit seinen vorläufigen Höhepunkt erreicht.

Danach macht sich ein so eisiges Schweigen breit, dass ich es irgendwann nicht mehr aushalte. Zeit zu intervenieren:

«Was soll denn der Zirkus? Worüber habt ihr denn gestritten?»

«Ich hatte keinen Streit!», sagt Laurin.

«Ich auch nicht!», sagt Lucas.

Danach herrscht noch eisigeres Schweigen.

«Aber warum seid ihr denn keine Freunde mehr?», versuche ich es noch einmal. Markus grinst.

«Der Lucas hat gesagt, dass ich doof bin, vorhin!»

«Stimmt gar nicht!», kreischt Lucas. «Ich hab gesagt, dass du manchmal doof bist, weil du nämlich zu mir gesagt hast, dass ich ein Blödmann bin.»

«Mir doch egal, ich bin ja nicht du.»

«Du aber auch nicht!»

Wieder setzt eine kurze Stille ein.

«Außerdehem», legt Laurin nach, «du heulst ja immer gleich, wenn wir uns streiten.»

«Gar nicht!», kontert Lucas weinerlich.

«Ich wollte mich vorhin mit dir vertragen, du ja nicht.»

«Aber ich will mich ja jetzt vertragen», jammert Lucas.

«Ich aber nicht! Mit dem Calvin kann ich mich immer gleich vertragen ... wenn ich das will. Der ist mein Freund.»

Nun schalte ich mich wieder als Mediator ein:

«Nur weil ihr einen Streit habt, heißt das doch noch lange nicht, dass ihr keine Freunde mehr seid. Beste Freunde haben immer mal Streit, und dann klären die das, und dann ist wieder gut.»

«Ich hab gar keinen Streit», sagt darauf Lucas.

«Ich auch nicht», brüllt Laurin.

Dann gebe ich alles: «So, ich schlage vor, jeder sagt dem anderen, was ihn geärgert hat, und dann vertragt ihr euch, okay? Und dann seid ihr bestimmt wieder Freunde.»

«Wieso? Wir sind doch Freunde», wendet Laurin ein.

«Genau!», pflichtet Lucas bei.

Ein Hauch von Harmonie weht durch das Auto. Ich bin erleichtert. Markus Meirich vermutlich auch.

«Ich finde das toll, wie ihr euren Streit geklärt habt», sage ich. «Das kriegen viele Erwachsene nicht so gut hin.»

«Genau!», ruft Lucas, «meine Mama hat schon mal geweint, als sie sich mit meinem Papa gestritten hat.»

«Jajaja, meine auch, meine auch, und mein Papa schmeißt immer die Tür zu.»

«Ja, so ist das wohl manchmal …», räume ich ein.

«Meistens weinen die Mamas», sagt darauf Lucas.

«Du aber auch!», sagt Laurin.

«Stimmt ja gar nicht! Blödmann», schreit Lucas und fängt an zu heulen.

«Jetzt bist du nicht mehr mein Freund!», sagt Laurin.

«Du aber auch nicht!», beendet Lucas vorerst die Diskussion.

Ich nutze die wohl leider nur vorübergehende Stille, um mit Markus über den Fall zu sprechen. Beide haben wir das Gefühl, dass wir nahe daran sind, das Ding abzuschließen. Markus betont noch einmal, wie wichtig er es findet, gerade jetzt Geduld zu haben und nicht mit der Brechstange Herr Bärt verhaften zu wollen. In dem Fall bekämen wir das von seinen Anwälten um die Ohren gehauen, meint er.

«Weißt du schon, dass Miriam nach Berlin geht?», frage ich ihn.

«Ja, sie hat es mir heute Vormittag während einer Kaffeepause erzählt. Schade, ne?»

«Ja, wirklich schade.»

«Aber ich kann's verstehen. Sie ist jung, und ich finde, der Vogelsberg passt auch nicht wirklich zu ihr.»

«Aber der Vogelsberg kann Menschen wie sie gut gebrauchen.»

Markus schmunzelt. «Na ja, und drei Jahre Distanzbeziehung ist dann wohl selbst für eine Individualistin wie Miriam zu viel», sagt er, während es in Strömen zu regnen beginnt.

«Distanzbeziehung?», frage ich verwundert.

«Ja, in Berlin wohnt doch ihr Freund. Weißt du das nicht?»

«Ihr Freund?»

«Ja. Der studiert doch da.»

«Ach so, der ... ja, klar», nuschele ich.

Auf der Rückbank wird es wieder unruhiger. Diesmal geht es darum, wer schon wie oft Cola wo und wie viel getrunken habe.

Dann klingelt mein Handy. «Melina», sagt das Display.

«Na Melina, in welchem Fluss liegt Berlusconi denn diesmal?», versuche ich zu scherzen.

«Dad?»

Melina klingt bedrückt.

«Ja? Ist alles in Ordnung?», frage ich besorgt.

«Mama ist nicht in Borkum.»

Ich spüre, wie mein Herz schneller zu schlagen beginnt.

«Wie kommst du darauf?», frage ich sie.

«Ich hab im Internet alle Kliniken rausgegoogelt. Das sind drei Stück. Dann hab ich da überall angerufen. Die kennen alle keine Franziska Bröhmann. Da war auch nie eine da.»

«Das müssen die so sagen», erwidere ich. «Die dürfen keine Auskünfte geben.»

«Aber die ham mir trotzdem sagen können, dass da ganz

sicher keine Mum als Patientin da war oder ist. Und es stimmt auch nicht, dass die Familie grundsätzlich nicht anrufen darf», sagt Melina.

«Lass uns da heute Abend in Ruhe nochmal drüber reden, okay?»

Doch Melina lässt sich nicht abwimmeln.

«Ich hab mich auch schon gewundert, dass die Mama neulich am Telefon immer voll rumgedruckst hat, wenn ich sie nach der Insel gefragt hab. Wie's da so aussieht und so. Dad, fuck, was geht da ab?»

«Beruhige dich. Ich denke schon, dass sie dort ist. Guck mal, woher sollen die wissen, dass du wirklich die Tochter bist? Da könnte doch jeder anrufen. Die dürfen dir eben nichts sagen.»

«Ei neeee. Die haben zu mir gesagt, wir dürfen dir keine Infos über Patienten am Telefon geben. Aber wir wissen genau, dass deine Mutter keine Patientin bei uns ist. – Haste das jetzt mal gerafft?»

«Ja, habe ich. Ich glaube dir das ja auch. Wie gesagt, wir quatschen heute Abend, o. k.?»

«Ja.»

Nun scheint sie sich ein wenig zu beruhigen.

«Und denke bitte an Englisch. Ihr schreibt doch morgen, oder? Versuch dich bitte darauf zu konzentrieren. Ich frag dich heute Abend ab.»

«Hohh Mann, musste net.»

«Ich weiß, dass ich es nicht muss. Ich mache es aber trotzdem ... Melina? ... Hallo?»

Sie hat aufgelegt.

Herr Bärts Haus steht in einer, wie man so schön sagt, besseren Wohngegend am Waldrand von Bad Homburg. Die

Bäume, die an beiden Seiten der Straße stehen, kommen genauso klobig und klotzig daher wie sein Haus. Schon von weitem ist zu erkennen, dass hier einer der ganzen Welt zurufen möchte: Schaut alle her, ich habe Geld!

Laurin erkundigt sich, warum wir nicht so ein Haus hätten. Ich lasse die Frage für den Moment unbeantwortet. Markus parkt direkt neben Herr Bärts Einfahrt.

Wir sind fast pünktlich. Ich lege eine Spiderman-DVD in den Laptop, die für Fünfjährige natürlich völlig unpassend ist. Die Hoffnung, dass die Jungs dadurch gebannter vor dem Bildschirm sitzen werden, als wenn sie beispielsweise «Ferien auf Saltkrokan» schauten, halte ich für äußerst begründet. Zudem minimiert sich dadurch die Sorge, dass sie auf die Idee kämen, aus dem Auto auszusteigen.

Markus und ich betreten das Bärt-Grundstück. Die Türglocke klingt so geschmacklos wie ihr Besitzer. Eine kleine Frau öffnet. Sie gehört zu der Gruppe der Menschen, die die Mehrheit der Deutschen nicht in «ihrem» Land haben wollen, trägt ein Kopftuch und spricht die deutsche Sprache brüchig. Herr Bärt scheint nichts gegen ihre Anwesenheit zu haben und integriert sie vermutlich, indem er sie für wenig Geld sein Haus putzen lässt.

«Herr Bärt nicht da, tut leid», sagt sie.

Wann er denn wiederkäme, fragt Markus.

«Nichts weiß, auch Frau Jennifer nicht da, nichts. Herr Bärt in Saunatherme, Frau Jennifer nicht weiß.»

«Ist Herr Bärt hier in Bad Homburg in der Therme?», frage ich nach.

«Bad Homburg, Therme ja, gegangen, Stunde halb.»

Markus und ich überlegen kurz, ob wir im Haus warten wollen, entscheiden uns dann aber, zur Therme zu fahren, um dort am Ausgang auf ihn zu warten. Wir verabschieden uns bei Herr Bärts Putzhilfe und kehren zum Auto zurück. Markus ärgert sich, dass der Kerl sich nicht an den vereinbarten Termin gehalten hat.

«Was denkt er denn, wer er ist», flucht er laut in Richtung Taunus.

Laurin und Lucas sind zutiefst enttäuscht, dass wir nach so kurzer Zeit wieder zurück sind. Sie befürchten, dass es schon vorbei sein könnte mit der Spiderman-Herrlichkeit. Ich erlaube ihnen aber, auch während der Fahrt zur Therme weiterzugucken, und erkläre ihnen, dass wir dort eine Weile auf jemanden warten müssten. Die Jungs nehmen das desinteressiert zur Kenntnis und kleben mit ihren Nasen ebenso hartnäckig am Notebook wie Spiderman an den Wänden amerikanischer Wolkenkratzer.

Zehn Minuten später erreichen wir das Parkhaus der übermotiviert großen Bad Homburger Taunus-Therme.

Die Kinder lassen wir wieder im Auto sitzen. Markus und ich machen uns auf den kurzen Weg durch den Kurpark zum Eingangsbereich der Therme. Dort nehmen wir auf einer Sitzbank Platz. Es duftet nach Sauna-Aufgüssen und Haarshampoos. Wir beobachten Drehkreuze, durch die sich die Gäste mit riesigen Taschen hinein- oder herausdrehen, und blättern dabei in diversen Broschüren herum. Ich lerne, dass wir uns hier an der Pforte eines «kunstvollen Traumes aller Wasserfreuden dieser Erde» befinden. Zudem stünden auch noch «die Elemente der Antike Pate: Wasser, Feuer, Luft und Erde». Hier würde «Badespaß pur» geboten, und zwar «etwas japanisch und etwas finnisch».

«Was machen wir eigentlich, wenn sich Herr Bärt noch sechs Stunden diesem kunstvollen Traum aller Wasserfreuden hingibt?», frage ich Markus, der bereits unruhig durch die Wartehalle auf- und abtigert.

«Henning, lass uns die Kinder holen und hier reingehen», sagt er. «Wenn wir Glück haben, finden wir Bärt, wenn nicht, waren wir wenigstens mal wieder in der Sauna.»

Ich merke schnell, dass Markus den Vorschlag durchaus ernst meint.

«Aber wir haben doch keine Badehosen dabei», wende ich ein, denke dabei an die Spiderman-Hochhäuser und erzähle darauf Markus meinen Lieblingswitz, bei dem sich zwei Hochhäuser treffen und das eine das andere fragt, ob es mit Fußball spielen wolle, es dann aber nicht dazu kommt, da es vorgeworfen bekommt, dass es keine Turnhose trüge. Markus findet den Witz eher mittel und erklärt, man könne hier bestimmt alle Bade-, Sauna- und Spa-Spaß-Utensilien ausleihen. Ich lasse mich überzeugen und mache mich auf den Weg zurück zum Parkhaus, um die Kinder zu holen. Markus will derweil zwei Bademäntel, zwei Herren- und zwei Kinderbadehosen sowie genügend Handtücher ausleihen und die Tickets kaufen.

Wenig später kämpfen wir uns mit den begeisterten Kindern durch diverse Armbänder-, Einlasstickets- und Spindmarken-Fragestellungen und betreten frisch geduscht und mit hässlichen Badetextilien bekleidet das Erdgeschoss der «Quelle der Erholung».

Ich erinnere mich plötzlich, dass ich früher mit meinen Eltern schon einmal hier gewesen sein dürfte. Es muss in den frühen achtziger Jahren gewesen sein. Ich war ungefähr zwölf Jahre alt und langweilte mich zu Tode, da man nicht vom Beckenrand springen durfte. Diese Regel gilt auch heute noch, stelle ich fest, während Laurin und Lucas mit

Anlauf arschbombend synchron im Thermal-Therapiewärmebecken landen. Ich nehme mich daraufhin der Kinder an und weise sie ausreichend streng ins Regelwerk ein.

Im gesamten Erdgeschoss finden wir keinen Herr Bärt. Markus hat alle verfügbaren Außen- und Innen-, Kälte- und Wärmebecken durchschwommen und ihn auch im asiatisch angehauchten Selbstbedienungsrestaurant nicht angetroffen.

«Wahrscheinlich ist er oben im Saunabereich», schlussfolgert er.

«Schwierig, in diesem Riesen-Dingsbums jemanden zu finden», entgegne ich.

«Ich gehe oben mal gucken», sagt Markus. «Wenn ich ihn gefunden habe, gebe ich dir Bescheid.»

«Alles klar, ich bleibe so lange hier unten bei den Kindern», antworte ich und beobachte, wie Lucas versucht, als Spiderman die Außenwand der Solegrotte hinaufzuklettern.

Markus Meirich steigt die Wendeltreppe nach oben und verschwindet in der «Sauna-Landschaft».

Es dauert keine zehn Minuten, da sehe ich ihn halbnackt oben auf der Treppe mit den Armen herumfuchteln. Er hat wohl Herr Bärt ausfindig machen können. Ich rede flehend auf die zwei Vogelsberger Spiderbuben im Wasser ein, dass ich mich doch bitte auf sie verlassen können möchte, wenn ich sie nun unbeaufsichtigt ließe, und flitze die Treppe hinauf.

«Er sitzt in der Feng-Shui-Sauna», flüstert mir Markus zu.

«Wo bitte?», keuche ich zurück.

«In der Feng ... egal, halt da drüben in der kleinen Sauna.»

«O. k., dann gehen wir jetzt da rein, oder was?», frage ich.

«Unbedingt», antwortet Markus.

Wir drängeln uns durch unzählige nackte Menschen mit Badeschlappen hindurch, bis wir vor der Holztür der Feng-Dings-Sauna stehen.

«Ui, die ist aber voll», sage ich, als ich an Holzhaken hunderte Bademäntel baumeln sehe.

«Die würde ich aber ausziehen», sagt Markus und deutet dabei auf meine Leihbadehose.

«Hier ist textilfrei!», höre ich von hinten zusätzlich eine ledrig solargebräunte Uschi Glas für Arme keifen. Ich streife mir die Hose ab, greife nach meinem Handtuch, öffne die Tür und besteige mit Markus die mittlere Saunabank.

Dort sitzt tatsächlich Herr Bärt. So wie ihn Gott geschaffen hat. Wobei ich für den Herrgott hoffen möchte, dass er seinerzeit nicht so genau hingeschaut hat. Wir zwängen uns neben ihn. Ich sitze links, Markus rechts. Wir haben ihn sozusagen in der Saunazange.

Herr Bärt blickt zu Markus, dann zu mir und wirkt kurz etwas verunsichert.

«Ei, was issn jetzt, Kerle, ei, richtisch, euch hab ich ja ganz vergesse», sagt er und verliert dabei einen Schweißtropfen, der direkt aus seiner Achselhöhle heraus den Weg zu meinem Fuß findet. Ich ziehe den Fuß zur Seite und bemerke, dass ich das falsche Handtuch mit hineingenommen habe. Es war das kleine. Meine Füße stehen nackt auf dem Holz, was mindestens so verboten ist wie Arschbomben im Thermalbecken. Links über mir sehe ich aus dem Augenwinkel Uschi Glas mit dem Kopf schütteln. Gegenüber entdecke ich ein Schild an der Wand: «Kein Schweiß aufs Holz.»

Ich höre Markus zu Herr Bärt flüstern: «Wir hatten einen Termin bei Ihnen zu Hause und haben Sie dort nicht angetroffen. Freundlicherweise hat Ihre Putzfrau uns informiert, dass Sie hier sind.»

«Und jetzt wollt ihr Bursche hier in der Sauna de Molli mache, oder was?», entgegnet Herr Bärt.

«Aber nicht doch. Wir haben nur ein paar Fragen, die können wir aber gerne gleich ...»

«Psssst», kommt von hinten.

«Wir können uns gleich gerne an der Saunabar unterhalten. Es wäre toll, wenn Sie uns weiterhelfen könnten», schleimt Markus flüsternd weiter.

«Kerle Kerle, ihr seid mir 'n paar Spezialiste», stöhnt der Schlagerstar. Ich atme tief durch und bemühe mich, mich bei neunzig Grad nicht allzu sehr aufzuregen.

«Bissi kurz, dein Handtuch, hä?», sagt er dann zu mir, lacht kurz auf und rammt mir dabei seine gleichermaßen verschwitzte wie behaarte Schulter in die Seite.

«So mache mer's», nuschelt er dann zu Markus. «In zehn Minute an der Bar, geht in Ordnung.»

Herr Bärt haucht darauf ein lautes, stöhnendes, lustvolles «Hohhhh» in die Sauna. Ein schmatzendes Geräusch erklingt, als er mit den Händen den Schweiß auf seinem Bauch verteilt und zerreibt. Danach schüttelt er laut ausatmend seine Hände aus. Das meiste geht auf sein Handtuch, ein bisschen trifft mich. Ich schnappe mein Minihandtuch und flüchte, indem ich über einen ganzkörperrasierten, tätowierten Bodybuilder steige, aus der Sauna. Markus Meirich feixt mir hinterher.

Mit dem zu kleinen Handtuch um die Hüften renne ich ungeduscht wieder zurück in den Schwimmbereich, wo ich Ausschau nach den Jungs halte. Ich sehe sie durch eine Wassergymnastikgruppe tauchen. Ertrinken werden sie schon nicht, versuche ich mich zu beruhigen, als mir mit einem Mal schwarz vor Augen wird. Meine Beine werden zu Gummi, ich suche nach Halt und greife torkelnd in die künstliche Hüfte einer alten, einer sehr alten Dame. Ich falle zu Boden, kann mich aber gerade noch so abstützen, dass ich mich beim Sturz nicht verletze, und verliere dann für kurze Zeit Bewusstsein und Handtuch.

Für einen Moment muss ich im Nichttextilfrei-Bereich textilfrei auf dem Boden gelegen haben, denke ich, als ich wieder zu mir komme, ein riesiges geblümtes halbnasses Badehandtuch auf mir liegen sehe und pubertierende Jugendliche kichern höre. Ich blicke um mich herum in drei, vier besorgte Gesichter, die mir Sachen sagen wie: «Trinken, Sie müssen trinken.» Das tu ich und stelle fest, dass meine Haut noch dampft. Ich hätte mich nach dem Saunagang wohl besser kalt abduschen sollen, bevor ich eine Treppe herunterrenne. Mit jedem Schluck Wasser lässt der Schwindel glücklicherweise nach. Laurin und Lucas haben meine Schwächephase nicht bemerkt und vergnügen sich nun im Kinderbecken, wo sie einjährigen Mädchen Wasserbälle wegnehmen.

Ich stehe langsam auf, finde mein eigenes am Boden liegendes Handtuch wieder, tausche es mit dem fremden aus und gebe es der Besitzerin dankend zurück. Dann stelle ich mich unter eine kalte Dusche und lasse meine Körpertemperatur in Regionen zurückkehren, die es für mich angenehmer machen weiterzuleben. Mit langsamen Schritten bewege ich mich zurück in den Saunabereich. Dort finde ich meinen geliehenen Bademantel wieder, ziehe ihn über und suche die Bar auf, an der ich bereits Markus Meirich und Herr Bärt sitzen sehe.

«Ach, da bist du ja», begrüßt mich Markus. «Alles klar? Du bist ja ganz blass ...»

«Geht schon», nuschle ich und setze mich mit an den kleinen runden Tisch.

Herr Bärt hat, wie soll es auch anders sein, ein riesiges Weizenbier vor sich stehen und sitzt in seinem Bademantel so breitbeinig da, dass ich unfreiwillig das sehen muss, was ich in diesem Moment und in allen anderen Momenten meines Lebens überhaupt gar nicht sehen will.

Markus scheint seiner Einschleimtaktik treu geblieben zu sein.

«Ich glaube Ihnen das natürlich, dass Sie den Fummel-Song allein geschrieben haben», sagt er. «Trotzdem muss es ihn schon zu der Zeit gegeben haben, als Sie mit Klaus Drossmann im Duo spielten.»

«Isch hab vorneweg über de große Zehennagel gepeilt tausend Songs geschribbe. Isch weiß, dass mein Hit schon ein paar Jahre bei mir in der Schublade laach. Aber im Zusammehang mit dem Drossmannklaus hätte ich den net gebracht», sagt Herr Bärt. Er nimmt einen großen Schluck und rülpst in sich hinein. Danach monologisiert er drei bis vier Minuten über seine Fähigkeiten als Musiker, Texter und Komponist.

«Manschma denk isch mir, es wär bessä, isch dät net alles könne, da hätt isch manschma ein bissi mehr Ruh vor mir selbst. Wisst ihr, wie isch mein?»

«Jaha», macht Markus.

«Wisst ihr, wie isch mein?», wiederholt Herr Bärt etwas lauter.

Markus nickt wieder geduldig und lächelt höflich.

«Wir mussten feststellen, dass der verstorbene Sohn Frank Drossmann recht verhaltensgestört war», fährt Markus fort. «Er bedrohte oder erpresste kurz vor seinem verzweifelten Selbstmord wahllos sehr viele Menschen. Hat er vielleicht auch Sie bedroht?»

«Nö!»

«Nein?»

«Nö! Isch tu den gar net kenne.»

Eine Glocke läutet.

«Hier, Freunde der Sonne, wenn sonst nix mehr anlieche tut, dann dät isch gleich gern de nächste Aufguss mitnemme.»

«Eine Sekunde bitte noch», sagt Markus und wird sofort wieder unterbrochen.

«Sachte ma, wo habt ihr dann euer Polizeimäusche gelasse? Das letzte Mal, habt ihr doch so'n Meedsche dabeigehabt, oder net, Henning?», wendet er sich nun mir zu. «Die war bestimmt vom annern Ufer, oder? Egal, die hätt isch trotzdem allemal lieber in der Sauna gehabt als euch zwei Kerleburschе. Warum habt ihr die net mit eingepackt?»

Dann lacht er unschön.

«Die Kollegin Meisler ...», beginne ich nun einen Satz.

«Och guggemado, der klaane Henning kann ja doch selber rede. Isch dacht schon, du sitzt wie damals da in Reeschensburg wieder nur doof dabei. Dein Vatter war 'n anders Kaliber, mein lieber Herr Gesangsverein ...»

Die Restfarbe weicht aus meinem Gesicht. Herr Bärt steht auf.

«Mir sind dursch, oder? Dann entschuldischt misch. Und grüße an den alten Herrn, gelle? Sei froh, dass er disch hier net nackt und stumm bei der Arbeit sehe muss. Bis die Taache.»

Wieder wird mir schwindelig. Es ist weniger der Kreislauf, es ist mehr der Zorn.

Ich stehe auf und halte Herr Bärt am Bademantelärmel fest. Wütend starre ich in sein erschrockenes Gesicht.

«Pass auf!», zische ich ihm zu. «Wir wissen, dass du da warst. Wir wissen, dass du bei Frank Drossmann in der Wohnung warst. Wir wissen, dass er dich erpresst hat. Wir wissen, dass sein Vater das Lied geschrieben hat und er somit als Erbe Anrecht auf die Tantiemen hatte. Wir wissen, dass du ihn vergiftet hast.»

Herr Bärt schluckt. Dann schaut er zu Markus und sagt: «Spinnt der jetzt?»

Markus ist über mein Vorgehen alles andere als erfreut. Das erkenne ich in seinen Augen, die mich weit aufgerissen anblicken.

Herr Bärt wendet sich mir wieder zu.

«Wie kommst dann du auf so 'nen Scheiß?»

«Ich weiß es von Ihrer Freundin, von Frau Siegl. Die ist Ihnen gefolgt und hat mir berichtet, dass Sie nach Gießen zur Wohnung von Frank Drossmann gefahren sind», lüge ich.

«Mir reicht's», sagt er knapp und zieht ab. Er geht an der Aufguss-Sauna vorbei und verschwindet in Richtung Herrentoilette.

«Bist du von allen guten Geistern verlassen?», fährt mich Markus an. «Scheiße, du hast es vermasselt, die ganze Taktik ist im Arsch. Er wird nun nichts mehr sagen. Mann, Henning!»

Ich lasse mich auf den Bistrostuhl fallen und trinke den Rest meiner Apfelschorle. Markus ist aber noch nicht am Ende.

«Und wie kannst du da die Jennifer Siegl mit reinziehen?»

Er hält kurz inne.

«Oh Gott, die muss geschützt werden. Wir müssen zu ihr, bevor Herr Bärt bei ihr ist. Scheiße Mann, ich hab sooo 'n Hals, Henning!»

Irgendetwas ist nun anders. Ich reagiere nicht, wie ich es gewohnt bin. Ich ziehe nicht zurück, sondern sage:

«Ich weiß, was ich tu. Und ich bringe das zu Ende.»

Ich erschrecke nicht einmal vor meinen eigenen pathetischen Worten, sondern füge trocken hinzu: «Lass uns die Kinder einpacken und zu Jennifer Siegl fahren.»

Ich setze mir ein symbolisches Blaulicht aufs Haupthaar und ziehe von dannen.

Markus rennt mir hinterher, und ich höre ihn sagen: «Henning, so geht das nicht.»

Doch es interessiert mich nicht, was er sagt. Das hier, das ist mein Fall.

Eine Viertelstunde später sitzen wir wieder im Auto. Diesmal ist die Stimmung bei Laurin und Lucas besser als bei Markus und mir. Markus fährt. Ich suche die Nummer von Jennifer Siegl in meinem Handy heraus und wähle sie an.

«Hallo?»

«Frau Siegl, hier ist Henning Bröhmann von der Kripo Osthessen. Wir müssen zu Ihnen. Wo sind Sie?»

«Zu Hause. Was ist denn los?», piepst sie.

«Wo zu Hause? Bei Herr Bärt?»

«Ja.»

«Alles klar. Wir sind gleich bei Ihnen.»

Ich lege auf.

Wir rasen durch Bad Homburg und erreichen innerhalb weniger Minuten Herr Bärts Villa.

«Dürfen wir mit rein?», fragt mich Laurin allen Ernstes, als Markus das Auto zum Stehen bringt.

«Auf gar keinen Fall», antworte ich schärfer als gewollt. «Guckt ihr euren Film weiter.»

Ein schwarzer Angeber-Audi steht quer in der Einfahrt. Herr Bärt. Er ist schon da. Ich renne voraus. Markus hinter mir her. Als wir die Haustür erreichen, hören wir bereits Geschrei. Wir klingeln. Niemand öffnet.

Dann sehen wir ungefähr hundert Meter von uns entfernt plötzlich Jennifer Siegl durch den Garten rennen, gefolgt von einem aufgebrachten Herr Bärt.

«Hilfe», ruft sie wenig einfallsreich.

«Schlampe», brüllt der Barde noch einfallsloser zurück.

Dann ahne ich Schlimmstes. Jennifer Siegl läuft zielstrebig auf unser Auto zu. Herr Bärt ist inzwischen nur noch eine Armlänge hinter ihr.

Ich rufe «Scheiße» und blicke dann zu Markus Meirich.

«Mach die Türen zu», schreie ich ihn an und meine damit, er soll die Autotürenschlüsselfernbedienung bedienen. Doch dies in dieser Situation auszuformulieren, würde eindeutig zu lange dauern. Markus ist zu spät. In dem Moment, wo er auf seinen Schlüssel drückt, hat Jennifer Siegl bereits eine Tür aufgerissen.

«Stehen bleiben», brülle ich und zücke meine Waffe.

Doch es hilft nichts mehr. Auch Herr Bärt hat die Autotür zu greifen bekommen und springt zu Jennifer Siegl und den beiden Fünfjährigen ins Auto.

Ich sehe, dass Laurin mit dem Notebook auf dem Fahrersitz sitzt und Lucas den Beifahrer gibt. Auf der Rückbank hat Herr Bärt Jennifer Siegl umklammert und hält ihr einen Gegenstand an den Hals, der im ungünstigsten Fall ein Messer ist. Irgendetwas schreit er herum.

Auch ich schreie herum, während Markus und ich uns bewaffnet dem Auto nähern.

«Lassen Sie die Kinder raus!»

Dann sehe ich, wie Herr Bärt auf die Kleinen einredet. Dabei hält er noch immer das Messer an Jennifer Siegls Hals. Viel zu lange tut sich danach nichts. Wie erstarrt stehe ich mit Markus vor unserem Auto, die Waffe in der Hand, und warte darauf, dass sich irgendetwas zum Guten ändert. Doch es beginnt nur wieder stärker zu regnen. Dann öffnet sich plötzlich die Beifahrertür, und Lucas läuft hinaus. Markus rennt zu ihm und hält ihn fest. Gott sei Dank, er lässt die Kinder raus. Eins zumindest. Aber was ist nun mit Laurin? Laurin!

Viele Eltern machen sich zu Recht sorgenvolle Gedanken darüber, was mit ihren Kinder passiert, wenn sie viel zu viel, viel zu früh nicht altersgemäße Medien konsumieren. Es heißt, dass die Gehirne das nicht vernünftig verarbeiten könnten und das Gefühl für die Realität verloren gehe. Im schlimmsten Fall holen sich einige von ihnen dann irgendwann nach einer schlechten Note in Mathematik das Jagdgewehr vom Vati aus dem Schrank und ballern in der Schule herum. Was aber passiert, wenn Fünfjährige Heldenfilme konsumieren, die erst ab zwölf freigegeben sind? Auch sie verlieren den Bezug zur Realität. Sie fühlen sich wie Spiderman. Nein, sie sind Spiderman.

Nachdem also Lucas das Auto durch die Beifahrertür verlassen hat, warten wir gespannt darauf, dass die Fahrertür aufgeht und sich auch Laurin in Sicherheit bringen kann. Doch wieder geschieht zu lange nichts. Der kalte Regen und die Angst lassen mich zittern. Herr Bärt fuchtelt noch immer mit einem Messer am bepuderten Hals seiner Freundin herum.

Dann passiert es. Laurin öffnet die Tür, doch bevor er das

Auto verlässt, schwingt er plötzlich das Notebook und wirft es mit voller Kraft auf Herr Bärt. Herr Bärt schreit auf und hält sich den Kopf. Jennifer nutzt die Gelegenheit, greift nach dem Messer und rennt aus dem Auto.

Was aber macht Laurin? Nachdem er dem Bösewicht das Notebook an den Kopf geworfen hat, springt er aus der Autotür, rennt aber nicht zu mir, sondern klettert über die Motorhaube auf das Dach und legt sich, alle viere von sich streckend, auf den Bauch. Spiderman!

Markus zerrt den benommenen Herr Bärt aus dem Auto und bringt ihn unter Polizeigewalt, wie man so schön sagt. Ich hebe meinen Sohn vom Auto, und ich weiß nicht, ob ich lachen oder weinen soll, als ich ihn in die Arme schließe.

Herr Bärt ist noch immer außer sich.

«Undankbare Schlampe», brüllt er. «Was isch der alles ermöglischt hab, und das ist der Dank!»

Und dann kommt es:

«Verrate tut die misch. Einfach verrate», kreischt er. «Was hätt isch dann tun solle? Hunnerttausend wollt der habbe. Der wollt misch fettischmache. Mit dem war net zu rede.»

«Und dann haben Sie Frank Drossmann vergiftet?», fragt Markus.

«Ei ja, es wär ja immer weitergegange, der hätt misch fettischgemacht.»

Ei ja, ein Geständnis.

«Hiermit nehme ich Sie unter dringendem Verdacht fest, die Morde an Klaus und Frank Drossmann begangen zu haben», höre ich Markus sagen, während ich meinen Miniheld weiter im Arm halte. Vor ein paar Wochen pinkelte er noch ins Bett, jetzt gibt er den furchtlosen Actionheld.

Als ich seinen Freund Lucas an die Hand nehme, graut mir

im selben Moment vor der Aufgabe, seiner Mutter von unserem fröhlichen Nachmittagsausflug erzählen zu müssen.

«Wieso Klaus und Frank?», fragt Herr Bärt dann in die Richtung von Markus. «Nix da. Das mit dem Drossmann Klaus, da hab isch nix mit zu schaffe.»

Am Abend des 19. März nimmt eine große Showkarriere ein jähes Ende. Herr Bärt legt im Polizeipräsidium ein ausführliches Geständnis ab. Ich halte es für reine Taktik, dass er ausschließlich den Mord an Frank Drossmann gesteht und nichts mit dem an dessen Vater zu tun haben will. Vermutlich erhofft er sich dadurch ein milderes Urteil. Alle unsere Vermutungen bestätigen sich. So gibt er zu, dass das Lied «Lass uns fummeln, Pummel» tatsächlich von Klaus Drossmann stammte. Er hätte ja nicht ahnen können, dass der Quatsch so erfolgreich werden würde. Als Klaus Drossmann dann den Kontakt zu ihm suchte und ihn mit dem Brief unter Druck setzte, habe er sich vorgenommen, ihn zu ignorieren.

Wir alle, Miriam, Markus, Teichner und ich, sitzen zufrieden Herr Bärt am Verhörtisch gegenüber.

«Wusste Ihre Agentur, dass es Probleme mit den Songrechten geben könnte?», frage ich ihn.

«Ei, isch hab der Mörtelspescht gesacht, dass so 'n Bekloppter behaupte tut, dass er das Lied geschribbe hat. Und ihnen uffgetrache, net mit dem zu schwätze.»

«Und dann hat Klaus Drossmann Sie auf dem Faschingsumzug in Nidda aufgespürt. Da haben Sie dann die Nerven verloren», sagt Miriam Meisler, die es äußerst bedauernswert fand, bei der spektakulären Verhaftungsaktion nicht dabei gewesen zu sein.

«Kerle, habt ihr Scheiße uff de Ohr'n? Nee, isch habe damit nix zu tun! Isch geb zu, isch war net allzu traurig, dass durch die Aktion dort mein Problem sich von alleine zu löse schien. Doch dann muss ja der Sohn durschdrehe.»

«Er hat Sie erpresst?», fragt Teichner nach.

«Der wollt hunnerttausend. Isch hab dem gesacht, dass isch net mehr flüssisch bin. Isch hab misch ein bissi, wie soll isch saache, bei einige Geldanlagen verspekulationiert. Der wollt quasi einem nackte Mann noch Geld aus der Tasche ziehn.»

Bei «nackter Mann» muss ich an Herr Bärts Anblick in der Sauna denken. Ich wechsele gedanklich schnell das Thema.

«Als isch bei dem junge Drossmann war, wollt isch das mit dem klär'n. Erst als der sisch quergestellt hat, hab isch dem das Gift ins Bier geschüttet.»

«Sie haben es in Erwägung gezogen, ihn umzubringen. Sonst nimmt man ja wohl kein Pflanzenschutzmittel mit, oder?», hakt Markus ein.

«Ja, sischer. Isch hab die Chance gesehe, dass das dann wie'n Selbstmord aussehe könnt. Hätt ja fast geklappt …»

«Sagen Sie», fährt Markus fort, «Ihre Managerin, die Carola Mörtelspecht, war doch auf dem Faschingsumzug. Sie wollte dort etwas Wichtiges mit Ihnen besprechen. Worum ging es da?»

«Die wollte, dass isch misch mit dem Drossmann-Klaus einige. Dass isch uff den zugehe. Die hatte Angst, dass der klagt. Die kricht ja uff all meine Einnahmen zwanzig Prozent. Isch war mir sischer, dass der net klacht. Der hatte sisch mit seinen Spannervideos vor zwanzisch Jahre selbst so ins Abseits geschosse, dass der sisch lieber im Hinnergrund hält.»

«Na ja», wende ich ein. «Wenn es um sehr viel Geld geht,

dann können einem doch ein paar peinliche Filme egal sein. Die Strafe hätte er doch locker in Kauf nehmen können.»

«Ihr kennt da net alles. Der hat noch ganz annere Sachen gefilmt. Glaubt's mir, der hatte schon escht Dreck am Stecke. Isch weiß da noch mehr, als es zum Beispiel dein Vatter tut.»

Ich erröte. Mir fällt ein, dass mein damaliges Gespräch mit meinem Vater keinen Einzug in die Akten erhielt. Schnell rede ich weiter:

«Beim Sohn, beim Frank Drossmann, sah das anders aus. Der hätte als Erbe die Freiheit gehabt, Sie nach allen Regeln der Kunst zu verklagen. Zumal er mit den betreffenden Tonkassetten und dem Drohbrief alle Trümpfe in der Hand hatte.»

«Eben», sagt Herr Bärt.

Wenig später beenden wir das Gespräch und lassen Herr Bärt in Untersuchungshaft bringen.

Miriam, Markus, Teichner und ich bleiben noch eine Weile um den Tisch sitzen.

«Was denkt ihr?», fragt Markus. «Hat er wirklich nur den Sohn auf dem Gewissen?»

«Ich bin sicher, er hat beide umgebracht», sage ich schnell.

«Er wirkt immer wie ein oberhessischer Volltrottel, dabei hat er den Mord an Frank Drossmann so akribisch geplant, da traue ich ihm zu, dass er den Doppelmord nur leugnet, um ein paar Jahre weniger zu bekommen.»

Miriam stimmt mir zu, selbst Teichner nickt. Markus bleibt skeptisch. «Ich werde auf jeden Fall nochmal mit der Mörtelspecht reden.»

Ich blicke auf die Uhr. Es ist fast acht. Ich muss und will

nach Hause. Als ich meine Jacke anziehe, stellt sich Markus zu mir.

«Das hätte heute Nachmittag auch verdammt in die Hose gehen können. Das war Harakiri. Wir hätten das absprechen müssen. Wir hatten eine andere Taktik.»

«Ja», sage ich. «Aber ich musste es so machen. Ich weiß auch nicht, warum.»

Dann gehe ich.

22. KAPITEL
• • •

Ich will nach Borkum. Ich will wissen, wo Mama ist. Fuck!»

Melina funkelt mich aggressiv an. Ein falsches Wort, und es eskaliert. Weitere Versuche, sie zu besänftigen, sind völlig sinnlos.

«Okay», sage ich, «ich ...»

«Gut, wann geht's los?», unterbricht sie mich.

«Nein, ich meine ...»

«Hohhh Mannnn», kreischt sie und springt von ihrem Stuhl auf.

Dann werde auch ich laut. «Jetzt hör mir mal zu und halt einmal die Klappe! – und zwar gleichzeitig!»

Melina erwägt kurz, noch lauter zu brüllen, entscheidet sich dann aber, nach Betrachten meines tatsächlich äußerst entschlossen daherkommenden Gesichtsausdruckes, für Klappehalten. Sie setzt sich wieder auf ihren Küchenstuhl und blickt mich schweigend an. Ich sehe plötzlich Franziska in ihr. So ähnlich waren sie sich noch nie.

«Wir machen es so: Wir rufen gleich bei Petra an. Du weißt, Petra ist Mamas beste Freundin. Bei ihr war sie, kurz bevor sie in Kur nach Borkum ...»

«Sie ist da nicht», fällt mir Melina ins Wort.

«Egal, Petra muss wissen, wo sie ist.»

«Wieso weiß die das und wir nicht?»

«Damit wir Moms nicht suchen. Damit sie ihre Ruhe hat und wieder gesund wird. Das ist nichts gegen uns, verstehst du?»

Melina fängt an zu weinen. Ich stelle meinen Stuhl neben

ihren und nehme sie in den Arm. Ich sage nichts. Ich halte sie nur. Sie legt ihren Kopf gegen meine Brust und lässt Wimperntusche und Kajaldings hemmungslos auf meinem weißen Hemd zerlaufen.

Dann gieße ich ihr Cola nach, hole Chips aus dem Schrank und erzähle ihr von ihrem Spiderbruderhelden.

Da muss sie giggeln.

«So», sage ich dann, «jetzt rufen wir bei Petra an. Willst du?», frage ich und halte ihr das Telefon hin.

«Gib her», sagt sie entschlossen und wählt. Wir stellen auf laut, damit ich mithören kann.

Es meldet sich Oliver, Petras Mann, der Melina altklug darauf hinweisen muss, wie spät es schon ist. Es ist 22.48 Uhr.

Ich verdrehe die Augen, denn es ist nicht vier Uhr morgens, sondern Viertel vor elf. Dann meldet sich Petra.

«Melli, was ist denn? Ist was passiert?»

«Nein, nix passiert. Ich will von dir nur die Wahrheit wissen», sagt meine Tochter.

Ich höre ein Schlucken durch die Telefonleitung.

«Ich weiß, dass Mama nicht in Borkum in Kur oder so ist.»

Petra ringt spürbar nach Worten.

«Hat dein Papa dir gesagt, dass du anrufen sollst?», stammelt sie.

«Nö. Der ist gar net da», lügt Melina zurück. «Mama hat hier angerufen. Ich hab gemerkt, dass da was nicht stimmt. Und dann hab ich gegoogelt. Ich will das jetzt wissen. Sie hat eh davon gelabert, dass sie bald wiederkommt.»

«Dann lass ihr doch noch die Zeit.»

«Nö! Die Zeit ist over, Alter. Ich will jetzt wissen, wo sie ist.»

Der saß wie 'ne Eins, der Satz. Wieder durfte ich was lernen, nämlich dass das «Alter» geschlechtsneutral verwendet werden kann.

«Melli, ich kann das ja verstehen, aber ich habe deiner Mutter versprochen ...»

«Also, isse wirklich nicht in Borkum?»

«Nein, ja. Ach, Scheiße ...»

Einen kurzen Moment herrscht Stille.

«Melli», sagt Petra dann wieder, «ich habe deiner Mama versprochen, es nicht zu verraten. Sie ist meine beste Freundin. Du willst doch auch nicht, dass deine beste Freundin ein Geheimnis, das du nur ihr anvertraut hast, weitererzählt, oder?»

«Nee», sagt Melina kleinlaut.

«Hör zu. Ich weiß, dass es deiner Mama wieder besser geht. Und ich weiß auch, dass sie bald wiederkommt.»

«O.k.», gibt sich meine Tochter zufrieden und legt auf. Dann schaut sie zu mir und sagt: «Beste Freundin verraten, nee, das geht gar nicht», und verschwindet in ihrem Zimmer.

Nun ist es still. Die Geschehnisse der vergangenen Stunden rattern mir durch den Kopf. Ich würde mich gerne freuen. Darüber, dass wir Herr Bärt verhaftet haben und dass ich einen großen Teil dazu beigetragen habe. Doch es klappt nicht. Nicht einmal ein Gefühl der Zufriedenheit möchte sich einstellen. Ich spüre vielmehr eine Schwere. Es ist nicht die Schwere des Selbstmitleids und des Memmens, die mir so gut bekannt ist. Es ist was anderes. Ich schleppe mich zum Flügel und setze mich auf die Klavierbank. Meine Hände spielen ganz leise Akkorde, die ich lange ausklingen lasse. Ich schließe die Augen und denke an Franziska. Wenn ich mich doch nur wenigstens mal wieder mit ihr streiten könnte. Wenn ich mich doch wenigstens mal wieder über sie ärgern dürfte. Oder sie sich über mich. Wenn wir uns wenigstens mal wieder doof finden könnten.

Wie sich ein Flügel nur so verstimmen kann, denke ich, als meine Harmonien immer mehr ins Mollige abzustürzen drohen. Er steht rum, tut nix und verstimmt einfach, wenn sich keiner um ihn kümmert. Früher kam einmal im Jahr so ein Mensch, der das in Ordnung brachte und der Werkzeuge hatte, um alles wieder in Stimmung zu bringen. Und zwar wohltemperiert. Ein sehr komplexes Unterfangen an einem sensiblen Instrument, das regelmäßiger Pflege bedarf. Stimmt der Flügel nicht, kann man noch so virtuos spielen, es wird trotzdem nicht gut klingen. Ich habe oft gemeinsam mit der damals kleinen Melina der Prozedur beigewohnt. Es war beeindruckend zu beobachten, wie dieser Mann hingebungsvoll minutenlang gleiche Intervalle anschlug, dabei Nuancen hörte, die niemand sonst wahrnahm, und mit seinem Stimmhammer unzählige Saiten meisterhaft zum 440-hertzigen Wohlklang brachte. Dafür brauchte er Zeit, Ruhe, Geduld, Geschick, Gespür, Wissen und ein brillantes Gehör.

Manchmal kam dieser Mann auch zwei- bis dreimal im Jahr, je nachdem, wie exzessiv Franziska übte oder wie stark das Klima sich änderte.

Irgendwann hat sich das Klima so stark verändert, dass er gar nicht mehr kam.

Ich blicke hinüber zum Bücherregal. Im unteren Fach stehen die Fotoalben. Ich gehe hin und ziehe mir wahllos einige heraus. Ich betrachte Franziska. Als skifahrende Studentin, als heiratende Frau, als werdende Mutter, als gewordene Mutter. Als schöne Frau. Mein Magen macht Stepptanz. Mein Hals kocht Klöße. Ich nehme mir das nächste Album heraus, eins mit Fotos aus Franziskas Jugend. Es stammt aus der Zeit, in der sie so alt war wie Melina heute. Ich sehe Bilder von einer Klassenfahrt nach Berlin, bei der die Mauer noch stand, Bilder von einem Urlaub mit Petra und deren Eltern ... auf einer Berghütte in der Schweiz ...

Hey, Sandra, komm mal wieder on

Ich warte. Um Mitternacht war sie doch sonst fast immer online. Warum nicht jetzt?

Ich warte weiter. Dann fällt mir ein, dass ich noch mit Berlusconi rausmuss. Ich öffne die Terrassentür und lasse ihn im verwilderten Garten seinen Geschäften nachgehen. Derweil rauche ich. Ich muss wieder aufhören, denke ich, und zünde mir eine zweite an. Nach der Hälfte mache ich sie aus und kehre zum Notebook zurück.

Nun ist Sandra online.

Hey, was gibt's?

Du wirst es nicht glauben – der Fall ist geklärt. Wir haben Herr Bärt verhaftet.

Das ist ja der Hammer. Herzlichen Glückwunsch!

Danke ...

Hat er gestanden?

Ja. Das heißt, so halb. Den einen Mord, den an dem Sohn Drossmann schon, den ersten, den an dem Vater, dagegen nicht. Aber ich denke, er hat beide Morde begangen.

Und wie habt ihr ihn drangekriegt?

Erzähl ich dir ein anderes Mal. Bin zu müde. Wie geht's dir?

Gut, danke.

Das reicht mir nicht.

Wie? Das reicht dir nicht???

Ich möchte gerne mehr von dir wissen.

Geht das schon wieder los.

Genau. Das schon wieder …

Pause

Jetzt nicht.

Wo genau ist das, wo du lebst? Wo liegt deine Hütte?

Willst du mich besuchen, oder was?

Warum nicht?

Aha. Und dann?

Na, dann lernen wir uns mal richtig kennen …

Jetzt bekomme ich Angst …

Solltest du auch

Und was würde deine Frau dazu sagen?

An dieser Stelle denke ich lange darüber nach, was ich antworten soll. Dann schreibe ich:
Keine Ahnung. Ich würde viel dafür geben, sie fragen zu können.

Nach einer weiteren kurzen Pause, die sich «Sandra» nimmt, schreibt sie mir die Adresse der Hütte, mit einer kurzen Wegbeschreibung, wie sie zu Fuß zu erreichen ist.
Es ist Freitagnacht, kurz vor Mitternacht, und ich weiß jetzt schon, wer morgen früh mit Tochter, Sohn und Hund einen Kurztrip in die Schweiz unternehmen wird.

Heute habe ich mich rangetraut. Ich hatte sie in den Kleiderschrank unter die Wolldecken gelegt. Ganz nach unten. Es war das Erste, was ich tat, als ich hier oben ankam. Selbst die Fensterläden waren noch zu. Irgendetwas in mir hat tatsächlich gehofft, dass ich es vergessen könnte. Oder dass ich die Zeit hier oben zurückdrehen und all dies ungeschehen machen könnte. Wenn ich hier an diesem kleinen Holztisch über mich nachdachte oder meine Gedanken aufschrieb, habe ich versucht, diesen einen Sonntag auszublenden. Es ist mir auch oft gelungen. Aber nicht immer. Und eben gerade, nachdem ich Henning meine Adresse geschickt hatte, bin ich zum Schrank gegangen und habe sie herausgeholt. Ein bisschen hatte ich gehofft, dass sie dort nicht mehr liegt. Dass sie dort nie gelegen hat. Dass ich sie dort nie hingelegt habe.

Dann habe ich sie zum Laufen gebracht.

23. KAPITEL
• • •

Sie will, dass ich zu ihr komme. Sie will mich wiedersehen, sonst hätte sie mir die Adresse nicht geschickt. Sie wird aber nicht damit rechnen, dass ich so schnell bei ihr sein werde. Und dass ich nicht alleine bin.

Ich habe Melina und Laurin um sechs Uhr in der Frühe geweckt.

«Steht auf», habe ich gesagt. «In einer Stunde sitzen wir im Auto und fahren in die Berge, zu eurer Mutter.»

Beide sprangen, ohne weitere Fragen zu stellen, aus ihren Betten und saßen vierzig Minuten später mit Berlusconi im Auto. Ich schickte noch schnell jeweils eine SMS an Markus und Miriam, damit sie wissen, wie schlecht ich in den nächsten beiden Tagen zu erreichen sein werde.

Ich habe zurückgespult und mir das angeguckt. Und wieder hätte ich beinahe gekotzt. Was für eine Drecksau. Auf der Kassette sind nur solche Aufnahmen. Ich hatte mich also nicht getäuscht, als ich ihn sah, wie er mit der Kamera hinter Melina herlief. Melina, die gar nicht auf dem Umzug sein durfte. Schon gar nicht in diesem Kostüm. Sie würde als Nutte gehen, sagte sie zu Hause und meinte das auch noch ernst. Und dieser Mann mit der furchtbaren Maske steigt ihr nach und filmt sie bis unter den Minirock. Melina hat es nicht bemerkt. Sie hat auch mich nicht gesehen. Mein Gott, dann ging alles so schnell. Ich packte ihn am Arm. Er drehte sich um, blieb kurz stehen. Ich weiß nicht mehr genau, was er zu mir sagte. Ob ich Lust auf einen Privatfilm hätte, oder so etwas. Dann lief er weg. Weg von der Menschenmasse, hinein in eine Nebenstraße. Ich hinter ihm her. Ich hörte mein Herz schlagen und meinen Tinnitus im linken Ohr immer schriller werden. Er ging in Richtung

Feuerwehrhaus. Ich glaube, er merkte nicht, dass ich ihm folgte. Ich weiß nicht, warum ich es tat. Ich konnte nicht anders. Es war diese Wut, die mich fast zerspringen ließ. Erst als ich ganz dicht hinter ihm war, bemerkte er mich wieder. Er drehte sich um. Ich riss ihm seine Sensenmannkappe vom Kopf. «Schlampe», sagte er dann. Und noch irgendetwas. Dann packte er mich und zog mich hinter das Haus.

«Du scheinst es ja wirklich zu wollen», sagte er. Er lachte. Ich glaube nicht, dass ich geschrien habe. Dann löste ich mich von seinem Griff und schlug nach ihm. Ich traf ihn nicht. Und seine Kamera lief wieder. Er hielt das Objektiv in der Kamera auf meine Brust. Dann sah ich diese Eisenstange.

Es stört mich, wenn ich im Kino oder im Fernsehen Ehedramen sehe, bei denen am Ende immer alles so mirnichtsdirnichts gut ausgeht. Eben tut sich ein Paar noch die schlimmsten Dinge an, sie hassen sich, betrügen sich, verletzen sich – und das schon seit Jahren. Dann wird sich dramatisch getrennt, und wenig später merken sie dann so einfach, so ganz nebenbei: «Och, ich lieb den ja doch, und wenn ich es mir so recht überlege, war ja doch eigentlich alles ganz super.» Dann passiert ein launiger, kecker Zufall, der sie wieder zusammenführt, und schließlich wird sich in die Arme gefallen, und all die Probleme, mit denen sie sich jahrelang herumschlugen und die erst überhaupt zu der Trennung führten, sind ratzfatz weg, ohne dass auch nur ansatzweise irgendetwas besprochen, geschweige denn aufgearbeitet wurde.

Genau so etwas wünsche ich mir nun für Franziska und mich. Ein simples Happy End. Einfach so.

«Hallo, Schatz, hier bin ich, ich liebe dich, und du liebst mich auch, und alles ist nun gut und besser und anders als früher und basta!»

Es ist schon sehr unverschämt, wie sie mich mit «Sandra» an der Nase herumgeführt hat. Sie hat mich ausgehört und schlichtweg verarscht.

Melina und Laurin schlafen. Zwei Stunden sind wir inzwischen unterwegs. Weitere vier werden folgen. Dann werden wir noch zu Fuß einen kleinen Berg hochsteigen müssen, dann sind wir bei ihr.

Wenn ich mehr bei Sinnen gewesen wäre, wäre ich nicht einfach weggerannt. Ich wäre am Tatort geblieben, hätte den Notruf gerufen und erzählt, was passiert ist. Man hätte es durchaus als Notwehr auslegen können. Er hat mich eindeutig belästigt und meine kleine Tochter auch. Doch ich war alles andere als bei Sinnen. Der Rest meiner Nerven brach einfach zusammen.

Ich hatte Angst, aber noch viel mehr hatte ich Wut. Ich hob die Eisenstange. Nur ein Mal habe ich zugeschlagen. Er stürzte und rührte sich nicht mehr. Mein Kopf schien zu zerplatzen. In meinem linken Ohr fuhr ein Lastwagen. Mir wurde schwindelig. Mir blieb die Luft weg. Mein Herz raste. Ich packte die Kamera und lief einfach weg. Ich lief und lief, bis ich beim Auto war. Dann fuhr ich nach Hause. Irgendwie. Ich erinnere mich noch, dass ich an Laurin dachte. Dass er versorgt war. Dass er zu Calvin mitging und dort sogar übernachtete. Das beruhigte mich. Als ich ins Haus kam und Henning da so auf dem Sofa liegen sah, mit seinem Fußballspiel und seinen stumpfen Blicken, als ich diese kilometergroße Distanz zwischen ihm und mir spürte, da wusste ich, dass ich noch weiter wegmusste.

Melina ist inzwischen aufgewacht und fragt mich, wie ich die Adresse der Berghütte herausbekommen hätte. Ich behaupte, dass ich mit Petra telefoniert und sie mir alles gesagt hätte. Von meinem virtuellen Geschnatter mit «Sandra» möchte ich natürlich nichts erzählen. Seit über einer

Stunde muss ich einen kommerziellen Radiosender für junge Menschen ertragen, auf dem zu Dauerdumpfbeat von irgendwelchen Communities, Downloadcharts und Trendscouts gefaselt wird. Zudem werde ich von einer impertinenten Moderatorin, die vermutlich mindestens so alt ist wie ich, aber angestrengt jünger daherkommen will, selbst bei den Verkehrsinformationen geduzt. Ich sehne mich nach einem Streichquartett, gönne Melina aber noch eine Weile ihren Lieblingsterrorsender. Laurin schläft noch immer tief. Er sitzt halb liegend auf der Rückbank, mit dem Kopf auf Berlusconis Bauch.

Melina erzählt mir von «behinderten Youtubern» und ihren «dummen Channels» und wie scheiße das alles wäre und daneben und so, aber trotzdem total witzig und wen und was und warum sie wen wo «addet» oder auch nicht.

Ich verstehe nur die Hälfte von dem, was sie sagt. Doch das ist mir egal. Ich höre ihr trotzdem gerne zu. Mir fällt auf, dass es mir gerade ungemein gefällt, mit meinen Kindern unterwegs zu sein. Wir machen in gewisser Weise das, was ich früher meist gehasst habe: einen Familienausflug.

«Lass uns doch mal rausfahren», hatte Franziska immer gesagt.

Rausfahren ... was genau sollte das sein?

«Wo können wir denn hier noch rausfahren?», habe ich oft entgegnet.

«Rausiger, als wir hier sind, kann man doch gar nicht mehr sein», habe ich gesagt. «Rausfahren, das können Menschen, die drinnen sind, die in Berlin-Friedrichshain wohnen oder so, aber doch nicht wir!»

Doch natürlich ging es Franziska um etwas anderes. Es ging ihr darum, zusammen zu sein, als Familie.

Ich erinnere mich an diverse Raus-fahr-Sommer-Aktionen bei mindestens 68 Grad Außentemperatur mit defekter Klimaanlage. Zwei Stunden fuhren wir dann über extrem ländliche Landstraßen und stritten darüber, wo wir denn nun anhalten sollten, um an irgendwelchen waldigen Waldschneisen auf Ameisenhaufen zu picknicken. Ich wünschte mich dann immer irgendwo anders hin. Und jetzt, in diesem Moment, während meine pubertierende Tochter weiter auf mich einredet und mein Vorschuljunge sich von unserem Köter vollsabbern lässt, wünsche ich mich wieder genau dorthin.

Dann spüre ich wieder ein leichtes Stechen in der Brust. Ich nehme es hin und beschließe, mir bei der nächsten Raststätte eine Pause zu gönnen. Memme, du bist auch nicht mehr das, was du einmal warst, denke ich, während Melina noch immer redet und Lady Gaga gackert.

Schuld. Ich habe einen Menschen erschlagen. Ob Notwehr oder nicht, ich habe es getan. Ich werde darüber reden müssen. Die Konsequenzen tragen. Doch das Schuldgefühl, meine Kinder alleingelassen zu haben, ist viel stärker.

Ich habe mich eigentlich immer schuldig gefühlt. Bei allem. Nie war ich gut genug, es hat nie gereicht. In meiner Wahrnehmung war ich für alles verantwortlich. Ich fühlte mich verantwortlich, wenn meine Schüler Fünfen schrieben, sich danebenbenahmen oder den Unterricht störten. Dann lag es an mir. Als es anfing, dass es mit Henning und mir bergab ging, suchte ich immer und immer wieder die Schuld bei mir. Nur bei mir. Ich meckerte zwar immer mehr an ihm herum, doch mit mir selbst ging ich viel härter ins Gericht. Ich beschimpfte mich selbst dafür, dass ich meinen Ansprüchen nirgends mehr gerecht wurde. Weder als Pianistin noch als Lehrerin, und schon gar nicht als Ehefrau und Mutter. Ich wollte immer stark sein. Nicht so wehleidig wie Henning. Ich wollte kämpfen und nie nachlassen.

Hier oben habe ich so viel nachgedacht. Ich habe aber trotzdem nicht herausfinden können, warum ich das aufgegeben habe, was ich wirklich konnte, was mir Halt gab, wo ich mich selber spürte, was mir so viel bedeutete: Klavier spielen. Warum habe ich mich selber so bestraft? Diese Frage bleibt offen. Scheiße, was bin ich nur für ein Psycho!

Ich brauche Hilfe, wenn ich zu Hause bin, werde ich nach ihr suchen und hoffe, sie dann auch annehmen zu können. Ich will aufhören zu glauben, alles alleine meistern zu können.

Der reale Henning ist so weit weg. Der Henning, der mich in den letzten Monaten und Jahren auf die Frustpalme brachte. Ich denke hier in der Einsamkeit immer an den Henning, in den ich mich verliebt habe. Der mich zum Lachen brachte, mit dem ich ganze Sonntage im Bett vertrödelte, mit dem ich blöde Lieder sang, den ich wahrscheinlich gesucht habe, als ich «Sandra» erfand. Und vielleicht auch gefunden habe. Sandra hat mir geholfen, näher bei ihnen zu sein. Bei

Henning, bei Melina und bei Laurin. Ich glaube, dass Henning das irgendwann durchschaut hat, dass er wusste, wer Sandra ist. Er hat aber weitergemacht. Er hat geflirtet. Als Sandra habe ich angefangen, mich wieder in ihn zurückzuverlieben. So ein bisschen. Wie albern, wie schön. Nun hat er die Adresse. Ich wünsche, dass er herkommt und mich abholt. Doch ich habe auch so Angst davor.

24. KAPITEL
•••

Engelberg heißt der Ort, den wir ansteuern, inmitten dieser Schweiz, die es wie kein anderer Staat in Europa so bravourös versteht, sich aus allem herauszuhalten. Die Schweiz, die auf unvergleichlich charmante Weise so tut, als wäre nie etwas gewesen mit Nazivermögen oder zugemachten Grenzen, deren Straßen und Berge unablässig bebaut und untertunnelt werden, deren Menschen so freundlich, aufmerksam, höflich und reich sind, dass wir Deutschen damit kaum umgehen können, und deren Städte, Seen und Berge so unverschämt unversehrt schön sind. Den Ort Engelberg kenne ich von Skisprung-Fernsehübertragungen. Ich gucke sehr gerne Skispringen, was vor allem an Martin Schmitt liegt. Die Hoffnung, dass er es doch noch einmal schaffen wird, in die Weltspitze zurückzukehren, verlässt mich nie. Das erzähle ich meinen Kindern, die dies gelassen bis desinteressiert zur Kenntnis nehmen. Meiner vierzehnjährigen Tochter sind auch Bergpanoramen nicht so wirklich wichtig, stelle ich fest, als ich zum dritten Mal mit meinem «Guck doch mal, wie schön, der Schnee da oben auf den Bergen» auf eine Mauer des Gähnens stoße.

Chantal, mein wackeres Navigationsluder, ist eine wahre Kosmopolitin. Sie kennt sich auch hier aus und lässt uns von der Autobahn rechtzeitig abfahren, in Richtung Engelberger Tal.

Dann wird gekotzt. Bedingt durch eine kurvenreiche, serpentinenartige steile Strecke, kommt es nicht durch mich, auch nicht durch Melina oder Laurin, sondern durch Berlusconi zehn Minuten vor Erreichen unseres Ziels zum oralen

Auswurf. Ich stelle unser Auto in einer Ausbuchtung ab und tu das, was ein Mann tun muss, wenn sein Hund gekotzt hat, seine Tochter permanent «Iiiihhh» schreit und sein Sohn jammert, dass er nun hinten in diesem Gestank nicht mehr sitzen möchte.

Melina versprüht nach dem Wegwischen der unschönen Bröckel ihr Deo im Auto, sodass auch mir nun schlecht wird. Laurin hat auf dem Schoß seiner Schwester vorne Platz genommen. Diese letzten Minuten im Auto werden wir auch noch hinter uns bringen.

Dann erreichen wir Engelberg. Es ist neblig. Ich erinnere mich daran, dass es beim Skispringen im Fernsehen auch immer neblig war. Engelberg hat vermutlich ein Nebelproblem.

Sechs Stunden waren wir bisher unterwegs. Nun ist es eins, und wir peilen das sogenannte «End der Welt» an. Engelberg ist nur aus einer Richtung zu erreichen und zu verlassen. Fährt man die Straße immer weiter, hat man einen Frontalzusammenstoß mit einem riesigen Berg. Um dies zu verhindern, werde ich unser Auto am Parkplatz vom «End der Welt» abstellen, dann mit Hund und Kindern eine Bergbahn benutzen und zu guter Letzt einen gut sechzigminütigen Aufstieg bis zur Berghütte zu meistern haben. Diesen letzten Teil habe ich meinen Kindern bisher verschwiegen. Melina ist zu Hause oft schon der dreiminütige Fußweg zur Bushaltestelle zu viel.

Je näher wir dem Parkplatz kommen, desto nervöser werde ich. Was mache ich hier eigentlich? Franziska weiß nicht, dass wir kommen. Sie hat mir zwar als «Sandra» die Adresse gegeben, doch wird sie kaum erwarten, dass ich gleich am nächsten Morgen die komplette Besetzung ins Auto sperre, um sie zu überfallen. Vielleicht ist sie dem gar nicht gewachsen? Und was ist eigentlich, wenn Sandra doch nicht Franziska ist? Plötzlich packt mich die Panik.

Hallo, liebe Kinder, hier ist sie, eure Mama.

Wieso, Papa, das ist sie doch gar nicht. Diese Frau kennen wir nicht.

Schnell beruhige ich mich selbst wieder ein wenig. Eigentlich bin ich mir sicher. Ich spüre es. Dort oben, in dieser Hütte, da gibt es keine Sandra, da gibt es eine Franziska.

Chantal hat ihre Arbeit wieder zu meiner vollsten Zufriedenheit bewältigt. Ich bedanke mich bei ihr und parke. Wir sehen nichts. Der Nebel übertreibt, finde ich.

«Doch», sage ich zu meinen Kindern, ohne dass sie danach gefragt hätten, «hier gibt es wirklich Berge. Sonst gäbe es hier ja auch keine Bergbahn.»

Ich bepacke die Rucksäcke mit ihren Kindern, nein, ich bepacke die Kinder mit ihren Rucksäcken. So rum ist es richtig – ich merke immer mehr, wir nervös ich bin.

«Nein, wir haben keine Kurkarte und leider auch keine Schweizer Franken», teile ich dem freundlich lächelnden Bergbahnkassenmenschen mit. Ich hatte zu wechseln vergessen. Doch es geht auch mit Euro, und wir schaukeln alleine in der Bergbahn stehend den unsichtbaren Berg hinauf. Wer auch sonst möchte bei solch einem Wetter auf Berge hinauf? Mein Freund, die Memme, jedenfalls nicht, stelle ich fest, als wir ruckartig fröhlich zu schaukeln beginnen. Ich betrachte das Stahlseil, an dem wir hängen, und bilde mir Rost und ein knirschendes Geräusch ein. Ich breche in Schweiß aus. Was ist eigentlich, wenn die Bergbahn infolge mangelnder Sicht ihr Ziel nicht findet? Ich versuche mich abzulenken, indem ich zu meinen Kindern blicke. Laurin ist begeistert, Melina hat ihre iTouchPod-Dings-Stöpsel im Ohr.

«Hat die Mama Schüssel?», fragt sie.

«Bitte?», frage ich zurück, während ich ins neblige Nichts Richtung Berg blicke und mir dabei vorstelle, gleich in denselbigen hineinzubrettern.

«Ei, kann man da oben auch DSDS gucken?», quengelt Melina.

«DS ... was?», stammele ich kurzatmig.

«Hohhh, Mann», bricht es dann nach langer Zeit mal wieder aus Melina heraus. «Ei, Deutschland sucht den Superstar! Heute ist doch Mottoshow.»

Nun schaukelt's wieder.

«Ich glaube nicht, dass Mama dort Fernsehen hat», gebe ich zu bedenken. Es folgt ein kurzes «Fuck», und ich sehne mich dem Ende dieser Luftfahrt entgegen.

Irgendwann ist es dann so weit. Wir steigen aus. Ich recht wackelig.

«Sind wir jetzt daha?», fragt Laurin.

«Nee, wir müssen noch ein Stück laufen», sage ich und packe schon mal vorsorglich zwei Tafeln Schokolade aus meinem Rucksack. Es beginnt zu nieseln. Also zerre ich auch noch die Regenjacken heraus. Sehen können wir immer noch nicht viel. Ich habe keine Ahnung, in welche Richtung wir laufen müssen. In der sehr abrupt erfolgten Entscheidung, zu Franziska zu reisen, habe ich natürlich profane Dinge wie beispielsweise eine Wanderkarte zu besorgen nicht bedacht. Auch Chantal könnte hier oben nicht wirklich helfen. Sie liegt ohnehin im Tal im Handschuhfach und lernt vermutlich Straßennamen auswendig. Ich versuche, mir meine Planlosigkeit nicht anmerken zu lassen; es gelingt mir nicht wirklich. Ich entdecke zwar diverse Holzschilder, auf denen Gipfelnamen und Ähnliches geschrieben stehen, doch den Namen von Franziskas Hütte kann ich auf keinem der Wegweiser entdecken. Melina beginnt hörbar zu murren. Berlusconi fiept in unangenehmer Frequenz. Laurin macht aus Schneeresten Bälle und wirft sie auf seine Schwester. Bevor ich ungehalten zu werden beginne, entdecke ich, bedingt durch ein wenig sich auflösenden Nebel, ungefähr hundert Meter von uns entfernt eine Tafel.

«Wartet mal kurz», rufe ich meinen Kindern zu und renne dorthin. Ich sehe ein Wanderwegenetz und finde dort zu meiner Erleichterung auch die Brönihütte.

Ich analysiere, dass wir zunächst in Richtung Matteralm laufen müssen, um dort dann den letzten Aufstieg zur Hütte zu nehmen. Mir gelingt es, mich ein wenig zu entspannen, und ich winke meine Kinder zu mir. Berlusconi zieht Laurin in meine Richtung, Melina trottet hinterher und flucht über irgendetwas, das für mich jetzt nichts zur Sache tut.

Nun wandern wir also bei Nebel und pissigem Regen stetig bergauf. Noch immer habe ich nichts vom einstündigen Fußmarsch erwähnt. Das könnte die ohnehin nicht vorhandene Wanderbegeisterung weiter schmälern. Einfach gehen, Schritt für Schritt. Wir werden nass, und ich werde beschimpft. Ich übe mich in Gleichmut. Wir sehen weiterhin nichts von der Landschaft. Ich konzentriere mich daher aus Angst, eine Abzweigung zu verpassen, sehr auf unseren Weg. Ich versuche das inzwischen beträchtliche Gejammere und Gewimmere beider Kinder, so gut es geht, zu ignorieren. Irgendwann aber sehe ich mich doch gezwungen, die Keule rauszuholen:

«Wollt ihr nun eure Mutter wiedersehen, oder nicht? Wenn ja, dann gibt es nur diesen Weg. Wenn nein, dann drehen wir um und fahren wieder sechs Stunden nach Hause. Was wollt ihr?»

Melina und Laurin murmeln Unverständliches in sich hinein. Die Antwort allerdings kann ich mir denken, und wir gehen weiter.

So erreichen wir die Matteralm. Melina tritt in Kuhscheiße und freut sich nicht darüber. Berlusconi kackt direkt daneben. Wir setzen uns auf die Bank einer kleinen Schutzhütte, bekommen nasse Ärsche, trinken Cola, essen Pfefferbeißer und eine dritte Tafel Schokolade. Wir werden alle ruhiger und in uns gekehrter. Jeder denkt vermutlich darüber nach, was nun gleich auf uns zukommen mag. Wir gehen weiter. Nun wird es noch steiler. Ich schwitze und friere gleichzeitig. Wir gehen ganz langsam hintereinander her. Dann schwächelt Laurin. Er könne nicht mehr. Er weint. Ich nehme ihn auf meine Schultern. Bis ich nicht mehr kann.

«Jetzt ich», witzelt Melina. Sie feixt. Ich auch. Wir gehen weiter. Wir keuchen. Ich komme mir vor, als würden wir den Mount Everest besteigen. Dann wird es kitschig. Der Nebel löst sich innerhalb von Sekunden vor uns auf, und wir sehen oben auf einem Felsvorsprung eine Hütte liegen. Die Brönihütte.

«Da oben ist sie», jubiliere ich. Melina und Laurin jubilieren mit. Der Weg wird nun ein wenig breiter. Nun erkennen wir, wie viel Schnee an den Seiten liegt. Die Bäume geben langsam auf und finden nicht mehr richtig statt. Stattdessen umgibt uns immer mehr erhabenes Gestein. Ich habe Laurin an der Hand. Melina geht hinter mir. Berlusconi macht sein eigenes Ding. Ohne Leine, aber er bleibt in unserer Nähe. Ich bilde mir ein, eine Frau oben von der Hütte wegrennen gesehen zu haben. Ich glaube mir aber nicht ganz. Melina teilt mit, dass sie in ihrem ganzen Leben nie mehr wandern werde und schon gar nicht in den Bergen.

Ich sage nichts. Die Hütte kommt näher. Dann geht auch Melina neben mir. Sie greift nach meiner Hand.

«Ich bin doch nicht Heidi», höre ich sie leise murren.

«Ich auch nicht», sagt Laurin. «Ich bin Peter.»

«Und ich bin der Alm-Öhi», füge ich hinzu.

Und so steigen wir zu dritt nebeneinander und uns gegenseitig Halt gebend das letzte Stück hinauf. Kurze Zeit später sind wir da.

Franziska ist es nicht. So stehen wir erschöpft blöd vor der Hütte und gucken enttäuscht in der Gegend herum. Wir haben in alle Fenster geschaut. Franziskas Jacke, ihr Netbook, ein Foto der Kinder, kein Foto von mir, das alles haben wir entdecken können. Nur sie selbst ist nicht da. Die Tür ist verschlossen.

«Vermutlich ist sie ein wenig spazieren», sage ich vertröstend.

«Was soll sie hier auch sonst tun?», erwidert Melina.

Laurin jammert. «Mir ist kalt.»

Der Nebel hat sich wieder verstärkt und eine totale Bildstörung verursacht.

Wir setzen uns auf die Bank neben dem Eingang und warten.

«Mannnnn, wann kommt die Mama denn endlich?», jomert der Kleine.

«Hier ist sie doch», ruft eine atemlose Frauenstimme aus dem Nebel. Dann erscheint der passende Körper dazu. Laurin springt auf. Franziska umarmt ihn und weint. Sie blickt zu Melina. Melina gibt sich cooler, als sie sich vermutlich fühlt. Sie umarmt ihre Mutter eher beiläufig. Laurin quasselt. Irgendetwas. Franziska blickt zu mir. Ich lächle, sie lächelt. Ich weiß nicht, was ich sagen soll. Nur jetzt nichts

Falsches, denke ich. Ich bin unsicher. Franziska greift nach meiner Hand. Ich umfasse sie. Dann umarmen wir uns wie gute Freunde. Wir küssen uns nicht. Wir lassen uns recht schnell wieder los. Wir beobachten und belauern uns. Dann zieht Laurin sie auf seine Seite. Ich beobachte Franziska. Fünf Wochen sind es, die sie weg war. Mir kommt es vor wie Jahre. Ich sehe ihr zu, wie sie mit Laurin spricht, und finde, dass sie, so schön sie auch ist, so gar nicht gut aussieht.

«Kommt doch erst mal rein», sagt sie dann irgendwann. Das tun wir.

«Schön, dass ihr da seid.» Noch immer weiß ich nicht, was ich sagen soll. Nicht einmal schlechte Witze fallen mir ein. Nun nähern sich auch erst einmal Melina und Franziska an. Mir ist das sehr recht. So trage ich unsere Rucksäcke hinein, stelle die Schuhe der Kinder in Reih und Glied, was ich zu Hause niemals tu, ziehe meine Jacke aus und blicke aus dem Fenster. Der Nebel hat sich inzwischen fast vollständig aufgelöst. Das Panorama ist unglaublich. Das ist dann auch vermutlich das Erste, was ich sage.

«Boah, was ein geiler Ausblick!»

Franziska lächelt. «Wenn man noch ein Stück weiter den Berg hochgeht, kommt man zu einem kleinen Gipfel. Dort hat man einen phantastischen Rundumblick», sagt sie und klingt ziemlich künstlich.

«Echt?», smalltalke ich noch künstlicher zurück. «Ist ja der Hammer.»

«Ja, wirklich schön ...»

Franziska fällt auch nichts ein. Es ist alles so unwirklich fremd. Irgendwie will ich wieder weg. Ich will nicht, dass wir uns so fremd sind. Ich will nicht, dass es so ist, wie es ist.

«Ich gehe da mal hoch. Ich will das mal sehen. Will noch

jemand mit?», frage ich und hoffe, dass keiner will. Melina und Laurin verneinen deutlich. Berlusconi bejaht auf seine Weise meine Frage, und Franziska möchte bei den Kindern bleiben. So ziehe ich die Jacke wieder an, lächle noch einmal so unsicher, wie man unsicherer nicht lächeln kann, hänge Berlusconi an die Leine und verlasse die Hütte.

Ich atme tief durch und weiß überhaupt nicht mehr, wie ich mich fühle.

«Ist ja auch egal», sage ich zu Berlusconi und marschiere los. Nach zwanzig Minuten habe ich bereits den kleinen Brönigipfel erklommen, freue mich über den kurzen Moment, die Berge, den Himmel und das Tal sehen zu können, und trage mich sogar in das alberne Gipfelbuch ein, das am Gipfelkreuz mit einer Eisenkette befestigt wurde. Die nächste Nebelwolke blickt bereits verstohlen um die Ecke und wartet auf ihren großen Auftritt. Ich lasse Berlusconi an der Leine, bleibe zehn Minuten sitzen und versuche, während ein kalter Wind um die Ohren zieht, an nichts zu denken. Dann klingelt mein Handy. Die Mobilbox.

«Sie haben ... eine ... neue Nachricht. Zum Abhören der ...»

Ich drücke die 1. Und höre Onkel Ludwig Körber:

«Hallo, Henning, hier spricht Ludwig. Ich erreiche dich die ganze Zeit nicht. Wo bist du denn? Egal, ruf doch bitte dringend zurück. Am besten auf dem Handy. Der Herbert Ruland, also der Herr Bärt, der ist tot. Herzinfarkt. Heute Nacht in der Untersuchungshaft, in der Zelle. Ein Wärter hat ihn in der Frühe tot im Bett aufgefunden. Tja, also keine Verhöre mehr und auch keine Verhandlung. Ich würde den Fall nun endgültig abschließen. Auch wenn er Mord 1 nicht gestanden hat. Die Indizien sprechen aber doch gegen ihn, nicht wahr? Also ruf bitte schnellstmöglich zurück.»

Danach öffne ich noch zwei Kurznachrichten. Eine von Miriam Meisler, eine von Markus Meirich. Miriam schreibt: «Hi Henny, hast du das schon gehört mit Herr Bärt? Krass, oder? Das war's dann wohl mit dem Fall. Meld dich mal. LG Miri.»

Markus schreibt: «Hallo, Henning. Herr Bärt ist tot. Herzinfarkt in seiner Zelle. Melde dich mal. Körber will den Fall abschließen. Ich finde, das ist zu früh. Wir wissen nicht, ob Bärt wirklich beide Morde begangen hat. Aber Körber will Ruhe und einen Ermittlungserfolg. Scheißladen hier. Gruß Markus.»

Mir ist nicht nach Telefonieren. Stattdessen will ich zurück, absteigen, zurück zur Familie. Es beginnt bereits zu dämmern, und der Nebel gibt auch wieder Vollgas. Mir fällt auf, dass ich Berlusconi nicht mehr sehe. Och nee, bitte nicht, denke ich, stelle mich neben das Gipfelkreuz, rufe seinen Namen und pfeife ins Tal. Da man vom Brönigipfel nicht abstürzen kann, bleibe ich recht gelassen und rufe einfach immer weiter. Ich kann ihn nirgends sehen. Ich denke an die Berlusconi-fällt-in-die-Nidda-Story und erinnere mich daran, dass er sich damals selbständig auf den Heimweg machte. Also gehe ich nun auch davon aus, dass er alleine zurück zur Hütte gelaufen ist. Ich beginne mit dem Abstieg, rutsche gleich einmal aus und gehe mit nassem Hintern weiter. Auf halber Strecke sehe ich ihn, allerdings etwa hundert Meter abseits des Wanderweges, das Bein heben. Erleichtert laufe ich zu ihm, habe keine Lust, ihn zu maßregeln, und sehe ihn, mich kaum beachtend, an einem Gegenstand schnuppern. Es ist eine Videokamera, nur nachlässig unter Geröllsteinen begraben. Eine Videokamera? Wieso findet mein Hund mitten in den Alpen eine Kamera? Wieso riecht er daran? Weil sie nach Franziska riecht? Dann bleibt mein Herz stehen. Und alles andere auch. Nur ich nicht. Ich muss mich setzen. Und das zu Recht.

Es ist die gleiche Marke. So weit kann ich noch denken. Es ist die Marke von Klaus Drossmanns Kamera. Es ist die Marke der Kamera, die wir seit dem Mord an Klaus Drossmann vergebens suchen. Die Kassette fehlt. Mir wird schwindelig. Ich lege meine Ellenbogen auf die Knie und mein Gesicht in die Hände und heule. Durch mein Hirn rast die Erinnerung des Moments, als Franziska ging. Ich sehe ihren entrückten Gesichtsausdruck vor mir, als sie mich anbrüllte. Ich heule weiter. Etwas Besseres fällt mir nicht ein. Dann spüre ich plötzlich eine Hand auf meinem Kopf. Eine Hand, die ich kenne. Eine Hand, die kalt ist und mich doch wärmt. Sie setzt sich neben mich und blickt auf die Kamera. Dann heulen wir beide.

«Wo ist die Kassette?», frage ich irgendwann.

«Im Ofen», sagt sie.

«Warum?», frage ich.

Dann erzählt sie. Alles.

Manchmal wird sie von Laurin unterbrochen, der unten am Haus nach seiner Mama ruft.

«Wir kommen gleich», ruft sie dann mit freundlicher Mutterstimme, so neutral, als berichte sie mir gerade von einem Schuhkauf. Doch stattdessen erzählt sie mir davon, wie sie einem Mann die Wut der letzten Jahre auf den Schädel brezelt.

Immer näher rücken unsere Oberschenkel und Schultern zusammen.

«Und nun?», frage ich.

«Verhafte mich», antwortet sie leise.

«Warum?», frage ich. «Der Fall ist längst geklärt und abgeschlossen. Herr Bärt hat beide Morde begangen. Er ist heute Nacht im Gefängnis gestorben.»

Franziska blickt zu mir.

«Das ist wirklich wahr», sage ich weiter. «Und warum sollte ich nun dem wirren Geschwätz einer durchgeknallten Lehrerin irgendein Gewicht geben?»

Franziska reagiert nicht. Ich hoffe sehr, dass sie zumindest ein ganz klein wenig nach innen lacht. Sie legt ihren Kopf auf meine Schulter.

Ich sage: «Hast du das verstanden? Der Fall ist abgeschlossen. Ab-ge-schlos-sen.»

«Ja, ich hab's verstanden. Du warst schon immer ein schlechter Polizist», sagt sie, und ich spüre sie an meiner Schulter lächeln.

«Lass es uns weiter versuchen», sage ich. «O. k.?»

«Nicht weiter, sondern anders», flüstert sie.

«Komm mit uns nach Hause», flüstere ich zurück.

«Ich weiß nicht, ob das gut ist», erwidert Franziska.

«Ich auch nicht», sage ich, «aber ich lass auf jeden Fall schon einmal den Flügel stimmen.»

Nachbemerkung
• • •

Dies ist mein erster Roman.

Und der Hesse hat recht, also der Hermann, als er behauptete, dass jedem Anfang ein Zauber innewohne.

Es war eine zauberhafte Zeit, von der ersten Idee über das einsame Schreiben bis zu dieser Veröffentlichung.

Dafür bin ich dankbar.

Und nicht nur dafür ...

Ich danke meiner Frau Andrea dafür, dass sie mich bestärkt hat, diesen Weg zu gehen, und mir den Raum dafür gab und gibt.

Ich danke meinem Sohn Ben dafür, dass er so ist, wie er ist, und dass er beim dicken Waldemar so lachte.

Ich danke Tine Faber, die nicht nur eine grandiose Schwester ist, sondern auch eine sensationelle Managerin.

Ich danke meinen Eltern, dass sie nicht so sind wie die von Henning Bröhmann, sondern gefördert haben, was ich heute abrufen kann.

Ich danke Marc Kreischer für seine nicht überbietbare freundschaftliche Fähigkeit, sich mitfreuen zu können, und für hilfreiche Rückmeldungen von Beginn an.

Ich danke meinem FaberhaftGuth-Kollegen Martin Guth für Loyalität, hilfreiche Hinweise und für eine bestürzende Herr-Bärt-Komposition.

Ich danke Gina Louise Schmiedel, die die Lektüre meines Manuskripts einer Katia-Mann-Biographie vorzog und mir ein äußerst mutmachendes Feedback zur rechten Zeit gab.

Ich danke Marco Schewe dafür, dass sein Hund zwar

nicht in die Nidda rutschte, sondern nur in die Mosel, und für viele gewinnende Gespräche.

Ich danke Michael Hammes-Harries, der bereits nach der Lektüre der ersten Seite kühne Voraussagen wagte, die mich zunächst beschämten, dann aber motivierten.

Ich danke Christoph Rodatz für konstruktive Kritik und weiterführende Anstöße.

Ich danke Uticha Marmon von Wörterland, die mich mit Rat begleitete und mir sehr entscheidende, bahnbrechende Tipps zum Literaturbetrieb gab.

Ich danke Joachim Jessen von meiner Literatur-Agentur Schlück für seine wohltuende Gelassenheit und seine überaus hilfreiche Kompetenz.

Ich danke meinem Verlag Rowohlt, insbesondere Dr. Marcus Gärtner für sein phantastisches Lektorat und Grusche Juncker für ihr so großes Zutrauen.

Und ich danke meinem verstorbenen Großvater August Faber, der vor fast sechzig Jahren auf die wunderbare Idee kam, ein Wochenendhaus mitten ins Vogelsberger Nichts zu stellen.

Leseprobe

Dietrich Faber

DER TOD MACHT SCHULE

Bröhmanns zweiter Fall

Kriminalroman

Kommissar Henning Bröhmann führt mit der Direktorin der Gesamtschule Schotten gerade ein ernstes Gespräch über seine versetzungsgefährdete Tochter, da durchschlägt ein Stein das Fenster des Büros. Nach dem ersten Schrecken wiegelt die Pädagogin ab: Dumme-Jungen-Streich, alles im Griff – Einmischung nicht erwünscht. Kurz darauf ist sie tot. Jemand hat sie brutal erstochen.

Henning ist entschlossen, diesen Fall zu lösen. Dabei herrscht im Kommissariat gerade dicke Luft. Unter anderem muss das Team sich mit einem unsagbar dämlichen Praktikanten herumschlagen, den Polizeipräsident Bröhmann i. R. seinem Sohn ungefragt ins Nest gesetzt hat: Der Mann war Lokaljournalist, und er will den ultimativen Krimi-Bestseller schreiben. Auch privat hat Henning mehr als genug Ärger: mit der immer wilder pubertierenden Tochter, mit deren schmierigem neuem Freund. Und dann ist da noch die Schulpsychologin Stefanie Assmann: sehr klug, sehr attraktiv – man versteht sich gut, ein bisschen zu gut vielleicht, denn Kommissar wie Psychologin sind ja verheiratet. Was für eine Dummheit er begangen hat, wird Henning schlagartig klar, als der mutmaßliche Täter per DNA-Probe ermittelt wird …

• • •

Frau Dr. Ellen Murnau, die Schuldirektorin meiner Tochter, liegt unter ihrem Schreibtisch und schreit.

«Machen Sie doch was, Sie sind doch Polizist!»

Sie meint mich, denn zum einen ist niemand anders im Zimmer, zum anderen bin ich nun einmal tatsächlich bei der Polizei.

Doch auch ein Polizist muss erst einmal die Dinge sortiert bekommen, und daher mache ich zunächst einmal gar nichts. Sage auch nichts, sondern starre auf den golfballgroßen Stein, der vor ungefähr sieben Sekunden durch die Fensterscheibe krachte und nur knapp den adrett frisierten Kopf der Schulleiterin verpasst hat.

Eben noch teilte mir Frau Dr. Ellen Murnau mit abgeklärter Stimme mit, dass Melina nur mit viel Aufwand, Anstrengung und einer veränderten Arbeitseinstellung die Versetzung in Klassenstufe 11 erreichen werde. Nun hat sich die Sach- und vor allem ihre Stimmlage schlagartig verändert. Ich hatte einiges bei diesem Gespräch befürchten müssen und auch mit viel Schlimmem gerechnet, aber nicht unbedingt damit, dass Steine durchs Büro segeln.

«Machen Sie doch was!», brüllt sie erneut, noch immer unter ihrem Tisch kauernd. Irgendwie hat sie ja recht, wenn sie so etwas von einem Hauptkommissar einfordert, aber es bringt doch nun mal nichts, wenn sie mich so anschreit, finde ich. Ich blicke auf die am Boden liegenden Glasscherben und warte darauf, dass sie es ein drittes Mal tut.

Sie tut es.

Ich gucke zum Fenster, als würde ich auf den nächsten Stein warten. Draußen rennt eine schmale Jungengestalt im Kapuzenpullover hastig über den Schulhof der Vogelsbergschule Schotten.

«Da rennt jemand», sage ich zu Frau Dr. Ellen Murnau und zeige mit dem Finger in Richtung Schulhof.

Frau Dr. Murnau, inzwischen wieder aus ihrem Schreibtischversteck herausgekrochen, streift sich ihren himmelblauen Hosenanzug glatt, richtet hektisch ihre Hochsteckfrisur und befiehlt mir in einem Tonfall, mit dem sie sonst vermutlich Fünftklässler maßregelt, die ihre Hausaufgabenhefte nicht ordentlich geführt haben, dass ich doch nun gefälligst hinterherlaufen solle.

Auf diese Idee bin ich aber auch schon selbst gekommen.

Ich renne los und stolpere über das Kabel eines Overheadprojektors, ein Gerät, von dem ich dachte, dass es so etwas im 21. Jahrhundert in Deutschlands Schulen gar nicht mehr gäbe. Nicht so mitten in Hessen. Ich sprinte. Ging auch schon mal schneller und schmerzfreier, denke ich, als ich an diesem milden Frühlingsmittwochnachmittag mit meinen 39 Jahren durch die leeren Schulgänge keuche.

Auf dem Schulhof angekommen, mein linkes Knie und die rechte Hüfte machen sich schon schmerzhaft bemerkbar, ist kein Kapuzenbursche mehr zu sehen. Ich entscheide mich daher für einen dynamischen Gehschritt, der mir trotzdem ermöglicht, eine Zigarette anzuzünden, und schreite in Richtung Waldrand. Meine Hände tasten mich ab und finden mein Handy nicht. Ich kann also im Moment nicht einmal meine Kollegen anrufen und sie auf die Jagd schicken.

Plötzlich entdecke ich in der Nähe des Einkaufsmarktes den Kapuzenpulli. Ich überquere die Straße und renne zielstrebig auf ihn zu. Er sieht mich, verschärft sein Tempo und spurtet

Richtung Wald. In wenigen Sekunden hat sich der Abstand zwischen uns verdoppelt.

«Stehen bleiben, stehen bleiben», rufe ich in die Vogelsberger Weite.

Ich bleibe stehen, keuche noch stärker und stelle fest, dass er weg ist. Ich habe Seitenstechen, wie früher die dicken Mädchen im Turnunterricht. Wie erbärmlich.

Ich weiß, dass ich gleich zurückmuss, zur Schule, zu Frau Dr. Ellen Murnau. Doch jetzt noch nicht, später, entscheide ich, wische mir den Schweiß von der Stirn, begutachte die nassen Flecken unter den Armen, zünde mir eine weitere Zigarette an und setze mich mit Blick auf die Gesamtschule auf einen Baumstumpf. Hier also wird meine Tochter Melina ein weiteres zusätzliches Jahr verbringen dürfen. Wenn nicht ein Wunder geschieht oder sie den Plan, das Abitur zu erreichen, vorzeitig in den Vogelsberger Wind schießt. Hauptsache nur, sie wird nicht von einem Stein erschlagen.

★ ★ ★

«Moinsen», sagt Kriminalpolizeikollege Teichner nun immer zur Begrüßung, seit er mit einigen Kumpanen vom Schützenverein «SC Lauterbach» eine Exkursion zur Hamburger Reeperbahn durchführte. So auch an diesem Mittwochmorgen, als ich unser kleines schmuckloses Büro in der Polizeidirektion Alsfeld betrete. Teichner trägt heute ein T-Shirt mit der Aufschrift: «Bier formte diesen wunderbaren Körper».

«Guten Morgen», grüße ich so förmlich wie nur irgend möglich zurück. Während ich mir einen Cappuccino an unserem neuen Kaffeevollautomaten ziehe, betritt auch mein zweiter Kollege, der von mir überaus geschätzte Markus Meirich, das Büro.

Glücklicherweise bin ich nicht mehr sein Chef. Seit Februar ist Markus ebenfalls Hauptkommissar und mir somit gleichgestellt. Es wurde auch höchste Zeit. Es war in den letzten Jahren eine Farce, dass der, der den Laden hier schmiss, offiziell mir unterstellt war. Jetzt teilen wir uns die Dienststellenleitung.

Auch Markus Meirich reiche ich einen Cappuccino, dann setze ich mich mit meinem halben Hintern auf die Ecke seines Schreibtischs.

«Alles klar bei dir?», frage ich. «Du siehst so mitgenommen aus.»

Er nickt müde. «Ich war gestern mit meinen alten Volleyballkollegen einen trinken. War nett, wurde aber sehr spät.»

Markus Meirich, der mit seinem durchtrainierten Zwei-Meter-Körper immer noch wie ein aktiver Leistungssportler aussieht, hat bis vor wenigen Jahren in der Bundesliga Volleyball gespielt.

«Liegt nichts Besonderes an heute, oder?», fragt er mit Blick auf die Termintafel und nimmt einen Schluck aus der Kaffeetasse.

«Nö», antworte ich. «Ich mach nachher um elf die Schulklasse.»

«Gerne. Ich hasse das ja.»

Markus ist Kriminalist durch und durch. Er mag seinen Beruf dann am liebsten, wenn es aufregende Fälle zu lösen gibt. Pädagogisches Tralala mit Schulklassen, die präventiv und spielerisch auf das Böse im Leben vorbereitet werden, langweilt ihn. Bei mir ist das umgedreht. Für Markus passieren hier im Vogelsberg viel zu wenige Morde. Mir haben die im letzten Jahr mehr als gereicht. Ich fürchte, auch Markus wird hier nicht mehr lange bleiben.

Er ist im Übrigen überzeugt, dass der Fall im letzten Jahr zu schnell abgeschlossen wurde. Er hätte gerne weiter ermittelt. Ich tat alles, damit das nicht passiert. Und der entscheidende Mann, unser Vorgesetzter und mein Onkel Kriminaloberrat Ludwig Körber, unterlag sehr schnell der Versuchung, sich mit der Aufklärung des spektakulären *Faschingsmords* überregional feiern zu lassen, und schloss die Akte.

Doch das ist Schnee von gestern.

Heute scheint die Sonne, der Frühling gibt alles und treibt die Allergiker zur Verzweiflung. Eine Weile stehe ich noch an Markus Meirichs Schreibtisch herum. Einfach so, weil er nett ist und es mich von der Arbeit abhält. Wir wechseln ein paar freundschaftliche, private Worte und treiben das ein oder andere laue Späßchen.

Dann schleppt Teichner seinen mit unzähligen Würsten und Bieren gemästeten Leib in unsere Richtung. Markus sieht sein T-Shirt und verdreht die Augen.

Teichner gesellt sich zu uns.

Markus und ich beenden unser Gespräch und blicken ihn mehr oder weniger erwartungsfroh an.

«Ja?», sage ich.

«Och, nix.»

So schweigen wir eine knappe Minute zu dritt, ehe dann Teichner mit den Worten «Ich geh dann mal wieder an die Arbeit» zu seinem Schreibtisch zurücktrottet.

Ach, er hat's auch nicht leicht, denke ich ihm nachblickend. Zu Recht.

Mit dem Haufen Pubertierender komme ich wie immer gut klar. Ich gehe da zu Hause seit drei Jahren durch eine harte Schule und bin somit im Training. Und jetzt muss die Büdinger Schulklasse Rollenspiele machen, bei denen sie lernen soll, dass, wenn sie in der Nachbarschaft einen Mann seine Frau verkloppen hört, sie ihr Spiel auf dem Handy gerne unterbrechen darf, um mit dem Gerät lieber etwas Sinnvolles zu tun. Zwischendurch werfe ich neckische Scherze ein, die ich vorher bei Melina ausprobiert habe. Wenn sie neutral guckt, weiß ich, dass andere Jugendliche darüber lachen könnten.

Danach gibt es einen Lehrfilm, wie man sich in einer U-Bahn vorbildlich verhält, wenn Mitbürger belästigt werden. Ich ignoriere die Tatsache, dass die meisten der Jugendlichen gar nicht wissen, was eine U-Bahn ist, da wir im Vogelsberg froh sein können, wenn zwei-, dreimal am Tag irgendwo ein Nahverkehrszug hält.

Am Ende führe ich sie noch durch die verschiedenen Räumlichkeiten der Alsfelder Polizeidirektion. Sehr spannend. Auch unser Büro wird besichtigt. Die Jungs kichern über Teichners T-Shirt. Als wir den Raum wieder verlassen, höre ich ihn tatsächlich, nachdem er ausgiebig die Popos der dreizehnjährigen Mädchen begutachtet hat, leise zu Markus flüstern:

«Lass die noch mal ein paar Jahre auf die Weide ...»

Nach einer ausgedehnten Mittagspause stimme ich mich gerade mit unsinnigen Aufräumarbeiten auf meinem Schreibtisch so langsam auf den unverdienten Feierabend ein, da höre ich von weitem auf dem Gang schneidige Schritte auf unser Büro zukommen. Noch ehe ich die Füße vom Schreibtisch herunterbekomme, stehen drei ältere Herren vor mir. Der eine ist Kriminaloberrat Onkel Ludwig Körber, der Zweite ist mir unbekannt, und Nr. 3 ist unser Polizeipräsident a. D. Günther Bröhmann.

Der Blick meines Vaters wandert in rasantem Tempo durch unser Büro und bleibt an Teichners T-Shirt haften.

«Ist das heutzutage die Dienstkleidung eines Polizisten bei der Kripo Alsfeld?», fragt er mit tiefsitzender strenger Falte über der Nase, zeigt mit dem Finger auf den dicken Teichner und sieht mich dabei an.

«Hallo Papa, das ist ja eine Überraschung», wechsle ich das Thema und bemühe mich, meiner Stimmmelodie etwas Freudiges unterzumischen. Ich stehe auf und reiche ihm meine sofort schwitzig werdende Hand zur Begrüßung. Auch Körber und den unbekannten Dritten, der sich breit grinsend im Raum umschaut, begrüße ich per Handschlag.

«Vielleicht kann man mal hergehen und den Beamten der hiesigen Kriminalpolizei mitteilen, dass sie im Dienst neutrale Kleidung zu tragen haben», fährt mein Herr Vater fort.

Ich bin mir unsicher, ob er damit mich meint oder Kriminaloberrat Körber, der jahrzehntelang direkt meinem Vater unterstellt war und den er vor 39 Jahren zu meinem Patenonkel kürte. Mein Vater hat auch Jahre nach Eintritt in seine Pensionszeit noch nicht verstanden, dass er von diesem Zeitpunkt an hier eigentlich nichts mehr zu sagen hat. Er gilt nicht unbedingt als Meister des Loslassens. Legendär ist die polizeiliche Diensttelefonleitung, die er sich in sein Wohnhaus nach Rudingshain hat legen lassen. Er könnte es nicht ertragen, bei Telefonaten mit der Direktion als «externer» Anrufer zu gelten.

«Man sollte eigentlich wissen, dass man als Staatsdiener nicht herzugehen und Parolen auf dem Oberhemd zu tragen hat, seien es politische oder ...»

«Na ja», unterbreche ich ihn, «die Mitteilung vom T-Shirt des Kollegen Teichner, dass Bier seinen wunderbaren Körper geformt habe, ist jetzt nicht unbedingt politisch.»

«Ich denke, man hat mich verstanden!», zischt der ewige Polizeipräsident.

Teichner murmelt eine unterdrückte Entschuldigung und versichert, dass dies nicht mehr vorkommen werde.

«Wenden Sie sich mit Ihrer Entschuldigung an Kriminaloberrat Körber. Ich habe in diesem Laden ja nichts mehr zu sagen. Das sollte man inzwischen mitbekommen haben, nicht wahr?», schnarrt mein Vater.

Der mir unbekannte halbglatzige Herr, dessen Frisur am Hinterkopf beginnt und dafür erst auf den Schultern endet, inspiziert derweil ein Bücherregal, auf dem lieblos ein paar Gesetzesbücher aneinandergereiht vor sich hin stauben.

Hilflos nehme ich den nächsten Anlauf, die Situation ein wenig aufzulockern, und sage: «Wusste gar nicht, Papa, dass du heute in Alsfeld bist. Ist Mutter auch mit? Macht ihr euch einen schönen Tag?»

«Kann man bitte hergehen und nicht das Private mit dem Beruflichen vermischen?»

Ich muss lachen, was meinem Vater sichtlich nicht gefällt, mir aber erfreulich egal ist.

Nun endlich ergreift Onkel Ludwig Körber das Wort. «Wo ist der Kollege Meirich?»

«Bei einem Außentermin», antworte ich knapp.

«O. k., also Henning, dies hier ist Manfred Kreutzer. Der wird in den nächsten Tagen mal bei euch hospitieren.»

«Aha ...», antworte ich. Ein Hospitant. Der Mann ist weit über sechzig und trägt eine schwarze ledrige Weste, weite schlecht sitzende Jeans, darüber einen Bauch, der vermutlich auch von Bier geformt wurde, und hellbraune Herrenslipper-Bömmelchen-Schuhe.

Seit wann bieten wir Praktika für Rentner an? Es reicht ja schon, wenn sich diese Freiwilligen Polizeihelfer in den Innenstädten wichtig machen.

«Manfred ist mir seit Jahren ein sehr gut Bekannter», sagt mein Vater. «Er müsste dir eigentlich auch ein Begriff sein?»

«Nee, so richtig weiß ich jetzt nicht ...»

Ärgerlich das alles. Ich bin nicht der Meinung, gelangweilten

Rentnerfreunden meines Vaters Entertainment bei der Polizei bieten zu müssen.

«Henning, wir müssen sofort los», unterbricht uns Teichner aufgeregt. «Amokdrohung in der Vogelsbergschule in Schotten.»

Ich erstarre. Melina! Dann denke ich an den schmächtigen Steinewerfer.

«Ja, einwandfrei, da häng ich mich doch grade mal hinnedran», meldet sich dieser Manfred Kreuzer ungefragt mit tiefer nuscheliger Stimme. «Gleich ein Einsatz, wunnerbar!»

Bevor ich in die Lage komme, ihm das zu untersagen, befiehlt mein Polizeipräsidenten-a.-D.-Papa: «Der kommt mit, basta. Der hat mein vollstes Vertrauen!»

★ ★ ★

Du sollst verrecken, Murnau! Und mit dir die ganze Schule.
Ich komme wieder.

Diese unschöne Briefbotschaft liegt vor unser aller Augen auf dem mir so gut bekannten Schreibtisch der Frau Dr. Ellen Murnau. Sie selber hat diesmal hinter und nicht unter dem Möbelstück Platz genommen. Ihr Gesicht ist der Situation angemessen blass.

Neben mir sitzt tatsächlich unser neuer Praktikant, der bei dieser Besprechung genauso wenig zu suchen hat wie das T-Shirt meines Kollegen Teichner. Einfach beschämend, das alles.

«Haben Sie einen Blassen, wer oder was damit gemeint sein könnte?», fragt das schlimme T-Shirt die Schuldirektorin.

Frau Dr. Ellen Murnau rümpft die Nase. «Sie meinen mit Ihrer Formulierung, ob ich eine Ahnung hätte?»

«Yep!»

Ich schalte mich ein und erzähle von dem gestrigen Vorfall mit dem Steinewerfer. In Teichners Blick lese ich: «Warum hast du das nicht gemeldet?» Glücklicherweise hält er den Schnabel. Auch Manfred Kreutzer glotzt mich dämlich an.

«Ich habe ihn kurz gesehen, allerdings nur von hinten», fahre ich fort. «Zudem war sein Gesicht vermummt. Zierlich, klein. Ich vermute, ein Junge im Alter zwischen elf und dreizehn.»

Manfred Kreutzer, der einen Schreibblock auf seinem Schoß liegen hat, schreibt alles akribisch mit.

«Ein Mädel könnte es nicht gewesen sein?»

«Ich glaube nicht», antworte ich. Und vor allem keines, das noch ein paar Jahre auf die Weide müsste, denke ich in Richtung Teichner. «Aber sicher bin ich nicht.»

Kreutzer beginnt neben mir mit dem rechten Bein zu wackeln, was mich in Verbindung mit dem dauerhaften Schreibstiftkritzelgeräusch kolossal irritiert.

«Wir müssen nun also den Steinwurf gestern als klare Attacke auf Sie, Frau Murnau, betrachten», sage ich. «Die Drohung dieses Briefes ist namentlich an Sie gerichtet. Ich denke, wir sollten das ernst nehmen.»

Alle nicken ernst, auch Frau Dr. Ellen Murnau.

«Gibt es irgendjemanden in der Schule, mit dem oder der Sie zurzeit richtig Ärger haben?»

Ellen Murnau stößt einen kurzen Seufzer aus. «Sie wissen doch selbst, wie beliebt wir Lehrer und Lehrerinnen sind ...»

«Niemand, der Sie in letzter Zeit beschimpft hat oder Ähnliches?»

«Nein. Außer Ihrer Tochter niemand», rutscht es ihr heraus. Ich lache. Als Einziger in der Runde.

«Entschuldigen Sie bitte», murmelt die Schulleiterin etwas peinlich berührt hinterher. «Ich bin einfach etwas angespannt.»

Es klopft an der Tür, und eine Frau kommt herein. Frau Dr. Ellen Murnau stellt sie als Frau Stefanie Assmann vor, die für den Vogelsbergkreis als Schulpsychologin arbeite.

«Entschuldigen Sie bitte die Verspätung. Ich hatte etwas Probleme mit meinem Auto», sagt sie und setzt sich auf den freien Platz neben Teichner.

«Frau Assmann habe ich hinzugebeten, da der Brief ja auch eine Drohung an die Schule, also auch an die Schüler enthält», erklärt Ellen Murnau.

«Außerdem hat sie viel mit einzelnen Schülern zu tun gehabt, die, na ja, sagen wir mal, zu so etwas fähig sein könnten. Vielleicht kann sie uns bei der Einschätzung helfen, wie ernst so eine Drohung zu nehmen ist. Ich schätze ihre Arbeit als Psychologin sehr.»

Stefanie Assmann, die Mitte dreißig sein dürfte und kurzes, gescheiteltes braunes Haar trägt, lächelt kurz und lässt sich von mir über den jungen Steinewerfer informieren.

«Ich denke», sagt sie danach, «der Täter will dir, Ellen, hauptsächlich Angst machen. Darum geht es ihm in erster Linie. Ich vermute, der Steinwurf sollte dich auch nicht treffen, sondern dir in erster Linie einen Schrecken einjagen ...»

«Hätte er aber fast», unterbricht Teichner sie in unangemessen patzigem Ton. Teichner hat so seine Probleme mit dem Berufsstand der Psychologen und mit studierten Frauen ohnehin.

Die Schulpsychologin zieht gelassen eine Braue hoch, blickt zu Teichner, als würde sie ihn fragen, ob sie nun weiterreden dürfe, und fährt fort.

«Seine Vorgehensweise hat etwas Unbeholfenes. Ich glaube nicht, dass er eine große Aktion gegen die Schule plant. Doch er wird weitermachen, Nadelstiche setzen, vor allem gegen dich, Ellen.»

Frau Dr. Murnau nickt.

«Das ist aber nur eine erste grobe Einschätzung. Also weder eine Wahrheit noch eine Weisheit.»

Ein schöner Satz. Den höre und sage ich viel zu selten.

Stefanie Assmann schaut in die Runde und bleibt mit ihrem Blick bei unserem Hospitations-Manni hängen.

«Kenne ich Sie nicht?», fragt sie. Kreutzer blickt auf und unterbricht seine Notizen. Auch sein Bein gibt endlich Ruhe.

«Das mag durchaus möglich sein», brummt er und grinst dabei blöd.

«Ja natürlich», ruft Stefanie Assmann entrüstet in die Runde. «Der ist doch von der Zeitung. Was hat denn hier bitte jemand von der Zeitung zu suchen?»

Sie blickt zu Frau Dr. Ellen Murnau, die diesen Blick ungefiltert an mich weitergibt. Ich schlucke und spüre den mir so vertrauten Stress-Schweiß auf der Stirn und unter den Achseln hervortreten.

«Ich verstehe nicht», bringe ich hervor.

«War», sagt dann Manfred Kreutzer.

«Wie, war?», frage ich.

«War bei der Zeitung. Seit zwei Jahren bin ich im Unruhsstnd.»

«Bitte wo?», hake ich nach. Das letzte Wort war für niemanden zu verstehen.

«Im Unruhestand», antwortet er, diesmal deutlicher.

«Aber das kann doch nicht angehen, Herr Bröhmann», ruft Ellen Murnau voller Empörung und erhebt sich von ihrem Schreibtischstuhl. «Wenn in den nächsten Tagen irgendetwas von diesem Gespräch hier in der Zeitung steht und dadurch eine Panik bei Eltern und Schülern ausgelöst wird, dann mach ich Sie dafür verantwortlich, das können Sie mir glauben!»

«Ruhig Blut und tief durschtmen», kommt es bassig aus Kreutzer herausgemurmelt.

«Durschtmen» interpretiere ich für mich mal als «Durchatmen».

«Dem wird nicht so sein», fährt Kreutzer fort, während er sich breitbeinig zurücklehnt und seine verschränkten Arme auf dem Bierbauch ablegt. «Der Polizeipräsident a. D. Bröhmann vertraut mir nicht ohne Grund. Selbstverständlich wird von mir nichts nach außen getragen. Alles streng vertraulich. Dasdochernsach.»

Wieder versteht keiner dieses letzte Wort. Es fragt aber auch niemand nach, und wenig später wird das Meeting von Frau Dr. Ellen Murnau verärgert abgebrochen.

Warum muss mir bitte der Herr Vater so ein Kuckucksei hier ins Nest legen? Als wäre mein Job nicht schwer genug, als wären die Fußstapfen des alten Präsidenten nicht schon groß genug, muss er immer wieder rein-, dazwischen- und danebenfunken. Immer dann, wenn ich denke, dass ich meinen Frieden mit diesem Beruf finde, setzt es ein neues Störfeuer. Und dass ich beim Verlassen der Schule noch sehen muss, wie an der Treppe zum Musikpavillon ein ein Meter neunzig großer Blödmann die Zunge in den Hals meiner Tochter steckt und dabei ihre linke Pobacke in der Hand hält, lässt meine Laune auf den Nullpunkt sinken.

Zügigen Schritts gehe ich vor Teichner und Kreutzer her in Richtung des Schulparkplatzes.

Da kommt plötzlich der Hausmeister Uwe Niespich aufgeregt herangerauscht.

«Gut, dass Sie noch da sind», hechelt er. «Komme Se mal mit.»

«Was ist denn los?», frage ich.

«Weggesperrt gehör'n die Drecksäcke. Alles zusammen, rin in 'nen Sack und ordentlich druffgehaue.»

Empört weist er zum Parkplatz. Die vier Autoreifen des uns am nächsten stehenden sportlichen Kleinwagens sind zerstochen.

«Tötet Murnau» ist zudem in den schwarzen Lack der Fahrertür eingekratzt worden.

«Das ist der Wagen der Frau Direktorin. Ich wüsst, was ich mit dene anstelle dät, dät isch die in die Finger krieje!» Hausmeister Niespich ist so erregt, dass er mir ein Tröpfchen Speichel auf die Wange spuckt.

Teichner, der inzwischen zusammen mit Manfred Kreutzer ebenfalls den Ort des Geschehens erreicht hat, pfeift lautlos in den Wind und sagt: «Hoi, hoi, hoi, na herzlichen Glühstrumpf.»

Ich atme tief durch. Scheiße, das nimmt nun langsam Formen an, die mir so gar nicht gefallen.